当代中国水利文学艺术书丛

中国水利文学艺术协会　组编

碧水无痕

谢立新　著

中国水利水电出版社
www.waterpub.com.cn
·北京·

图书在版编目（CIP）数据

碧水无痕 / 谢立新著 ; 中国水利文学艺术协会组编
. -- 北京 : 中国水利水电出版社, 2021.6
（当代中国水利文学艺术书丛）
ISBN 978-7-5170-9640-5

Ⅰ. ①碧… Ⅱ. ①谢… ②中… Ⅲ. ①散文集－中国
－当代 Ⅳ. ①I267

中国版本图书馆CIP数据核字(2021)第110562号

	当代中国水利文学艺术书丛
书　　名	**碧水无痕**
	BISHUI WUHEN
作　　者	中国水利文学艺术协会　组编　谢立新　著
出版发行	中国水利水电出版社 (北京市海淀区玉渊潭南路1号D座　100038) 网址:www.waterpub.com.cn E-mail:sales@waterpub.com.cn 电话:(010)68367658(营销中心)
经　　售	北京科水图书销售中心(零售) 电话:(010)88383994、63202643、68545874 全国各地新华书店和相关出版物销售网点
排　　版	中国水利水电出版社微机排版中心
印　　刷	清淞永业(天津)印刷有限公司
规　　格	184mm×260mm　16开本　16.75印张　292千字
版　　次	2021年6月第1版　2021年6月第1次印刷
印　　数	0001—1500册
定　　价	**58.00**元

凡购买我社图书,如有缺页、倒页、脱页的,本社营销中心负责调换

内容提要

本书是一本有18年水利生活感悟的写作汇编，书中充溢着作者对水的深厚感情。

在作者的视角下，每一个人的出生地和水都有着密切的联系，每一个城市都依河傍水。作者感悟到一条河、一座水库、一汪清水都与子孙万代有着深刻的渊源，尤其是在近几年来作者参加抗旱、防洪、扶贫、走访的生活中，村庄的树木、水利的历史都触动了作者的每一根神经，于是作者陆陆续续将自己的感受行之笔端，有的发表，有的收藏，最终成了水利人生活的记录。

本书共六篇，各自独立，按内容编排，可单篇读，也可全书读。作者的目的只是推动水利事业、水文化的发展，渴望所有人亲水爱水护水，为水利事业发一分光，出一点力。

本书值得文学爱好者、水利工作者、基层党员干部一读。尤其是水利工作者，通过阅读本书，可以加深感性认识，使自己神圣职业的精神回馈更深、更广。

总序

中国特色社会主义进入新时代，水利事业也进入了新时代。我国治水主要矛盾已经从人民对除水害、兴水利的需求与水利工程能力不足之间的矛盾，转为人民对水资源、水生态、水环境的需求与水利行业监管能力不足之间的矛盾。面对新时代水利事业发展新形势、新任务、新要求，中国水利文学艺术协会认真贯彻习近平总书记关于文化文艺工作重要论述，深入落实水利部党组有关文化建设新要求，充分发挥联系广大水利文学艺术工作者和爱好者的桥梁纽带作用，紧紧围绕水利中心工作，以满足人们日益增长的美好生活需求和建设幸福河湖、美丽河湖为出发点，稳步推进水利文化艺术理论研究与实践探索，大力拓展水利文艺工作内涵，积极促进水利文艺工作从艺术小我自赏到艺术大我共建转变，有序推动广大水利文艺工作者将艺术作品创作在祖国大地上、融合在水利工程里，把水利工程建设成为当代文化水利工程、未来水文化遗产，取得了阶段性较好成效。

文艺是民族精神的火炬，是时代前进的号角，代表一个民族的风貌，引领一个时代的风气。广大水利文学艺术工作者紧紧抓住水利改革发展总基调这条主线，大力弘扬新时代水利精神，热情讴歌水利现代化事业发展新成就，创作出大量具有鲜明时代特征、水利特色、行业水准的文学艺术作品，水利文艺百花园里姹紫嫣红、硕果累累。

为展现近年来全国水利系统文学艺术创作优秀成果，推出一批优秀水利文学艺术创作人才，搭建水利文学艺术创作交流展示平台，中国水利文学艺术协会策划组编了《当代中国水利文学艺术书丛》，内容涵盖水利文学作品、美术作品、书法作品、摄影作品、水文化作品和水利文学艺术研究著作等，记录新时代、书写新时代、讴歌新时代，为时代画像、为时代立传、为时代明德，讲好水利故事，传播水利声音，展现水利形象，振奋水利精神，有效发挥水利文艺在宣传水利事业、展示水利人文化自信和精神风貌的独特载体作用。

中国水利文学艺术协会

2020 年 12 月 1 日

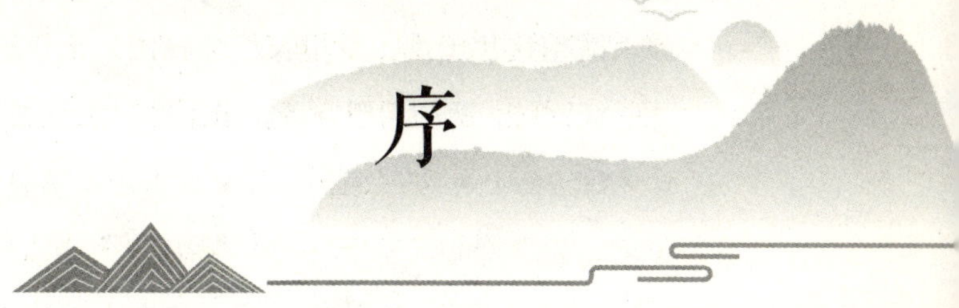

序

“身边的水与时间同节拍，激励人们好好努力。水像人的记忆，数点着时代的幸福和暗淡。”这是江苏省镇江市水利局谢立新经常说的一句话。

谢立新，江苏省镇江市水利局的一位普通干部、公务员。1985年他以农民合同制工人的身份招工到江苏省第三电力建设公司，参加了谏壁电厂、华能南通电厂、利港电厂、田湾核电站、扬州二电厂的工程建设。在火热的建设工地繁忙工作之余坚持自学，参加中文自学考试，后来又在中国人民大学读书三年，一路走在文学道路上，跋山涉水。有两件事令我印象深刻：一是20世纪80年代，在谏壁电厂工地期间，工地上条件太差，为了不影响同宿舍老师傅晚上休息，他只能在厕所旁的路灯下看书，坚持了两年多；二是2002年，在电建公司上下非常看好的形势下，他毅然放弃当年电力系统高于公务员5倍的收入，投身水利系统，并在以后的工作中经常放弃节假日、休息日去镇江市范围内访水问水，探寻水的真谛，让水库、河流、湖泊与自己的心灵对话。我只能说，他的举动印证了爱默生的一段话：各行各业的人，即使是那些从未与文字打过交道的人，只要他们兢兢业业地从事自己的事业，在各自的领域不断地发挥自己的创造精神，而不是因循守旧沉湎于流俗，那么，他们就是在贴近着自己的“自我”，贴近着文化，与共属于古人和今人的“文化”沟通，汇入到这种文化中来，即创造着文化。

江苏镇江，历史文化名城，诗词歌赋故乡，山水花园福地。既有“何处望神州，满眼风光北固楼”的豪迈，也有“偷得浮生半日闲”的惬意，更有“潮平两岸阔，风正一帆悬”的志向。长江、苏南运河镇江段在这里交汇。从三国到明清、民国，镇江绵延千年的文脉结出了丰硕成果，名篇、名著不胜枚举。作者眺望这片土地，万里长江呼日出，千年运河柳夹岸；审视古今、先人，胸怀一江明月，醉心千里水魂，虽似红尘点点细事，却自有无边生意。在册的109座水库、114条县级河道、列入《江苏省湖泊保护名录》的12个湖泊，他如数家珍、烂熟于心。基于熟悉，得益厚爱，深于情愫，行诸笔端，在本书中尽情呐喊。在字里行间，我体会到了他博大的情怀；见到了他驾车、徒步行走在天地山河间的身影；看见了他坐在大坝、江堤、河岸沉思的侧像。一个仰望星空、俯瞰河水的水利工作者，对水一往情深的形象跃然我的眼前。

江苏镇江，宁镇山脉，吴越水域，风姿绰约；长江运河，湖泊水库，旖旎多姿。在作者的笔下，江南水乡，烟雨丹阳；长江孤岛，创新扬中；山水句容，魅力镇江——都熠熠生辉，无穷遐想。无痕碧水，绿色江南，在作者苍穹般遒劲的文字中飘逸、升腾、辉光。

2020年10月17日，在江苏镇江我与谢立新见面，他热情朴实的目光，如一汪碧水，清澈见底。不是见到《碧水无痕》初稿，很难将这位一米八五的大个子和水文化联系在一起。书如其人，大气酣畅，通达优美。在他看来，河水信美，但要以文学艺术呈现，需要真诚深切的心灵。

美学家李泽厚在《美的历程》中写道：“千秋永在的自然山水高于转瞬即逝的人世繁华，顺应自然胜过人工造作，丘园泉石长久于院落笙歌。”行远自迩，登高自卑，融入水流心灵更能正大光明。文明起源有赖于河流不羁流淌，文明追溯最初都是一条母亲河。国家兴衰、民族振兴、人间繁华——是是非非都在水中闪烁着智慧；无论我们走到哪里，走向何方，脚下土地上的水流、阳光、清风与麦浪，那些抵达的欣喜和走出的忧伤注定有身后的一条河守望，昨天、今天、明天，水总是陪伴，让我们走进《碧水无痕》，享受水韵镇江。

是为序。

中国水利文化艺术协会副主席
水利部离退休干部局局长 党委书记
凌先有
2020年11月

前言

三十多年了，水成了我生活、生命的陪伴。1985年，我到镇江市谏壁镇江苏电建三公司做农民合同工，看到谏壁抽水站，心中充满喜悦。后到公司政工部工作，再到中国人民大学读书，脑海中始终离不开水，水和水利成了我生命中的思考。有多少次，水差一点儿把我的灵魂攫去，但又因为水的流动，让我行走在镇江大地上每看到河流、湖泊、水库时，做起航海扬帆的远梦时大海般的博大胸怀由此产生。

我永远记得1978年遭遇特大干旱时，和母亲给自留田加水的情景。中午的烈日晒得人头发晕，地面温度有四十多摄氏度，狗趴在树荫下伸着很长的红舌头。那时给自留田上水，不能让别人知道，否则没收充公。我和母亲悄悄地一人牵着木桶一端的绳索，把桶底朝天丢进水中，然后拼命用力提起，把水一桶一桶地倒入田中。咧开嘴的田地还未等我把下一桶放回水中就已干了。此时我觉得不是在用水救稻谷的命，而是用我和母亲的命在换水。想想村上那些叫"水生""贵雨"名字的人，包含着多少时代的烙印和百姓的生存愿望啊！

2002年，我决定报考水利系统公务员，别人认为我"疯了"。因为当时在电力系统，我的年收入已经10多万元，而机关公务员收入不足2万元。其实，他们根本不了解我内心的情结。只有热爱，才是最爱，唯独水利才能使我释怀。

到了水利单位，无论是在哪个岗位，那种长风万里吟江河、泥土石块歌水利的情怀日益增长。如今的河湖长制工作，更让我满腔碧水引长啸，昨日今朝情未了。

2016 年，我去句容市马埂村走访和扶贫，我再次坚信，无论是农田作物还是群众生活，都要有良好的水利条件、充足的水源，任何时候，水都是人们赖以生存的根。从此，我把目光投向了脚底下流动的水。每逢节假日和双休日，把时间交给河流、水库、移民库区、美丽乡村。近几年，我行走了镇江地区主要县级河道、名录湖泊、重点水库，拜水、问水。当我对水揉入亲人般的热情，当我触摸到它们的心跳，我就深深地体会到了水的感情世界：每滴奔腾的水都是鲜活生命的追求，每滴水都是生命的故事，每滴水都给我以生生不息生命的颤动。这几年我写了数十篇日记和调研报告，在《中国水利报》《扬子晚报》《镇江日报》《京江晚报》和《创新》杂志等刊物发表了共 100 余篇文章。

河水汤汤，时不待我。在时光的映衬下水呈现出斑斓的色彩——浊黄色、棕绿色、青白色、浅绿色、水蓝色。碧水时时从风中传来声响，冲击着我的心房。我从水上走过，记忆成了陪伴水域行走的凭证。水缓缓流淌成庄稼欢歌、家园烟火的人间底色。看水中倒影，有先辈的梦境；摸岸边绿草，是天人合一的场景。每滴水都在深情地私语——我的心醉了。

我为水着彩、为水放歌、为土地求证、为百姓思源，想和你一起谙听我的心语，实现我写江河库水这一小小的愿景。

我喜欢水，喜欢那种淡到极致的美，不急不躁，不温不火，款步有声，舒缓有序；我热爱水，一弯浅笑，万千深情，头顶蓝天，淡行大地；我敬重水，一泻千里，信念执着，奔腾到海，永不停步……于时光深处，走镇江大地，看碧水长流，虽风尘翕张，仍觉水与我同行，含笑一腔温暖如初，我愿与读者同行，从中得到一丝温暖和鼓励。

现在不揣冒昧，把《碧水无痕》献给大家，受个人水平所限，还有不少疏漏、缺陷之处，我怀抱诚恐学习态度，向大家求教，诚望提出宝贵意见。

2020 年 10 月于镇江

目录

第二篇
苏南水韵

第三篇
杨柳自青

第四篇
心透阳光

第五篇
泥土芬芳

第一篇

碧水无痕

水库、水利是新中国成立以后重要的强国培根工程，先辈们的血汗换来了今天的风景。

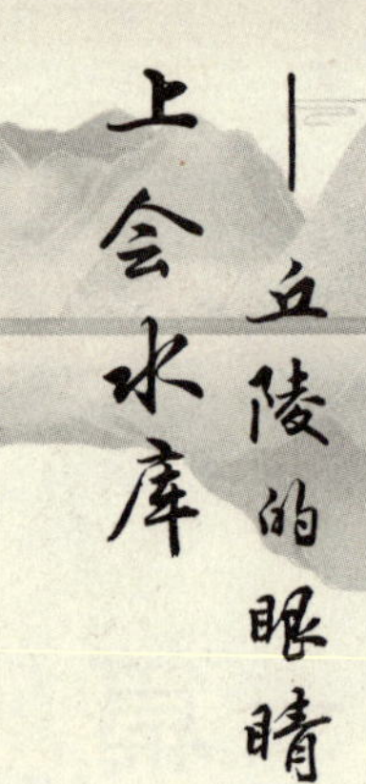

上会水库——丘陵的眼睛

跨过长江，向镇江南行走 25 公里，就来到了丘陵的家园——上会村。上会村和太湖湖西地区接壤是镇江南部丘陵的头颅。上会水库则如丘陵上的眼睛在吴头楚尾上张望。在这个世界上，上会村实在太平常了，12 个生产队，300 多户人家共 1400 多人。1969 年 5 月，上会村成了人民公社，人们开始称“上会”为“上会公社”。1989 年撤乡建镇，大家改叫它“上会镇”。2005 年，上党、上会两镇合并，改称为“上会村”，街道还是那条街道，村庄多了张沿沟、谢巷、西新村、夏庄、东宝庄等。

凡有消失的，就必定有不会消失的。“上会水库”就是如此，它每天坐落在那里，用美人般的眼眸注视着镇荣公路上来来往往的行人和车辆，如今虽已六十花甲，但如同家乡一般安详、宁静、和谐、美好的形象永驻每个人的心中。

春天来了，北部塔山、仙人山、理山的桃花水悄悄沿着谌家庄、善庄、张沿沟流入上会水库，绘出了一幅鹭鸥群集水面，鱼龙潜水翻波的图画。仙人山好似有神仙一般，他们常常披着星星来观赏诗画一般的水库，我用“远山含岭碧空中，近水巧作耕耘诗”来形容这里的美。

有水的地方就特别令人难忘。1939 年 3 月 6 日，新四军老二团 400 多名将士移驻上会丰城、下会一带，准备休整三天。不料被日本兵发现，他们从南京调集步兵、骑兵 2000 余人，八面围攻新四军老二团。为了保存主力，团政治部主任肖国生、营教导员李文魁拖住敌人并主动把敌人引到自己身边。主力部队保住了，可肖国生、李文魁把最后一滴血洒在了上会的大地上。1985年，为了纪念革命先烈，丹徒县人民政府在上下会建立了“上下会战斗英雄烈士纪念基地”，以此激励后人。

波光粼粼的上会水库水，在这片土地上舒缓而沉重地流淌，每天用心过滤抗日战争带来的泥沙，直至纯净、甘甜。水库的水既有东吴季子的遗韵，又有新四军抗日英魂的浸润，上会人家，家家诗书，人人礼乐，水文化、稻文化、桑蚕文化形成了上会的骨骼，红色文化铸成了上会的灵魂。

上会水库虽没有句容市北山水库群山秀美壮观的背景，也没有句容仑山水库的仑山、高郦山的依托，就连隔壁的凌塘水库也比它开阔得多，但喝着上会水库水最多的元庄村却远近闻名。元庄村与上会水库在西边相连，新四军当年沿着元庄村前的小路向白石山、青山撤退至句容市的上荣村展开了激战，写下了上会抗日的壮丽诗篇。20世纪80年代，元庄村成了全县闻名的“状元村”，以清华学子杨春荣为首，南大、同济、东南学子紧跟其后，人才辈出，名震百里，是典型吴文化中的“状元文化”。

水库中间有一座小岛很有特色。1979年以前这里是元庄村到水库抽水的基地。1979年水库扩容后成了孤岛。岛小心大，它敞开心扉拥抱现代化的到来。我之所以怀念它，是因为那是现代工业化的标志。1970年以后，谏壁电厂在这座小岛上建造了当时最先进的水泥杆嫁接起来的塔式高压线，全国首创高压远距离送电。铁塔成了上会水库的标志，水库的水日复一日过着平常的日子，每天向铁塔问候，涛声送走时光，铁塔留下记忆。在这个复制盛行的社会，上会水库这独一无二的风景就显得那么珍贵、那么稀缺。我把它当做上会水库的“徽标”，连同上会水库一起存在记忆的相册里。

水是有生命的，丘陵山区有水库是幸福的。上会虽无小舟穿桥过、人家尽枕河的画意，但有丘陵上的眼睛上会水库，足够妩媚、足够靓丽。当农村开始饮用自来水时，首先就是把水库的水流到上会最南端的枫庄村、东滨村。丘陵地区的自来水管如一根银丝带，牵动了万众追逐小康生活的心。

农村没有滨江大道，没有广场夜色，但有大坝观光，亲水体验。夜幕降临，劳作一天的人们晚饭后沿着水库散散步，见面就说“吃过了？”“嗯，吃过了。”那种近距离的亲热，随着乡音不断升温；每走一步，都能激起内心的细微情感，从城里带回来的浮躁、焦虑一扫而光。从大坝这头走到那头有一千米，从那头走到这头又是一千米。一路上，人，很少；树，寂静。人少、寂静水库的水可

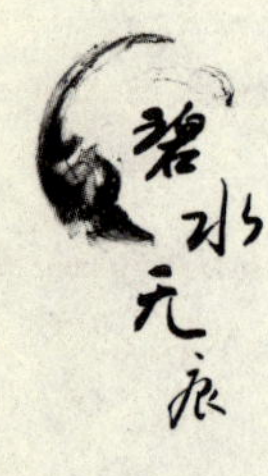

以让你产生空灵，无限的禅意。

上会水库的水流向周围四方，流向下会、夏庄、东包庄、丁子岗，生活的烟火始终在这里弥漫，历史的回光依旧在这里升腾，天荒地老。这里能让我忆起儿时的生活。每逢天大旱，水库底朝天，人人脸上沾满泥浆，家家墙上贴满了水库里捉来的小白条鱼。春节假期，鱼干下锅咸菜配上，一股浓郁的丘陵地区的乡土味令人难忘。

上会水库水重滔轻，轻柔舒缓。在水库埂上，水泥大坝上就这么慢慢地走着、走着，仿佛能让我穿越时空，回到40年前、60年前，一个旧村落，一个老村庄。大家扛着铁锹，戴着草帽到了生产队的打谷场，一个个用芦苇编制的盛粮食的“窝笈”，一架架车水用的“槽桶”，当年家家抢水，人人守夜看水，生产队轮流放水的画面自然出现在眼前。上会水库犹如永不褪色的黑白照片、无声的老电影，看到它那碧绿的水，普通而朴素的情感就被激活了，绵绵长长，天天思量。

水库里的水只有丘陵地区可以独享。一汪碧水变成了丘陵的眼睛，上会水库成了上会的遗产，无论今天的上会和明天的上会多么繁荣热闹或者又归于宁静，上会水库永远保持着宁静，上会的人也永远过着平常的日子，正是这朴实无华的平常，从此让人爱上这块丘陵、这片独特而又平常的地方。

凌塘水库——上党的笑容

高郦山脉，清风雅雨，一角云窝，覆盖十里长山。江南吴地，丹徒上党，凌塘水库就在这里。

我来到仙人湖畔，触摸清新、温婉的水库水，牢牢被它吸引。这一泓清水，已流淌数千年，慢慢渗透到上党、谷阳、三山、石马、上会乃至镇江整个南乡的肌理，滋润大地。

盛唐时期，河南洛阳人王湾出差到镇江，被镇江的妩媚、江南的清丽所折服，写下了传世不衰的壮丽诗篇——《次北固山下》。其中“海日生残夜，江春入旧年”两句得到了当时宰相张说的极度赞赏。张说亲书此诗并将其挂于政事堂上，让文人学士作为典范学习之。诗人郑谷说：“何如海日生残夜，一句能令万古传。”很遗憾，王湾没能绕过镇江南山，来十里长山、高郦山脚下看当年“七十二溪”“八十四汊”江南烟雨的美景，否则谷阳、上党、上会、三山大地上一定会留下他的名字和流传千古的名句。幸好后于他的唐朝诗人皇甫冉给我们留下了另外一首经典名篇《泊丹阳与诸人同舟至马林溪遇雨》弥补了这一缺憾。

云林不可望，溪水更悠悠。
共载人皆客，离家春是秋。
远山方对枕，细雨莫回舟。
来往南徐路，多为芳草留。

“马林溪”亦名“马陵溪”，在今丹阳河阳镇西北马陵村，紧

靠丹徒区上党的小金河和“牧马村”。“牧马”的来历就是跟古“马陵铺”“马陵汛”驻兵养马有关。河水从上党镇东流汤家桥、天禧闸、莱村闸和马陵溪汇合至中心河，再流入京杭大运河，现在的中心河就是古马陵溪。皇甫冉站在小金河边、马陵溪旁，远望巍巍高郦山，逶迤十里长山，近看“七十二溪”“八十四汊”，溪流纵横谷阳、上党大地，芳草长满沟壑两旁；青苔爬满石板、石桥；蝌蚪在小溪中游动，小鱼在水中清晰可见。杏花、烟雨、山黛、木桥、流水，一片远山、一丛芦苇、一树竹林、一汪湖水，迷住了他的眼；龙王庙、拦水坝、茅草屋，村社烟火熏醉了他的脸。这种美景在时间的流逝下渐渐消融了，只剩下了淡淡的线条和痕迹，只有在丹徒新区、谷阳、上党、河阳的水系中才依稀可见。尽管在清朝傅泽洪，郑元庆所画的《行水金鉴》中寻找，但仍然无法找到谷阳、上党的过去，更不见现在的坡岗、茶园、良田，只能慨叹：沧海变桑田。

站在凌塘水库大坝上，索望远去的“七十二溪”“八十四汊”的身影，千年流淌的山溪水，如今已到了脚下的凌塘水库，真可谓：“空山雪消库水涨，水库西岸贴坞庄。不知溪源来远近，但见山花水中央。”

据说西晋时期开始“七十二溪”“八十四汊”就向上党、谷阳流淌，一直流到今天的凌塘水库。秀水千年的流淌，激活了上党、谷阳、三山、河阳等土地的每一根神经、每一个细胞，成了上党文化的记忆。虽经不断嬗变，但水对这片土地的情怀像磁铁般的吸引力始终都在。人口的增加，村庄的增多，它有了新的记忆和新增的情怀。

1958 年 11 月，上党在凌塘和古洞之间筑起了 24 米高（后扩至 32 米）的大坝，形成了 25.5 平方千米的集水面积。上党的农民笑了，从此不再受干旱、洪涝的影响；上党的丘陵土地笑了，“七十二溪”“八十四汊”终于安了家。镇江南乡笑了，丹徒笑了……凌塘水库成了上党的笑容。

站在古洞煤矿或是坞庄看凌塘水库的水连天，古洞姚墅与岸联。小力山头高步望，一轮明月万家烟。道路、楼房、村庄、茶场代替了云林、溪水。集镇、工厂、小区、商场撤掉了“七十二溪”“八十四汊”。1958 年近三万余劳动力在这里披星戴月，挥汗如雨。修建水库必须选择冬季农闲之时。数九严寒，这些前辈们顶着寒风，顾不上家中卧床不起的老人和嗷嗷待哺的孩子，来回徒步十几里、几十里上工地修建水库。“挑水利”最艰难时一天只能吃三两八钱，能吃上白米粥、咸菜汤是他们最快乐的事。天未亮，生产队的哨子响了，大家带上挑箕、钉耙、铁锹来到工地，用钉耙凿土，挑箕担土。天太冷，土冻得只留下几颗钉耙齿印，手震得开裂、出血、起泡。一担一担、一块一块、一步一步把土往上堆，终于大坝建成了。他们吃最少的粮食，干最累的苦活，用坚韧和顽强的意志同严寒斗争，奏响了建设新中国的凯歌。每每想到这些，对劳动者和水利建设者们的敬意油然而生，中华民族勤劳、坚韧的精神深深感动着我们。如果唐朝的王湾此时来到这里，我想他一定会书写一首绝美的“劳动者赞歌”。

山溪水改变了流淌的方法，成了上党的笑容，笑容和繁华的背后是让人崇敬的灵魂。滴滴山溪水，流过七十二道弯，流进凌塘水库，层层涟漪成了它远方的儿子。凌塘水库的上空始终有一束光在闪耀着，那就是劳动者的赞歌！

天生丽质中心河

中心河在高铁江苏镇江丹徒站的南边。流过丹徒、丹阳，在312国道交界处穿过，可以说又是一条“徒阳界河”。如果不是多次巡河，很难感受到她的魅力。

镇江市五洲山周围原先是一片汪洋。高骊山、十里长山凸起，山上的溪水一支流向西麓水库方向然后流向下游的胜利河，另一支流向凌塘水库方向然后流向下游的小金河，在312国道丹徒、丹阳交界处汇合进入中心河。

一到中心河，河流的丽质、河道的气韵揉蓝了我的眼。河岸宽，河道长，河的南岸是丹阳，北岸是丹徒辛丰、三山。最为夺眼的是两岸整齐、匀称、高大的意杨林，像受检阅的列队士兵威武气派，银白色的树皮看上去像原始森林中的白桦树，给人苍茫遒劲之感，仿佛到了俄罗斯森林一般。异国风情浓郁，原始气息强烈。夕阳西下时，我与中心河对视：太阳倒在中心河上，意杨用春天的扳手，搬动着太阳的身子，河水一片灿烂。下班骑电动车的人群，肩背黄昏余晖，说说笑笑，一幅“晨兴理荒秽，带月荷锄归”之图展现在眼前。我惊诧：离镇江市区这么近的地方，居然有这么美的田园牧歌图，这幅图画多年来居然安睡在我身边，我却不知道。不是日月磨钝了我们的心灵，而是我们的心灵没有放在日月最根本的美上。

西晋惠帝时（304—360年）中心河就成了丹阳练湖的水源，主要为大运河欠水时补给。道光十三年（1833年）林则徐为了解决运河水源问题，亲自沿中心河一带勘察。经反复论证最终他敲定张官渡闸工程，将单孔闸改建为双孔闸命名为“正闸”和“越闸”，以解决蓄水、灌溉、淤塞等问题。丹徒《义村天禧闸记》记载：至于长山之南凡八十余港之水总入练湖，以入运河。而徒阳接界之地，夏秋涨水之不可行。其道旁皆立石为表。凡数十柱，以示厉揭者望表而知涉焉。 我巡河走在河的北岸，一路向东，满脑都是汪洋一片的壮美景观。

中心河北岸丹徒三山境内有一个村庄叫湖滨村，下辖九个自然村。据老人介绍“西湖村”曾叫“千户村”，抓起村边的一把泥土，梦就回到了江南古村。汉武帝刘彻时，列侯标准的食邑是一千户。“冯唐易老，李广难封”李广征战一生，几十年下来连“侯”都未能封上，可见西湖这块土地有多么的丰饶，这里想必是古代的“经济特区”了。中心河既是文明的原生态，也是千户村繁衍发展的原动力。抖一下现有村落的名字，时间腌制村落的盐硝散落满地，历史的咸味处处可闻。河南岸丹阳的马陵村，头湖、杨家湖、魏家湖、戴家湖、大蒲墩、大白洋湾、小白杨林湾，村名无不跟水、湖、河相关，其实它们都是中心河养育出来挂在河两岸的珍珠。

丹阳河阳镇的来历更有趣。中国地势西北高，然后向东南渐低，河流流动时会倾向于向东南方向流动，南岸较容易受到河流的侵蚀，形成南湿北干的情形，因此水北为阳，水南为阴。可“河阳”的命名恰恰相反。据该镇镇志记载：古代这里有望不尽的洼地，是水的驿站，大河汪洋，一片茫茫，故名“河洋”，后改名“河阳”。河就专指中心河，中心河成了生命的常青藤，上面结满了生生不息的村庄。人们“白日登堤望碧水，黄昏饮畜傍溪河”甩掉脚下的土泥巴，手做喇叭唱长调，向远山呼唤，向大地呐喊：“丰收了！”

这些生活劳动的美景都是历史的真实。村民代代挥锄如握笔，耕地似蘸墨，描写着江南历史最美的理念、最好看的风光、最富足的作品。

前河阳村东南角有一建筑是整个刘氏宗族的宗祠，坐北朝南，三进九间，每进三间，大门的两侧有青石马一对。因为全村为刘氏家族，一、二进就成了本族人聚会、议事、婚丧大事的场所。第三进是香堂，也称祭祀堂，北面的神龛供奉着刘氏列祖列宗的牌位。村上居民都说他们是刘邦的后裔，刘氏宗谱第一页就有汉高祖刘邦的画像，这非常符合文化的预期。第二页，书有“文章华国，诗礼传家”八个大字，祠堂中间上方挂着“御龙堂”匾额。中间三间全是正方形螺丝地砖铺设，增添了祠堂威严气氛。很可惜，1967 年祠堂拆除，现已无法寻到踪影。但村庄因中心河而产生的文化、文明，依旧在家家户户烟火

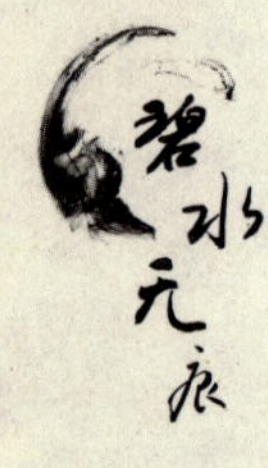

中闪烁着灿烂的光芒，与他们交流时那种浓烈的吴语口音和词汇，无不让我产生更多的遐想。

暗淡了中心河水的流动，远去了先祖们的面容。田野的风，静静地拂过我的心田。河道窄了又宽，变了又变，不变的是中心河水永远向东，奔流不息。

生生不息两岸人，人间烟火是家园。

破冈渎——给宝堰留下美好的记忆

通济河是宝堰的根，水是宝堰的魂。孙权在宝堰通济河上的一锹，让宝堰思念到如今。

公元 245 年八月，孙权命校尉陈勋率屯田兵三万从句容春城小溪村向东，经何庄、毕墟、鼍[tuó]龙庙、城墙、吕坊寺一直到南塘庄，挖了一条人工河，与宝堰通济河相通。这一锹给宝堰留下了千古绝唱的美丽一曲，贯通了南京的秦淮河与宝堰的通济河。

醉心建业矢志创业，俯仰天地间是孙权的情怀。黄初二年（221 年），孙权自京口（镇江）移治秣陵（今南京），“以洲渚为营壁，江淮为城堑”，建都立业，建城池，扩军力，雄踞江东。作为实际执政 52 年的“东吴一哥”，孙权的文韬武略，不是一般的厉害。虽然是个“官二代”，却非花花公子，反而英武异常。无论政治能力、军事能力，还是谋略、眼光等都非同一般，“生子当如孙仲谋”就是最好的佐证。当赤壁之战的樯橹灰飞烟灭，作为东吴霸主的孙权开始远虑深谋。为了对峙曹魏，雄踞一方，他利用东吴泽国水乡之利，开辟长江航运，并在京师建业（今南京）境内先后开凿青溪、潮沟、运渎、城业渠等数条人工运河，与秦淮河、长江贯通，织成密布的水运网，大力促进经济快速发展，努力实现“三吴一体化”。

据史书记载，三国时期的南京已是世界上规模很大的城市，六朝时和古罗马并称为“世界古典文明两大中心”，“商旅方舟万计”的繁荣景象早已使之成为“一线城市”。孙权善于谋略，纵横捭阖，大展宏图，决定派校尉陈勋率屯田兵三万开挖和宝堰通

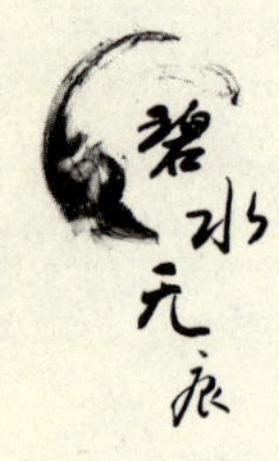

济河相通的人工河。“三吴行尽千山水，建业全仗破冈渎”。虽然此河全长只有50余里，但作为第一条人工河，在当时可以说是举全国之力而建。

茅山余脉，春城境内，岗多坡陡，开河破冈工程巨大，在当时生产力极其低下的情况下，其工程艰巨程度可想而知，故孙权将河名定为“破冈渎”。孙权这样做的目的，无非是为了实现他建国立业的百年梦想。为了扼守南京，控江襟淮，北上争雄，西抵蜀汉，他拼了。他非常清楚，东吴的后花园在太湖流域，定都建业，从苏杭一带调运军需进京，从镇江绕行增加了一百多公里路程不说，都城安全也是问题。因此，缩短运输里程、避开长江逆行风险，这些他不得不考虑。尤其来自曹操水军的袭击，必须时时防范，开凿破冈渎刻不容缓。事实正如他所愿，破冈渎通航后，除漕运外，舟船过往频繁，沿途人气大增，经济一片繁荣。官邸、行宫、仓储、驿站、酒馆如雨后春笋般出现，帝王巡游、王公谒陵、外交往来、商旅贸易，沿河两岸如朝阳初升，欣欣向荣。秦淮上游的句容因此也一跃成为“京畿首县”，宝堰也享受到了运河带来的红利。

与时光共酌的是水，与成功相伴的是河。南朝有见识的决策者们，常常把控制破冈渎视为决定战事胜负的重要举措。古渎边就曾发生过“苏峻反晋”“刘骏诛刘劭”“刘休若平乱”“王敬则伐萧鸾”等多次战事，一幕幕南朝刀光剑影隐藏在破冈渎中。

“风华神曲孙权演，千年工程映华章”。破冈渎梯级运河，运用了“埭”这一首创技术。在当时世界上属最早最先进的水利工程。 岗上行舟，梯级运河，困难重重。工匠们根据山岗开断后落差大、河身陡峭、需要蓄水通航的实际情况，在沿途筑埭（即水坝）14 道（平均每 2.2 里设埭一座），以节制水流，提高水深，保证通航。船过堰时先拖上坝，然后再下放于相邻段内。他们还设计用人力，后来用牛拉拖船上下坝。小船可以直接拖，大船就用绞盘等简单机械，这些创举可以说是最初的升船机和类似早期三峡大坝船闸的设计雏形。

遥想 1775 年前，在宝堰西侧的高冈坡地上，几乎每 500 米就有 900 多名士兵，肩挑手提，凿开土层和石头，挖掘出一条两条船都无法并行的狭窄的河道。蓄水之后，用小舴艋舟装满粮食，遇到向上的梯河，依靠人力或畜力拖拉，人们用坚忍的意志打通了南京到太湖的交通线。

破冈渎通船后吸引了当地百姓纷至沓来，观看冈上行舟的人间奇迹。运河岸边有个村庄叫何庄。这日，孙权来视察工程，在人头攒动的人群中发现了一张特别漂亮的面孔，恰是当地骑士何遂的女儿何姬。孙权看中这位村姑，就把何姬赐给太子孙和为妻，何姬与太子孙和成了亲，次年生下一子，取名孙皓。后来孙皓当了皇帝，封母亲何姬为皇太后。何姬做了皇太后，何氏家族成了皇亲国戚，显赫一时。在何庄建林园豪宅，置良田山林，何庄成为当地远近闻名的大村。建起了桃花馆，水榭楼台，姹紫嫣红。以至于当地将何庄也称为桃花馆。

破冈渎运用人力、畜力拖船过埭行舟的情景让一个人感觉十分有趣，此人就是南朝宋少帝刘义符。他十分痴迷这种行舟方式，征用工匠在皇宫开沟聚土，筑成皇宫破冈渎，玩船只过埭的游戏。

破冈渎水利工程证明了创新是引领发展的第一动力。它东西各设七埭，东七埭入宝堰通济河，西七埭经赤山湖下接秦淮河。埭的运用可谓是从 0 到 1 的先创，梯级提水运输实属世界首创。这条梯级水运航道，比起太湖经徒阳运河、京口入江至建业，航程短且安全，无长江逆行的风险，保证了都城建业的漕运物资需要，缩短了运输里程，也有效防范了魏军袭击，成了沟通都城和三吴（吴郡、吴兴和会稽）地区的一条重要生命线。吴以后的晋朝及南朝、宋、齐、梁、陈均以运行破冈渎为要。设想一下，当年太湖流域是东吴的主要粮食产区，所产粮食每年要有一大批调运到南京。从太湖水系来的运粮船虽有运河可通镇江，但是水道狭窄，不能通行大船，只能使用小船，而小船进入长江下游航行又难抗风浪。因此，太湖流域的粮食用小船运到镇江后，需要换装大船才能通过长江运到南京，费时费力，损耗严重，很不方便，破冈渎改变了这种状况。

在 14 座水坝中，江宁区的方山埭最大，它是建业的南大门，重要的水陆码头，古人送客下吴会，乘船一般都要送到方山埭才告别。因此在这里也留下了大量的诗篇和故事。南朝诗人谢灵运曾在此与亲友告别，他的《邻里相送至方山》最为著名，其中“各勉日新志，音尘慰寂蔑”的依依情怀，至今读来依然颇有所感。

到了南朝宋、齐、梁代时，破岗渎由上容渎代替。南朝陈代又修复破冈渎。陈朝被灭前，破冈渎一直是南京地区的重要津隘。隋朝灭南朝陈以后，隋炀帝夷平建康（即南京），破冈渎的漕运作用随之丧失殆尽，隋炀帝浚拓江南运河后，下诏废除破冈渎，破冈渎逐渐被废弃。据推算，破冈渎完全淤塞可能在唐代中、后期，先后存在约 500 年。唐大历年间，颜真卿在《送刘太冲序》的诗中写道：“江月弦魄，秦淮顶潮。君行句溪，正及春水。”说明当时春汛期间破冈渎尚可季节性通航。随着时间的推移，破冈渎终至湮没。

古河道破冈渎，承载着许多人的青春和梦想，在穿越岁月的虫洞时，绚丽

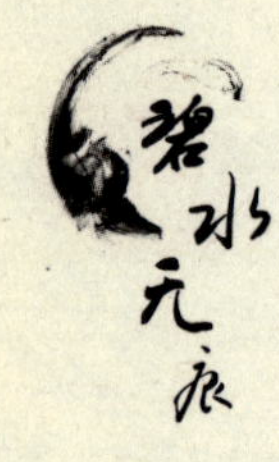

的色彩逐渐褪色，凝结在宝堰的往昔光谱黑白色块却更加深沉。它把宝堰通济河水系与江南地区镇江、常州一带水运之间的航运通道贯通，组成了南京、句容、丹阳和镇江乃至太湖流域和浙江地区的“水上公路”，承载了跨越六朝300多年间的漕运重任。孙权的一锹，成了宝堰永久的记忆。

四月天，我来到『文龙水库』

对水的认识，始于水库。

丘陵家乡的水库，是天降明珠，永远在我脑海一闪一亮、一闪一亮，像水帘洞般隐藏着奥秘，令我遐想。

沿着一条笔直的渠道向南延伸，看到“竹子墩”就到了丹徒区上会东南的蒋庄村。蒋庄、郦庄、高陵三村和丹阳市司徒镇交界，三村之间有座水库叫“文龙水库”，这是我每年去高陵姑母家拜年的路线。

少时，最初的社会实践是每年春节拜年。丹阳、句容的亲戚家都想去，但最想去高陵。为了争取去高陵的机会，经过“剪刀、榔头、布”三个回合，才打败弟弟们终于赢得了人场券。

之所以喜欢到高陵，是因为这里有深不可测的秘密，据老人们说丹徒文龙水库的水和三国时高陵孙权及孙尚香的故事。

清明后，我又一次来到“文龙水库”。站在大坝上，向东看，丹徒郦庄和丹阳司徒的马甲村握手，西边的丹徒蒋庄安然注视着扬溧高速公路，南边丹徒高陵阡陌纵横。只见：黄桃一片花如海，千朵万朵迎风开，花从树上纷纷落，人从画中双双来。我走到坝下，在树根的清水中洗了把脸。若干年前的夏天，我到姑母家，姑母在“文龙水库”南面的稻田里开沟蓄田，她见到我，刚说马上就回家忽又对我说：“这水要流到隔壁的屯甸村去了。丹徒的水流到丹阳，给他们占了便宜，心里不舒服。”她说的屯甸村就是高陵东南隔壁的邻村。在我看来，高陵、郦庄和丹阳市交界，水往低处流是很正常的事。姑母却对我说：“侄子，水是种田人

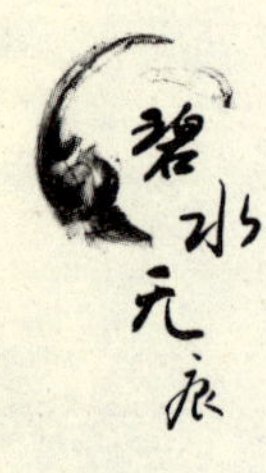

的命，庄稼没水就像人没了气，会死的。我挑文龙水库，肩膀的皮都挑破了。”姑母说的是指为了纪念抗日英雄辛文龙而命名的“文龙水库”，这是我第一次把水和生命联系起来。

姑母的这句话逐渐在我身边演绎成放水、偷水、抢水、车水电影般的场面和故事。当丘陵地区干旱来临时，一片片庄稼像抱在手中的婴儿，饥渴地张开小嘴，盯着你的眼睛哭喊：“喝水！喝水！”水就成了贴在你眼睛里要命的布告。

1959年丹徒县人民政府决定兴建文龙水库，1975年又进行了培厚加固，这个惠及一方的水库，解救了不少路过“鬼门关”的植物。我每次路过这文龙水库，都会在大坝上坐一会儿，感受党和政府命名“文龙水库”的含义，也时常被英雄辛文龙的豪气感动得泪洒衣衫。

辛文龙，江苏丹徒高陵村人，1901年出生，乳名叫“老虎”。1926年去南京读书后随即参加了北伐战争，后因战斗负伤不得不回到家中养伤。1937年抗日战争爆发，他踊跃投身革命，在党的教育下，1938年加入了中国共产党，并任镇江、句容、丹阳、金坛四县抗敌总会委员。他以极大的热情组织领导上会地区的抗敌斗争，布下了革命的火种，从此上下会地区出现了前所未有的革命高潮。他的革命举动，引起了日本鬼子极大的恐惧和仇恨。敌人千方百计设法抓获辛文龙。1940年3月的一个夜晚，敌人在高陵隔壁的合偶村假装“土匪袭击村民”，以此来诱骗辛文龙。他们知道，共产党人见群众受难，一定会来解救。辛文龙不知是圈套，立即组织数十名村上的青年前往合偶村解救，最终寡不敌众，辛文龙不幸被捕。但敌人并不认识辛文龙是谁，一当地的伪军认出了他，随即把他押往上会鬼子据点。日本鬼子对辛文龙百般毒打、摧残。辛文龙面无惧色。敌人知道他吃斋，就故意把鱼罐头和肉往他嘴中塞，他怒目而视，一声不吭。日本鬼子的队长把香烟往他嘴里、鼻孔中塞，以此来侮辱他。辛文龙猛地一口咬下了鬼子队长的一个手指。鬼子恼羞成怒，用刺刀在他胸腹一连刺17刀，辛文龙最后英勇就义。上会人听到这个消息，无不被他的英雄气概所感动。人们都说“文龙水库”的水是上苍为他流的泪。为了纪念他，党和人民政府决定把这座水库命名为“文龙水库”，同时也希望后人继承烈士革命意志，团结一致、互帮互助，共享一汪清水。

文龙水库的水流到烈士的家门口，也流到了三国时孙权妹妹孙尚香的墓前，再流向丹句线旁的屯甸村。这块吴国兴衰和东吴时期兴建最先进水利工程的土地，让我再一次闻到了水的古老味道。

说到孙尚香，姑母就有说不完的话。据说孙权的祖父孙钟从浙江富阳迁到隔壁司徒镇的“白鹤山”生活，活动范围包括高陵、屯甸村一带，孙权坐拥吴国后，各项事业飞速发展。他采用了当时最先进的“屯田”制发展农业和兴修水利，“屯甸”就是因三国“屯兵”“屯田”而得名。高陵村不远处的“破冈渎”水利工程，是三国时期南京秦淮河和丹阳香草河连接起来的“国家重点工程”，采用了当时世界范围内最先进的水利工程技术。孙权得知妹妹死后，内心十分愧疚，决定为妹妹厚葬，修建20米高的陵墓，高陵村因此而得名。据说当年高陵人曾挖出与实际人大小相等的女性无头石人及石马雕塑和石雕麒麟。关于孙权的故事、传说，姑母说她三天三夜也说不完。

风儿轻轻地吹，花儿慢慢地开，水库上飘来的是三国时候的风，听到的是吴国时候的调。脚下文龙水库的水，哼着抗日的歌，带着文龙的英名随着风起，跟着水长流向高陵村的黄桃果园。

每次走过丹徒区宝堰镇，总想看清通济河，或者是之前在通济河上走过的人，或者是我一样的过客，或者是扎根下来成为当地炊烟起处的村民。

1976 年新开挖的通济河走到上桥时，向北急转，形成“L 形”直角。我觉得从这“L 形”套筒板子般的身上可以找出线索。那些被时光收走的历史，随着“L 形”套筒板子的旋紧、松动，宝堰的生命时光、古老通济河的记忆渐渐露了出来。

后亭桥、通济河桥、向阳桥三座大桥横跨在新通济河上，演绎着宝堰生命进程的某个特殊时段，提醒我把目光朝历史的深处望去。

沿着宝堰烈士陵园向西走，新四军四县抗敌总会旧址的门前就是古通济河。这里曾是“怡和酒行”张浩明建的码头。码头有脚踏台阶，前沿水深 4 米，40 吨以上大船可以停靠。向西 100 米就是通济河的地标——三圈桥，又称太平桥、三仙桥，也是太平桥码头的旧址。尽管隔着时间的帷幕，但这帷幕对我而言是那么的薄，似乎能闻到那已过去的气息。向西 300 米，现在的老镇荣公路旁就是宝堰著名的大码头。通济河贯通集镇的中心，大码头身处要冲，岸线达 300 米，水深 4 米。大码头向西约 500 米就是私人建造的专用码头北闸口码头，此码头由共义油坊建造。时间蒸煮码头，码头慢慢地融化在流淌的古通济河中，太平桥（三圈桥、三仙桥）则成了唯一的码头历史遗品。

一条河流，一座古镇，一个水波，一个秘密。

1976 年开挖新通济河，在宝堰西南磨盘山出土了红陶、灰陶、印纹陶残片。专家研究认定，远在商周时期这里就有先辈繁衍生息，从此揭开了“宝堰”一词的面纱。该地原名“拦水村”，后人口增多就筑坝拦水，因而取名“堰坝”。和所有人类文明一样，他们逐水而居，依水而存。通济河具体成于何时，现已无法考证，但先辈视堰坝为宝，以水为宝，才取名“宝堰”。宝堰从此成了江南水乡的尾巴，丘陵地区的发际。通济河连通太湖，就像“江南水乡”群底边的花纹和“丘陵上的头颅”上会在这里碰头。

在宝堰古镇吃宝堰面，你能感受到吴文化把通济河两岸熏透风干，像这里的小吃香干一样香味弥散。听宾客吴语交流，“你到窝里开格”（你到那里去的）；“散交”（昨天），等等。古老的吴语词汇，发音在如今依旧青春容颜，广泛流传。“宝堰面”的做法格外引人注目，在中原饮食文化的基础上，它更加别具一格。经营者力求面条身骨柔中有硬，下面条时注重沸水入锅，水清不糊。等到面条透熟，加之自家所熬制的酱油加鲜、加甜。面条起锅时讲究将先熬制的调料放入碗内，最后再以麻油或荤油浇在上面，或干拌，或带汤，香味诱人。再加一碗长时间煨煮的浓骨头汤，边吃面边喝汤，美味无比。这种吃法，这种食面的创新，让吴文化中的饮食文化革新，有了很大的空间。调味之丰，味道之浓，做法之精，吃法之讲究，处处体现着吴文化的精细、雅致。

太湖流域是江南水乡的心脏，通济河是宝堰连接洮湖、滆湖、太湖地区的动脉。通济河水不舍昼夜，宝堰百姓生生不息。清末民初，宝堰这里已有两三百家商店，粮食成交量最高年份达 21 万担（1 担约 100 斤），酒业成交量最高达 40 万担。“路行车马，水行风帆”使宝堰有了“小南京”之称。水的触摸，拍打着码头的脚步；人员之广，改变了重农轻商的中原文化；客商云集，有了“亦农亦商”崭新的吴文化。不少人开始习惯坐茶馆，进饭店，早上吃碗“宝堰面”。

幽蓝而空灵的山水抚慰人心，通济河水夹着吴文化的气息，渐行渐阔。吴文化中渗透到骨髓的儒家文化大大提升了展现的空间。

宝堰人李雨春，清咸丰年间创建“铭记酒行”，鼎盛时期一年经营白酒 40 万担，他是宝堰有白万资产的商业巨子。1896 年，花甲之寿的李雨春将酒行交给儿子李培田，自己潜心慈善事业。清光绪二十五年（1899 年）江南大旱，他一面派人为饥民施粥，一面联合地方绅商，慷慨捐助纹银约 5 万两，以工代赈疏浚通济河，开挖塘堤，接着带头捐资兴建宝堰三孔平桥。李培田接任“铭

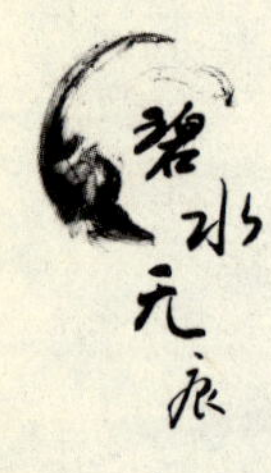

记酒行”后不忘其父旧事，民国二年（1913 年）会同丹徒、句容、江宁三县名流到省府陈请通济河续浚一事，虽得赞许但未予实施。是年，他又在宝堰创办了第三高等小学，不收学费供外地学生食宿，慈善文化在通济河岸得到了进一步的弘扬发展。

一个人热爱家乡，乐于慈善，雅好通济河，把一生一世的眷念系挂在养育他的土地上，就像一个游子把人生最美好的回忆留在了通济河两岸。

我在宝堰镇上行走，触摸通济河水，这是一瞬间之事，像激流卷起的一个小小漩涡，感觉千年的通济河也不过弹指一挥间。历史并非只是过去的事物，它仍以各种方式产生着影响。通济河因水流的冲刷、沉淀，集镇的发展而变形、改道，但从前清澈可见的地方仍旧璀璨。我只是匆匆而过，了解得少之又少，只是聚焦和宣扬了其中灿烂的部分，但这足以使我的心灵得到抚慰。它就像一股生生不息的水流滋养着宝堰一方水土。

通济河水向东流，流进运河参北斗，流入太湖进杭州，流过宝堰书春秋。

在荣炳听『水』说

当我的目光投向镇江南乡边际小镇荣炳盐资源区时，一句“最美的女子养在深闺，最美的风景藏在边陲”脱口而出。

“镇江到荣炳，早上第一班公交上面的乘客都是钓鱼的”这一流行语一下就把荣炳的通济河、幸福河、横塘湖、前湖（三岔湖）、后湖、洋湖、汀湘湖还有五座水库呈现在人们的眼前。茹墅河还不算，加上池塘，整个荣炳仿佛浸润在水中，垂钓者乐此不疲的来访原因就不言而喻了。如果荣炳是一片蓝天，通济河、幸福河就是银河，五湖就如五朵白云接在蓝天上，水库、水塘就像星星眨着眼，荣炳成了名副其实的“梦幻世界”“水上乡村”。

荣炳不仅水多，水美，还有大小山丘 21 座，最高的小南山主峰海拔达 166.6 米。青山可以清目，流水可以静耳，在此生活、生产、垂钓，岂不是自然之恩惠，大地之眷顾。

荣炳原名“龙溪、蛟溪”。1951 年将“蛟龙乡”命名为荣炳乡，以示对革命烈士凌荣炳的纪念。

每一片土地都有属于它的颜色、符号、标记。每一滴流动的水，都给荣炳留下了不可磨灭的印记。生长于斯的人们，都留下了他们生命的温度，汇聚在清澈的激流中，成为一部永恒的史诗。

公元 889 年住在单巷（现南庄村，官舍村间）的魏知刚，在通济河南、横塘湖北，带领儿孙在此掘井建设别墅为官人居住，谓之官者“逆旅”，后逐渐变成今日的村名“官舍”。这个和通济河命运共存的村子，把水的灵性、水的生命，孕育成郁郁葱葱的人类生命树。据记载，该村清朝就有学堂，清末魏氏宗祠就办起

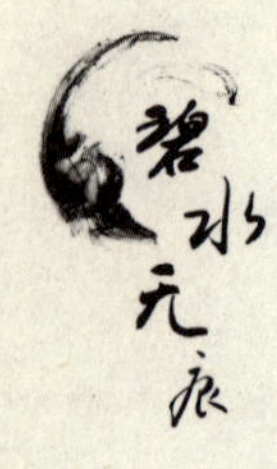

了两个私塾班。民国时期，村子就办起 60 多名学生的洋学堂（公办小学）。新中国成立后至 2019 年，村子里的大学生 68 名，博士 7 名，博士生导师教授、副教授 5 名。“忠厚传家久，诗书济世长”的文化传统和诗书之香弥漫在整个村子。

张开千帆过尽的眼，时间深处，魏知刚及儿孙，迎来一批批官员入宿，挥手告别一只只离舟，回到家中谈得最多的就是“上善若水”“诗书礼让”“状元文化”。他们做梦都希望后人把通济河、横塘湖水的内质化为一朵朵喇叭花，齐崭崭地在子孙后代和生活在这片土地上的人们心中开放，让未来荣炳有更多的颜色，让更多的人们具有海纳百川、刚柔相济、滴水石穿、沉底自净、洗涤污淖的品性。

和魏知刚一样，对水具有真知灼见的句容郭玗村凌氏第二十七世孙，名省华，号东野。宋朝熙宁年间（1068 年），在赴丹阳九里谒拜季子祠途中，见荣炳（古称龙溪）三岔湖东通济河，紧挨后湖：“三茅（茅山、三茅峰）壁立，四湖环绕，苍茫烟火居中，亭台楼阁突春容。鸟语花香、树影掩映，渔歌芦荻风。”（荣炳镇志）遂弃旧宅，携妻汤氏来此定居，并命名此地为“龙溪村”。为了传承句容“郭玗”的“玗”字，于是又改为“蒲玗村”。“凡音之起，由人心生也。”命名者见此地如人间仙境，思考着水的哲学“龙”“蛟”都是能发水的，它们带着美好的愿望，希望把“水”的灵性和“龙”的天性化为子孙和人们兴家立业的精神，并希冀这一精神成为凌氏后代张扬自己文化的一座圣殿。据统计，现荣炳革命烈士陵园内蒲玗村出籍的烈士就占全园的三分之一。“上善若水”在此描绘了无数缤纷美景和风云际会波澜壮阔的历史。

荣炳境内最大的湖泊是洋湖。湖线长达 6.49 千米，它每天转动着周围村庄的生活、生产。“荣炳散成绮，洋湖静成练。”一年四季，湖面明镜映日，碧波万顷，绿柳轻拂，鱼潜鸟飞，蒲芦遍野，蟹肥稻香。世世代代的人们在这里和水共同演绎了生命的进程，人类文明在这里不断闪耀。

水涵荣炳三千载，地生华章数万篇。边陲最南端的汀湘湖和金坛徐巷村共享碧水蓝天。这里离金坛西阳镇只有几里路，它讲述的是带入时光的故事。湖中的一道道波浪如连接吴文化承载的轴承，在数千年的时光中发出咔咔转动的声响。

过去人们去茅山请香问道，沪浙方向的香客大部分从通济河张家桥上岸，观赏汀湘湖水，这里是必经之路、必修之课。白天，湖面茅峰倒映，一望无际；

夜晚，星光繁点，水波涟漪。明朝诗人曾赞美道：“鹭巢点波碧，鸦飞混成冥。相去数里许，恍接蓬莱境。倚仗久凝睇，吟啸伴弧永。安得王摩诘，奋然写真景。”水把汀湘湖养成了出闺的少女，明眸皓齿，黛眉轻卧。柔美的弧线画出了茅山东面这块土地的灵韵，身后的茅山郁郁葱葱坚守着一个个秘密。

天地用手摇动着荣炳生命的辘轳，荣炳爱水护水摇动着生命之舟。当我站在 2006 年建的“洋湖新桥”上，在离湖中小墩不足百米的小河中，我看到了清澈的溪水像小鱼一样缓缓的“游动”。听似无声无息，看似灵动激越，匆匆奔向银蓝如盖的洋湖。我突然想到，这淙淙汇流的小溪就是洋湖和荣炳水的源头。它们从小到大，不分昼夜，一路向前，把荣炳大地变成水上世界、人间仙境。远望茫茫湖水，旁边的鱼塘正忙着退渔还湖，所有的人都在为建设生生不息的福祉而努力。

古道蛟溪河灵变仍可见

从通济河荣炳段沿幸福河向西走，来到了荣炳曲阳古村。村民老胡告诉我，传说幸福河就是蛟溪河的一段，但现在已无法寻找到古蛟溪河的水滴。他把我带到村北最高处，指着村西北的湾码头村——曹巷村说：“蛟溪河的源头可能就在那一段。”按照他所指的方向望去，蛟溪河已被光阴湮没，早已废置淤塞，只留下当年“湾码头”就是“万人码头”“万家客商”的猜测和传说。

环顾曲阳四周，寻觅蛟溪河的踪影。西南是耸峙的茅山，大茅峰、二茅峰、三茅峰依稀可见；大南山、小南山坐落在曲阳村的正西南；华山簇拥着众多的小山丘静静地护卫着曲阳村的西大门；“军民水库”安闲地躺在茅山山脉的小山中。

茅山，千百年来被周围的百姓认为是“神山”。这座“神山”上的“三茅峰”在百姓心中已成为“茅盈、茅固、茅衷”三兄弟的化身并视为“三神”。《曲阳村志》记载中有歌曰：“茅山连金陵，江湖据下流。三神乘百鹤，各治一山头。召雨灌稻禾，陆田苗亦柔。妻子咸保宝，使我百无忧。白鹄翔青天，何时复来游。”老胡还告诉我，听老一辈人说，过去进出茅山主要靠蛟溪河和通济河连接，自这里走向四方。蛟溪河因茅山给荣炳、曲阳来了光芒，因时间沉淀出了蛟溪文化。

相传曲阳村已有2600年历史，村名的由来具有传奇色彩。相传晋代邑人葛洪在茅山采药炼丹。一天来到茅山东麓，天空万里无云，一片晴朗。突然，一片黑云飞过，一道闪电迎面而来，顿时天昏地暗，葛洪急忙离开峭壁快速下山。就在此时，一名老道出现在他眼前，一把按住他，让他站稳。过了片刻，雨过天晴。老者对葛洪说："再继续东下，便是华阳村了，可惜这村的名字叫对了一半。刚才这个峭壁下面是华阳洞，再往西走还有一洞名叫句曲洞，那个洞比这个洞还要深、还要大，是先有句曲洞，后有华阳洞。"说着这个老者飘然而去。葛浩知道自己遇到仙人了，就下山来到华阳村，找到村上的长老，把自己遇到仙人的事一一说出。大家觉得是村上遇到天赐恩德，须用赐名。从此便取名"曲阳"村。这个传说一代又一代地传了下来，一直传到今天，然后再由我们以同样的方式一代一代地延续下去。我想：只要有人类的存在，所有的传说都会有无穷的生命力。因为人类的思想和想象力在绵延着这一传说，直到天荒地老。

如果现在能见到蛟溪河，它应该会是茅山的骄傲。古蛟溪河向东伸展的河道承载着茅山的理想古蛟溪河把文人、道士、隐士留下的传说、故事酿成了多年的美酒，历久弥香。原丹徒县巨村人欧阳苏（新中国成立后巨村划归金坛县，现属金坛区直溪镇）在《蛟溪书屋怀刘青田先生并序》中记录了刘伯温曾在蛟溪河附近教书近三年，并留下一美好的传说："来时三月三，去时九月九，半个鸡头一杯酒，乡亲情谊最长久。"这就是"半个鸡头一杯酒"的来历，意思是表达对客人的亲近知心，随和且不受拘束。欧阳苏作为欧阳氏后代三四百年后仍对刘基归隐丹徒巨村津津乐道并以此为荣耀，可见茅山跟蛟溪河、通济河、香草河都成了刘伯温生命中的一部分美好生活的记忆。千年来，刘伯温的"茅峰峙西南，当轩屏障起。岭树翠欲挹，山光满案几。"这首诗在这片土地上传诵。他在丹徒蛟溪时写的："大河从北来，依村环逦迤。春至桃花浪，洋洋浮百里"流传至今。（大河指通济河，也有一说指香草河）通济河在曲阳村北三千米处。可能刘伯温在蛟溪河畔搭建了"蛟溪书屋"用来观景、读书、写诗、授业隐居。具体位置现在虽无法考证，但"蛟溪书屋"确实存在。我猜想：他抬头见茅山，静心观华阳，月泻蛟溪水，独步曲阳道大有可能。通过《刘基文集》至今还可以感受到他在茅山附近书写隐居诗篇的温度。

告别老胡，我驱车来到军民水库，1965 年中国人民解放军 6532 部队来此进行战备训练。他们一边训练，一边帮助当地群众兴建水利。为纪念这一特殊的事件，特命名此水库为"军民水库"。

面对波光粼粼的"军民水库"，古老的曲阳村中仿佛响起了悠扬的琴声，人们欢声笑语、载歌载舞，军民鱼水一家亲的场面浮现眼前。茅山舞动的彩绸，在我脑海中闪动，歌声久久回荡在我的耳边。

春在胜利河畔留下脚印

胜利河是丹徒区上会、宝堰和丹阳市行宫的亲友团，上承句容市的洛阳河，下接流往太湖的通济河。河的南面是宝堰镇老庄洋、刘甲洋等“八大洋”，河的北面是原上会镇五谷村（东滨大队）、枫庄村，河水流到丹阳境内行宫王固庄就一头钻到香草河怀里，和远处的长江、近处的三叉河相连了。

胜利河原来是一条没有名字的小水沟。东边是万顷洋，南边还是万顷洋，西边才是通济河，只有北面是上会镇五谷村、（东滨大队）枫庄村。古代万顷洋面积很大，据《丹阳县志》中记载：“万顷洋为九里北一巨顷，上至（宝堰）丁角，下至马王坝，纵横湖十里。”281 年，延陵设县治，这一片土地都属延陵县。据说两千多年前，季札“三让王位”来到九里，传授先进农业生产技术，死后就葬在九里旁，周围百姓为了缅怀他的丰功伟绩，在九里为他修建了“季子庙”，尊他为“道德圣人”。在“文化大革命”时期，丹阳县设置了“万顷洋”农场，湖面消失，万顷洋成了地名标签。

胜利河的名字源自 1952—1953 年这一时期。当时社会主义建设如火如荼的进行，丹阳、丹徒共同开挖了王甲洋以东的河道，为了纪念社会主义建设就定名为“胜利河”。

季子把延陵、九里、枫庄、五谷、宝堰融为一家，胜利河使丹阳行宫、丹徒上会、宝堰连为一体，万顷洋成了调色盘和烟火图。

丹阳有位学者同我谈起原丹徒区上会五谷村的历史。他认为：“五谷村”包氏家族应该是丹阳原麦溪镇安息村浮鲤塘的一支。

理由非常简单，清朝同治《包氏族谱》传经堂本，延陵是包氏家族发祥地，并有案可稽。他推断，五谷村在万顷洋北，属延陵范围和包氏家族开拓延陵，守望故土完全吻合。我笑着说："我没有考证，没有文字记载，只能算推测。"但按照季子庙、附近旧县村的历史来看完全可能。我认为"五谷村"的先辈选择万顷洋北岸是有远见卓识的。他们留下的足迹，为上会找到他们从哪里来到哪里去，写下了答案。

现在进入"五谷村"，不可能再看到"碧水归帆日暮中"的情景了，但村前的白云流水会告诉你五谷村的昨天和今天。

当初先民们来到这里，秉承"近水全收、远水难收、无水没收"的信仰，选择近水的万顷洋北岸，心中充满着希望：有水就有粮，水足粮满仓。进，前有近水；退，后有山岗。给村起个名叫"五谷"无灾平安，五谷丰登是多好的事啊！可以想象：清晨，男人下河收网、下洋捕鱼，女人做饭洗衣、提线织网；白天种庄稼，傍晚鱼虾一锅、小酒飘香；左右邻舍串门谈笑，劳动的收获、村上的笑话，总让他们忘情冷雨夜，不知夏夜短。秋收季节，鱼也肥、稻也香、藕也长，菱角盖河吃不光。出门提个鱼篓，哼着渔歌走在洋埂上，一天劳动的疲乏困倦就这样轻放，白云流水成了每天的生活乐章，水面处处似春光。

不过，不是每一天的生活都是这样，有快乐就有烦恼，也有念不完的抗洪斗争。中华人民共和国成立后，胜利河也曾经一手抹着蜜糖，一手挥舞着洪水大棒。每到江东雨季，十里长山山洪暴发，上游的激流就像千军万马疾泄而下，冲毁桥梁、撕开河堤、摧毁河岸、淹没农田，严重威胁百姓的生命健康。据《上会镇志》记载：1972 年洪水季节，连降暴雨，胜利河水猛涨，往日安闲优雅的河水突然变成了凶猛的老虎，而且像发了疯似的，枫庄五队的女青年庄连青在抗洪中一不小心被洪水吞没了，这是多么悲伤的事啊！但上会人民没有被吓到，很快降伏了水魔，对疏浚胜利河也更加快了节奏。1991 年窦甲洋至双丰涵段南岸实施了堤防达标工程，2004 年、2005 年上会镇又在胜利河北岸进行了加固工程。

村庄讲述着往事，平常的日子推着未来走。我站在胜利河岸上，脚下感觉都是当年"挑水利"人的汗水和泥浆。仿佛看到了那群人在隆冬时节，（农闲时才能上水利）天冷得伸不出手，钉耙凿下去，只有五个齿印。天刚亮，民工们迎着刺痛皮肤的寒风，男的带着黄色军帽，女的扎着方巾，挑着挑箕。只听到工地上广播喇叭响了"社会主义好，社会主义好""下面播送挑战书""××

大队的来稿：战天斗地不怕寒，敢教日月换新天”整个工地上全是人，且都是壮劳力。只有千军，没有万马，最多的时候近两万人，非常壮观，名副其实的“百团大会战”。随着热情高涨，有人从取土的坝底下，挑着满满的一担土，一步一步冲向十几米高的坝顶。看似简单，无数次的反复，手磨出了血泡、老茧，鞋底磨穿了，帮和底分了家。现在虽然说不出他们的名字，但那些形象依旧发着光亮。

没有高山就没有河流，有了河流就有了脊梁。时间酿着美酒，为那些无名的脊梁浅吟低唱，胜利河上只剩下春天的脚步。

水唤起一座镇江城

万里长江，一泻千里，到了镇江被镇住了。性格变得温婉了不少，一部分转入金山湖，一部分弯入大运河。

“咒骂人生太短，唏嘘相见恨晚。”这句话来形容两千多年前秦始皇到丹徒时的心情极为恰当。他看完了“三千越甲可吞吴”的大戏后，意气风发。下令三千囚徒开挖徒阳运河使其与吴王夫差公元前 486 年开挖的邗沟接通，同时在丹徒入江口设丹徒县，从此长江、运河岸边有了镇江城。

与秦始皇不同，孙权的眼中只有北魏。208 年，他以水为本，以水军立国，以水治国，在京口筑“铁瓮城”。尽管城周长只有 630 步，梦想却在水上起飞。相传云台山脚下就是周瑜的“东吴水师”。

隋大业六年（610 年）京口入江，镇江城池逐渐扩大。宋朝文人墨客欧阳修、范仲淹、梅尧臣、王安石等纷纷来以西津渡吟诗作对。苏轼一生 12 次到润州，曾希望卜居蒜山，有关镇江的诗词文就有两百余首（篇）。元朝时马可·波罗从扬州来到镇江，就是在这里登岸。西津渡区域成了市中心区的一个重要组成部分。南宋末，城西高资段至牌湾开始与陆地相连。1879 年金山南滩与南岸相连，金山慢慢上岸，西部江岸开始凸起，镇江城也缘水而变，因江而兴。

自从秦朝古江南河连通“三江”，隋朝大运河全线贯通，水就成了中原与东南的“高速公路”。水不仅为“衣冠南渡”“靖康

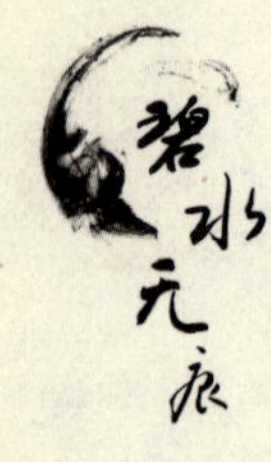

之乱”提供最快捷的交通便道，也将中原文明，大水漫灌式地输入到镇江。在水的浸润下，北方特色的建筑风格和语言文化慢慢地吐露芬芳，镇江也有了自爱、爽快的性格和特征，水成了镇江的魂。

水绕镇江城，河穿古城过，桥连两岸地。各种木桥、便桥、石桥相继出现，多达55座。著名的千秋桥、绿水桥、通济（南水）桥、虎踞桥、镇西（拖板）桥、阜成（老西门）桥、丁卯桥等横跨在运河上，颇有威尼斯水城的范儿。据记载，虎踞桥原名叫泰运桥，因为身后是高大的南门（又称虎踞门），渐渐桥就被称为虎踞桥。“虎踞龙盘”是形容地形险要的，虎踞桥扼守镇江南关，对保卫镇江极具重要意义。

第二次鸦片战争后，西津渡、城西区域更加兴盛。1929年2月至1949年4月，镇江成了江苏省省会。20世纪50年代，大运河入江口从京口闸移至谏壁，镇江城拨动着长江发出了动人的音符。

水雄起镇江港霸主地位

大运河在镇江境内有一条支流叫“丹金溧漕河”。这一和长江水相连的河流呼唤着千年，不用演绎，不用渲染地告诉人们，水是镇江的心脏，漕运就是镇江的肌肉。

漕运始于汉而盛于唐宋，渡口历史止于2003年年底。历史上北方是持久的战场，江南是稳定的后方。要钱、要粮、税赋、粮食，南方经济支撑了北方，北方政权也成功控制住南方。西津渡是“漕挽咽喉”漕运的命脉，形成于三国、完备于唐代。苏浙运来的漕粮，皇都享用的贡品70%要在此中转，怎能离得开西津渡，怎不忆镇江。

随着南粮北运渐成定制，镇江水努力铺垫着人们的生活，搏动着时代的脉搏。一方面江南漕粮经西津渡过长江北上，另一方面湖南、江西、湖北大量的粮食要在西津渡中转，“七省粮道”因此而扬名。

隋炀帝杨广登基后立即实施“京杭大运河”的南北其通，这个极具创意且富有前瞻性思维的举措，实现了“南粮北调”，自然把镇江也推上了顶峰。宋仁宗天圣年间，国家又投资开凿了新河入江口（今京口闸河道），分流漕船以减轻大京口的压力。“宋元粮仓”（今镇江如意江南小区）最能向世人昭示水的力量和镇江转水的肌肉，13座“宋元粮仓”可以说是当年国家一号工程和强国工程。随着1293年大运河全线贯通，从原来的2500千米削短至1500千米，元朝“弃弓取弦”式的修整，使水的步伐更加轻盈，镇江的身子更加秀美，灵气，自由地迸发出灿烂的灵感。镇江继六朝之后又一次登上时代的巅峰。

遇到年谨、饥荒、战乱，漕运的船只像木排一样堆在河水上。明代曾出现漕运船只一万多艘、押运官兵12万人的景象。平政桥、西门桥，一直到丹徒永宁桥，两岸人头攒动，摩肩接踵。运往京城的漕粮，不仅要养活政府各级官员、军队将士还要供应百姓。其他区域的驻地部队也要通过镇江水运，才能到达各地。如此大规模的水上运输，完整的供应链如无数咬合紧密的齿轮在转动巨大的国家机器。动力就是镇江的水、镇江的港。很多聪明人试图打破这一神话，把镇江从霸主地位赶下台。他们试着从常州孟河进入长江与泰兴北新河相连北上。然而在经历长江无数次沉船，风浪搁浅之后不得不放弃幻想，信服秦始皇、孙权、隋炀帝的决策，俯首称臣，悦服镇江。

水让镇江成了“一线城市”

长江仿佛是大自然壮丽的挥毫泼墨之笔，给镇江献上一串璀璨的珠链，运河恰似飘逸的玉带舞动、指引着镇江高质量发展，北部滨水区如母亲的摇篮安顿着镇江的灵魂。

随着镇江水运中心地位的确立，人才、外资、世界百强纷纷来到镇江，兴业定居镇江。镇江逐渐由水运中心，走向人才中心、文化中心、金融中心、商贸中心、科创中心。1930年，上海人口130万，南京人口65万，而当年镇江就有60万人口，其中外侨近2000余名。历史上，大批高端人才如孙权、刘勰、祖冲之、陶弘景、米芾、许浑、苏颂、宗泽、杨一清、张玉书、茅以升等纷纷创业、移居、定居镇江。他们如群星般闪耀在镇江历史上。腾讯、阿里巴巴、苹果、东芝等中外知名企业，也鱼贯而入镇江商海。

许是镇江的水多，各路创投资金像淙淙小溪般流入镇江运河两岸。离西津渡不远的新河街，曾经是镇江运河边最繁华的地方。“舳舻转粟三千里，灯火沿流一万家”说出了当年的繁华。短短200多米，驻有慈善机构同善堂，规模宏大的“米业公所”，还有山西、陕西（泾河、泾阳）旅居镇江的商人聚会之所“泾人公所”。更有不少深宅大院，陈公馆、黄公馆、徐公馆……他们或是清代官员、盐商，或为民国时的银行老板。大院的跑马楼、风火墙，雕梁画栋间透露出当时一线城市“高大上”的气息。

西津渡古时称“西渚”，三国时叫“蒜山渡”，唐代曾名“金陵渡”，宋以

后才有此名也称“京口港”。随着繁华的江边向东、向南不断扩大，唐、宋、元、明、清五个朝代，这里都是风景秀丽、设施齐全、渡津一流、投资创业的乐土。这座由古渡口发展而形成的繁华商业区，在北宋时，已是相当规模的卫星镇——江口镇。救生、义渡码头是西津渡重要的码头。昭关石塔、救生会、观音洞等遗址从地理、历史、宗教、文化、民俗、风物等各个角度向我们讲述已逝的岁月。南面山坡上，一座红色小楼最引人注目，这里曾是英国领事馆，是帝国主义掠夺中国财富的证明。1861 年 5 月 10 日，西津渡成了有海入江的“第一商埠”。这里洋楼林立，灯红酒绿，仅小码头街上几百米长就有 150 多家店铺，这个聚集发散全国物品的旧生活，让人心甘情愿地与时光对赌。

水追随着风月，风月追随着水，长江水连着三山，运河水翻动着历史。激水之疾，至于漂石，势也。镇江，已蓄势待发，跑起来！这奔流疾驰江水般的势态，雷霆万钧；产业强市已经像滚滚波涛不可阻挡。镇江，跑起来！又一次让镇江人站在六朝、唐宋汹涌奔流的水流之巅，将镇江推向历史又一高度。

一座城、一条江、一条河，镇江成了漫长的时光河流。有岁月、有朝代、有人物、有流水，繁荣兴盛的背后有水到渠成的缘由。看着茫茫绿水的金山湖，依然波澜、依然不惊。

『徒阳水道』的嬗变

站在苏南运河辛丰大桥上，向南远眺是丹阳，向北远望是镇江，穿梭于此的运输船只每天不下千艘，相当于沪宁铁路单线货运量的四倍。我不由感慨："一水穿南北，货物走千年。"

如果说京杭大运河、大运河、苏南运河、江南河是中华古文明的教科书，那么"徒阳水道"亦称"徒阳运河"就是镇江水的活化石。苏南运河、古江南河、江南河通指镇江到杭州段运河，"徒阳运河"是专指丹徒（今镇江）至丹阳这一段水路。它是古江南运河北端通江雏形。在隋朝南北大运河没有贯通前也称"江南河"现称"苏南运河"。

公元前 486 年，吴王夫差在蜀冈上筑邗城，在城下的长江边开邗沟，一股锐气直指北方，中原争霸的舞台上出现了江南吴人的身影。当他下令在扬州湾头挖下第一锹土时，他的内心并不高兴，并且还有几分惆怅。十年前，他曾从苏州开凿运河至常州奔牛，准备一举直至长江，可到了吕城，宁镇丘陵的高地把太湖平原扔得远远不见踪影。地势高仰，使尽解数，无法着手，只好不情愿地沿着武进孟河找到入江口。可这哪里是他的理想王国呢！孟河入江口与扬州相差得太远了。那时的入海口在镇江，蚱蜢般的小船，禁不起大海的波浪。如果改从胥溪至安徽芜湖入江，争霸中原更是远水救不了近火。公元前 473 年吴王向越王请降未成，遂自尽而亡。我想：他死前一定为没有开凿通"徒阳运河"而懊恼，后悔，甚至把兵败和"徒阳运河"联系起来。

公元前 221 年王贲灭齐，秦统六国，嬴政横扫六合后称帝。

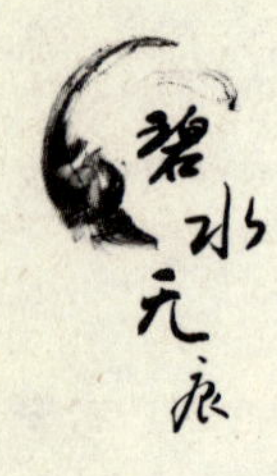

为了实现他的帝国梦想，在交通上展开了他的大手笔。他以都城洛阳为中心修驰道和直道，形成交通网络。犹如现代的高铁网、高速公路网。鉴于秦时的陆路交通设施，主要以土筑道路为主，高低不平，一到雨天，泥泞不堪，无法行走。载物的木轮车载重有限，而且极易损坏，效率极其低下，更不适合长途运输。他运用开凿郑国渠的成功经验，开始采用决通川防、疏浚水道（如鸿沟等运河）、开凿新河，以转运粮食物资，方便人员往来。

秦始皇是个“好动”的君王，在他称帝的十二年间，五次巡行各地。每次短则两三个月，长则近一年。当他第五次也是最后一次出巡时，他把主要目的地锁定为楚东和吴越故地。这些地方均为水乡泽国“以舟为车，以楫为马”，江河水道是他行程的常去之地。传说“徒阳水道”的开凿与这次巡游有关。南朝人刘桢的《京口记》说是“泄王气”、唐人李吉甫的《元和郡县志》说是“遣赭衣三千人凿破长陇，故名‘丹徒’，云阳改为‘曲阿’，目的也是为了泄掉“东南有天王气”。这些说法虽无法考证，但根据他的最后一次巡游和上四次间隔的时间推断，上四次间隔时间很短，唯独这次（最后一次）间隔长达五年，很可能是等待开凿丹徒丹阳间冈陇，破除东南所谓“王气”有关。那么在巡游吴越水网地区之前开凿一些方便出行的水道也就顺理成章。因为吴王夫差之前开凿的“江南河”正好与“徒阳运河”相通。扬帆南下，直达会稽。“徒阳水道”自然就成了“国家重点工程”。

虽然是“国家重点工程”，可在秦朝那种低下生产力的状况下，由于丹徒丹阳间特有地理、地质条件，冈阜绵亘，地势高昂。丹徒境内土质坚实，有谚语云：“生东吴，死丹徒。”加上劳动工具的简陋，所开凿出来的河谷难免粗糙狭浅。特别要提的是河谷而不是河道，因为那时开凿冈阜主要目的是破坏“王气”，水浅易涸，自然不易流畅，航运也不理想。

历史的车轮从不停步。三国时期东吴政权建都于京口（今镇江市），后从京口迁都移至秣陵（今南京）。由于在句容、丹徒段新开“破冈渎”，直到东吴末年孙皓才叫大臣岑昏主持疏浚“徒阳运河”。根据《太平御览》记载：“岑昏凿丹徒至云阳，而杜野、小辛间皆斩绝陵袭，功力艰辛。”其中“杜野”是指今天的镇江市，“小辛”是现在的丹阳开发区。岑昏尽管艰辛，但疏浚郊果并不理想。不过根据《南齐书·洲郡志上》说：“南朝时从丹徒（今镇江）经吴（苏州）到达会（今浙江绍兴市）已有水道相通。”说明当时徒阳江道可以通航了，但行船速度极慢。生活在东晋末年的谢灵运有诗云：“朝日发云阳，落日到朱方。”云阳即丹阳，朱方即镇江。从丹阳到镇江水程约六十里，乘船通过“徒阳江道”需要一整天的时间，当时的交通状况可想而知。

真正让“徒阳运河”融入到“江南河”是在隋朝。隋炀帝“我梦江都好”施恩于江淮地区，更重要的原因可能是当时江南地区已进入了“现代化”，属于“经济特区”。南朝梁代的沈约则对当时的“土地”市场进行了描述：“江南之国，盛矣！……膏腴土地，亩值一金。鄠（今陕西户县）、杜（西安东南）之间不能比也。”土地比长安那边贵多了。再看“GDP”“一岁或稔，则数郡忘饥”。一年的粮食成熟，可供几十个郡县的百姓吃饭。在这种情况下，隋炀帝就决定进行江南运河扩宽，深挖和连缀，使之全线一气贯通。接着隋炀帝就下诏开凿江南运河，“徒阳运河”因此重新焕发青春。《资治通鉴·隋纪四》记载：“大业六年冬十二月，敕穿江南河，自京口至余杭，八百余里，广十余丈。使可通龙舟，并置驿宫，草顿，欲冬巡会稽。”“自始以后，南北渡者皆以京口为通津。”

到了13世纪末，元朝定都北京，为了各段运河南北相连，不再绕道洛阳。元朝花了十年时间修建成了新的大运河，俗称“京杭大运河”。“徒阳运河”从此就成了“京杭大运河”重要的一段。现在人们也称它为“苏南运河”。新中国成立后，大运河不断升级改造，尤其是近年来的“四改三”，“徒阳运河”从原来的“乡间小道”变成了现代化的“高速公路”。

站在气势磅礴的辛丰大桥上，环顾四周，一股自豪之情溢满胸怀：河水奔腾向大海，转见万古成豪迈。

金山湖水问情千年

到金山湖看水去。当年“佛教文化广场”上柏文唱的歌我记忆犹新：“云开雾散看见你温柔的眼，好似江水萦绕金山的流连，倒影传世千年的情缘，浪花轻轻拍打着船舷，依然是我们曾经说过的永远。当我再次亲吻你轻柔的脸，感觉还是当初无尽的缠绵，透出山水不老的容颜，无论在天边还是眼前，做我们深情相拥的画面……”哎！金山湖，我对你的熟悉就像回家一样，小金山湖、塔影湖已属自动记忆，按键即出。2003年后，金山湖从原来的塔影湖，小金山湖扩展至西津湾、北固湾、浮玉湖，这个比杭州西湖还要大的8.8平方千米的镇江“四大湖体”“北部滨水区”，曾经留下过我参与建设的身影、巡河的脚步，这块“水漫金山寺”的圣地，把长江水转动飞越，演绎了千古传唱的民间“神奇”。

我沿着湖岸看水，金山湖水风情万种。小金山湖、塔影湖水光鲜亮，柔美迷人。一根芦苇、一支杨柳、一朵白云、一丛小草、一方水杉，路上的行人迎着春风，三三两两人数不多。

万川东注，一岛中立，水和金山相依相伴，古代金山一直矗立在江中央。清初散文家魏叔子在《德记闻录》中写到：“大江数千里，折而至京口，岸最廖阔，又势将趣海，金山中峙波涛，急驰往往覆舟，……”王安石所见的“京口瓜州一水间”是北宋时的“航拍照”。隋炀帝开凿大运河时，长江北起于扬子，长江南起于金山东侧的大京口（今中华路北）。从扬子到大京口是60多里宽的浩瀚长江，江面中心有两个岛，北面形状像瓜称之瓜州；南面因东晋时就建有佛寺，又称金山寺，此山也随之称为金山。

金山寺裹山，水包山，湖水柔情似海。白娘子忠贞爱情，生死相许，转动眼中的泪水化作长江水，水漫金山；梁红玉爱夫助战，抗金保国，以水为神，战鼓隆隆。金山啊金山，你的美名常留在我们的心中。

“这个国家5A级景区水真美，值！”一句柔美的赞美声在我耳边响起。一打听是常州在镇江创业的小胡，她把拍到的野鸭图发到朋友圈中，立即赢得了不少朋友的点赞，其中有一条写道：“最美的港湾在镇江，最美的湖色是金山。”这就话写得真好，写到了心坎里，既是对治水护水的肯定，也说出了内心的感受。春风不管人间事，仍吹花落向湖中。

站在现代版的金山湖上，逆行历史中的金山，金山寺。

18世纪前，镇江城北江面开阔，秦汉三国两晋南北朝六七百年间，江阴以东，张家港、崇明岛、南通、海门、启东等地还未出海形成陆地，江面由镇江、江阴以东呈“扇形”，南北大大开展，形成了一个比杭州湾还大的喇叭口，奔腾由此入海。站在镇江看“海上日出”是常事。涨潮时可以身临其境感受到汉代辞赋家枚乘对这壮观景象的描述：“疾雷闻百里；江水逆流，海水上潮；山出云内，日夜不止。……鸟不及飞，鱼不及回，兽不及走。纷纷翼翼，波涌云乱，荡取南山，背击北岸，覆亏丘陵，平夷西畔……”（摘自《七发》）。即便到了唐代“潮平两岸阔，风正一帆悬”也是常态，“海尽边阴静，坐吃锅盖面”更是日常。

时间改变了镇江的容颜。城西的龙门港曾是江心中的深漩涡，在清《金山龙游禅寺记略》中写的一清二楚：“江心龙门，水深二百丈。”金山不愧为“江心一朵芙蓉”“树影中流见，钟声两岸闻。”

水是转动的。19世纪中叶，江湖边滩相连并与南岸连接，1879年金山南滩与现在市区牌湾相连，征润州将金山相拥全部上岸，江岸逐渐向北退移300米，金山离开长江上了岸。20世纪60年代左右，镇江市人民政府把金山北零零散散的滩涂整理成了鱼塘，成立了镇江水产养殖场，向镇江提供了丰富的水产品，“东方红”轮镇江港，获花飘飘汽笛声也逐渐成了往事的印记。

金山又名泽心山（取江心而名）、获浮山（用作关押俘虏）、浮玉山，伏牛山，龙游山等，金山寺历史上曾七度兴废，屡遭火焚，但文脉从未间断，一直延续兴旺至今，这与历代不断的兴建复建是分不开的，是什么力量形成了这一动能，至今还迷惑不解。

江中小岛建寺，不得不提到民间传说中的“马娘建造金山寺”一事。在记

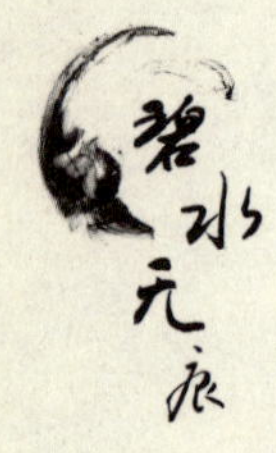

忆中，曾在不同场合、不同地方多次听了“马娘建寺”的故事，很多镇江人一定非常熟悉。

一天，一位叫马娘的江北娘子，摇着一条小船驶向江中，靠上了金山。金山当时只有几个和尚，听说马娘要建庙，当然十分高兴。问她为何要做此善举，马娘说自己一次乘船过江，遭遇大风大浪，险些送掉性命，后船刮到金山，大难不死，为了报恩，普度众生，一定要到金山建庙，了却自己的心愿，祈祷万民平安。

建造寺庙需要很多钱。马娘是盐商的遗孀，她把所有的遗产都用在金山寺的建造上。江中建寺庙，在古代异常艰难，光在水上运输建材成本就是陆地的若干倍，而且面临水中覆船的巨大危险。让她没想到的还有江南豪绅的借机发难。金山属于江南，怎能让江北人来造庙，再说马娘又是寡妇，他们无论如何也不能让她建成，江南豪绅也坚信马娘她根本完不成如此浩大的工程。可马娘偏不信这个邪，凭着一股韧劲，不屈不挠：“我一定要独自在金山上建寺庙！”“那好！你要建寺庙，只有一个条件，不许动江南的一砖一瓦，一草一木。”豪绅联合官府施压，百般要挟。可马娘毫不动摇，即使吃尽千辛万苦，倾家荡产她也绝不退缩。经过不懈的努力，她最终建成了金碧辉煌的金山寺，马娘在金山佛塔前后转了十几次，山前山后仔细察看了上百遍。她十分满意，万分欣慰，笑着平静地双手一合：“阿弥陀佛！”便纵身跳进长江。这是个悲怆的故事，这个故事和白娘子、梁红玉交织演绎出了一曲金山文化的三重奏，至今影响着镇江人。

哪有什么岁月安好，不过是有人替你负重前行。春天如笑，江山如春，一切皆因为白娘子把爱情看作比自身生命还重；梁红玉把国家的安危置于自身生命之上；马娘视金钱如粪土，视为民生祈福平安高于一切，证明逆行来源于勇气和韧劲。水何物，山何物，居然含笑，一切源于向真、向善、向上。

来金山湖之前，武汉的新冠疫情已得到有效控制，但留给我的思考很深。我一直认为寺庙是迷信的场所，甚至感觉“佛教”有欺世的成分，现在历史在这里复活，水转、山转、佛塔转，让我有了新的认识。有一段话打动了我，《金山志》序云：“金山之盛，建置供登眺。方丈常净感慨说：‘黑夜行船常有船撞山体，撞后大多数船毁人亡，有的两口子紧抱在一起，甚至三口紧抱在一起，情景惨不忍睹呀！贫僧们也没有办法，只有每天上香许愿，希望佛祖保佑过往船只平安。’”庙里的和尚关心人间疾苦，用虔诚来祈祷，是寺庙生活的常景，当我看到他们用多种虔诚行为祈求保佑南来北往的船只平安的灯楼时，我流泪了。《金山寺灯楼记》将永远温暖镇江成长为“小城大爱”。

寺庙，可能是心灵休息的驿站，心性澄净的水池。在突如其来的灾难，无法预见的未来面前，古人认为是“神灵”指使故产生了谦卑之心、敬畏之心、戒慎之心，希望得到风调雨顺、时时平安的保佑。山水为自然表体，人类为自然一物，自然可以没有人类，人类却万万不能没有自然。

长江的亲戚『运粮河』

江苏镇江偎依在长江母亲怀里，它也是江城一族。因为大运河的原因，镇江境内的不少河流和长江都有亲戚关系，运粮河紧靠长江可以说是长江的嫡亲。

乾隆年间天下太平，江南镇江生机盎然。南京、镇江的联系日益紧密，然而交通只有水路，长江水运风险极大。两地相距百里，可水上运输风高浪急、逆水行舟，纤夫背船，严重阻碍着镇江和南京的交流。镇江岸线的“黄天荡”更是让人胆战心惊，当年的金兀术几万人就曾经被困在“黄天荡”。有道是：“黄水荡荡，芦苇茫茫。”长长的沿江淤泥深的拔不出腿，纤夫如何施力行走。江上航船遇到风浪，黄天荡无法躲避。原因很简单，落潮时风也停了，船陷入淤泥中无法驶出。如有风，直接将船吹到黄天荡里，船会慢慢陷入淤泥中，风止也无法行驶。1780 年，江苏巡抚吴坛面对只有长江唯一通道的状况，奏请朝廷，开挖镇江金山至江宁（南京摄山）新河和长江平行，建成新的内陆“宁镇快速水道”，发展宁镇经济确保军事、经济、政务等安全。

“新河”方案很快获批，工期三年。乾隆皇帝十分重视这项重点工程并赐名新河为：“便民港”。清朝末年，岸线变化，河道移动，句容与丹徒间长江岸线坍塌，部分河道陷入长江“便民港”中断结束了它的历史生涯。坍塌后剩下的高资到金山 12.8 千米这段河道，后来人们把它称之为“运粮河”。准确地说，就是现在东起虹桥口，西经楠江闸由三江口入江这段叫“运粮河”。

“便民港”本来称“便民河”，为什么皇帝把“河”改成“港”

呢？主要是因为“港”有归家的感觉，符合百姓安全祥和的心理预期。其实，开挖“便民河”更重要的还在于宁镇交往、水上安全、军事需要，等等。但也印证了“想要富，先修路”这句话，“便民港”带来了意想不到的好处。

运粮河在金山寺的南边，长江岸线的变化，南来北往的商旅，船只的增加，金山寺香客泊船成了新问题。没有泊船场，影响了百姓的日常生活。政府把目光聚向了“运粮河”来解决民生问题。运粮河在金山南岸，船就近停靠非常方便，一举两得。由于大量船只停靠又带动了“第三产业”的飞速发展。俗话说：“长江三天一大浪，五天一小大浪。”避风泊船是常事。卸货泊船，顺道上金山寺烧香都是不错的选择。慢慢地运粮河南岸变成了“经济开发区”，然后成了“经济特区”。由于第三产生发展迅猛，推动了“一、二产业”的快速发展。在变幻的生命里，岁月是最大的小偷，金山的钟声偷不走，依旧敲打西津渡口的江水，运粮河的渔火照着无眠的过客，两岸的喧闹嬉笑声淹没了小船的桅杆，月落乌啼带着新河桥的沧桑，许仙的故事在运粮河两岸流传。白昼闻棋声，月下听箫音，一派自由港的景象。

在水路运输一统天下的时代，水成了经济发展的酵母，彩虹般绚烂的运粮河渐渐让人感到惊讶。船家由茅棚变茅房，平房变楼房，时间“偷”走了沼泽水荡，芦苇滩，却换成了现在的桃源新村、三茅小区、金山圩小区……这里也成了镇江近代工业发展创业园。几十年间，大纶缫丝厂、永利丝厂、大源油厂、火柴厂、面粉厂、脱粒机厂、立新化工厂、油米厂……雨后春笋般地涌现。大纶缫丝厂经理张勤夫是江苏江都人，他第一个选择在运粮河畔创业投资（1895年始创的大纶缫丝厂），他创办的工厂成了镇江最著名的龙头企业。镇江产的“京江绸”成为了走向世界的名牌产品，最高年销售量曾达到27万匹左右，价值450万两白银（当时办一座电厂也只需要20万两左右的白银），实力可见一斑。光绪三十年（1904年）镇江民族实业家郭礼征创办了江苏第一家公用发电厂，成了全国民营电业的先驱。郭礼征以民族利益出发，利用镇江地理优势召集资本，租赁公司，兴办近代工业。江苏抚院拨出江边东荷花塘9亩官地作为建厂的基地，并从整治江边船坞的工程款中暂借规银一万两，购买国外设备、建设厂房总成本约10万两规银，此举得到了民族实业家张謇的赞誉。自1936年电厂成立，大照电气公司累计发电约11539万千瓦时，奠定了镇江近代工业的基础。

一切源于水，钟山只隔数重山。宁镇一家，山川同城，江水一线，修建宁

镇快速通道古已有之。现在实施宁镇一体化恰逢当时。一衣带水、一水连城、一水和人，古老的河流不语，如今流成了运粮河两旁的风景。花瓣虽落，花景常在，运粮河的花色丰富多彩，映照着宁镇城际，宁句城际这两条现代化的轨道交通，仿佛面前出现了新的河流。

天上一朵云，地上五洲山水库

沿着京沪高铁线，从镇江南站向西寻找，镇江国家高新区对面，戴家门转盘句容方向，在五洲山的东北方向找到了五洲山水库。

五洲山水库不大，却是五洲山的神穴。东为镇句公路，西是茶场，南面有一条小路通往净因寺，北面是京沪高铁。一汪清水，满目葱茏，赏心悦目。

“长山长，不及五洲山一半长”道尽了五洲山在宁镇山脉的地位。

清朝前，长长地五洲山山脉一直用自己的身躯做长江的岸线，长江水守护着五洲山。蒋乔街道、镇江高新区、丹徒高资的崛起，让五洲山成了涛声消逝的昨天。长江波涛拍石，风涛日夜驾百川而东之的壮观景象也被五洲山水库储存到老照片中。五洲山水库成了五洲山唯一可以亲近的水神。

沿着苏颂路向净因寺走去，到了“琉璃斋”门前，历史的皱褶已经展开。

古刹净因寺始建于西晋永熙元年（290年）规模庞大，日观、卧云、看江、听泉共有八景，合称“五洲山八景”。净因寺初名“因胜寺”后名“显慈寺”，万历年间恢复旧名。其中苏轼题下的“卧看沧江，夕听流泉”最为出名。清画家周镐画的《京江二十四景》中“五洲积雪”曾题诗：“五洲独秀矗江城，绝顶遥闻旅雁声。瑞雪轻成冰世界，如生仙翼梦中行。”

这是一幅描绘当年五洲山雪景的山水画，也是京江二十四景最后一景。这些画卷是道光二十二年（1842年）周镐为赠予当时

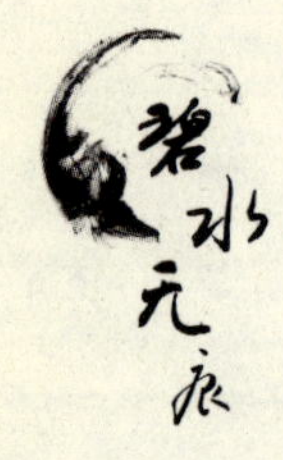

正四品官福建兴泉永兵备道赵霖而创作的。“五洲积雪”是二十四景中唯一一幅雪景图画，也是压轴之作。整个画面，阴霾满天，层层积雪覆盖着五洲山，给人以冰冷、寒气逼人的感觉。但画中却隐含着“如生仙翼”的深刻寓意。

“假如时光可以倒流，假如我的赤足能溯向河的上游，假如昨日溅起的浪花，还未及沾上风沙的锈……谁会向我挥动红绢手。”我想，只有南面的长山、船山；西边的高骊山、仑山；北面的高新开发区大楼和五洲山水库……

据史料记载，北宋的一代名相苏颂，他是杰出的政治家、外交家、文学家、史学家，还是一位著名的科学家。其父死后葬于润州，他本人曾写诗三首赞誉过润州，有关他的传说至今还广泛流传。史料记载，当时世界上最尖端、最先进的“水运仪象台”就是他创造发明的。这位宰相兼首席科学家为中华民族创造了多项世界纪录。他编撰的《本草图经》一书价值极高，至今还在广泛运用。原中国科学院院长卢嘉锡曾这样赞美他：“探根源，究终制，治学求实求精；编草本，合像仪，公诚首创；远权贵，荐贤能，从政持卓持稳；集人才，讲科技，功颂千秋。”苏颂退休后移居润州，死后葬五洲山东，人们为了纪念他建起了苏颂祠、苏颂墓。

南朝梁武帝游幸五洲山和净因寺后，苏轼、黄庭坚、米芾等人也到此游览、作文、写诗、绘画。康熙、乾隆皇帝曾为净因寺题匾额。清初镇江籍名士笪重光辞官后，痴迷五洲山的山水隐居净因寺，并在翠崖禅室久读，日久生情题下了“翠崖室”的石匾额。

沿山中小路，登五洲山顶，五洲山水库像张开的眼睛，润州、世业洲、真洲（仪征）、扬州、泰州如航行的船；长山、东山、南山像野猪的尖嘴伸向丹徒新区。“雾锁山头山锁雾，天连水尾水连天”的美景使人心胸开阔，有羽化入仙之感。想必这可能就是出身福建的苏颂、云南的杨一清等名臣，为何“生于苏杭、死于朱方”的原因所在。其实在镇江的山水中可以摸到他们的脉搏。“一江连三山，运河韵两岸”使他们陶醉，镇江山水令他们心灵安闲、精神安宁。

山还是那山，水不是那水。润扬大桥如长虹贯穿南北，高新开发区似棋盘布局，密密麻麻的绿树、灌木点缀长江两岸。京沪高铁如银龙翻腾入云，只有五洲山水库静静地停在那里。

山也不是那个山，有的像展翅翱翔的雄鹰；有的像平滑的鸽子；有的如昂首疾驰的野马和动车赛跑；有的似静卧的老牛咀嚼着岁月的味道，只有五洲山岿然不动，那一幢幢撒在绿丛中、小沟旁的红顶小楼房掩映在翠树下、竹林边显示着吉祥和温馨。

谏壁抽水湖西丰

登高俯瞰谏壁入江口，大江百舸争流，运河激越高歌。国电谏壁发电厂烟囱高举、锅炉低眉浅吟；谏壁抽水站安静娴雅，低调干练。长江、大运河挽着谏壁电厂，谏壁抽水站。电厂、抽水站像脊背支撑着长江、大运河两条臂膀，拥抱着镇江地区的工厂与农田，成为辉煌时光的标记。

1959 年谏壁凭借黄金十字水道，迎来了火力发电厂的诞生。1978 年为控制太湖湖西地区旱涝，镇江开工建设了关键性水利工程——谏壁抽水站。水成了谏壁最美的代表。1958—1959 年，镇江人民在 86 千米的大运河航道上进行了大规模整治，大运河入江口向东，从市区京口闸移至于谏壁。为兴建谏壁节制闸，镇江地区投入 9 万余民工，人数最多时达 7 个县 14.3 万人。秦始皇时代没有做到的，唐宋元明清时期没有做到的，当时的镇江地区做到了。谏壁因水而踏上了工业化的新征程。

隔着一条引河的谏壁抽水站，是 1974 年酝酿 1978 年开工建设的。旱季，把长江水翻进太湖湖西地区；涝时，把太湖湖西地区的水引入长江。这座苏南第一座大型电力抽水站，也是我国目前最大的“双向”X 形抽水站，在激情燃烧的岁月里，它扮演了向农业现代化进军的主角，记录着谏壁的风景和岁月。

谏壁又称练壁里。南朝宋元嘉中于此置军戍守，以防北魏。汉景帝时，吴王刘濞曾发动吴楚等七国之乱，为周亚大所平，吴王濞墓在谏壁。“吴王濞，高帝兄刘仲之子也。”（《史记》）“葬丹徒县东乡谏壁里雩山。”（《南史·宋赵皇后传》）

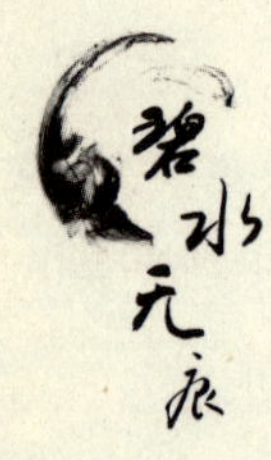

长江孕育着谏壁，大运河给谏壁插上了飞翔的翅膀。在古代，谏壁地区有一条古老的河流名叫“越河”。现在谏壁镇的“越河街”，大概就是古越河流淌过的地方。京杭大运河镇江段的贯通，利用了镇江地区一些天然河道的衔接，古越河便是其中之一。相传南宋时期，抗金名将韩世忠屯兵于此，守卫天险。当时朝廷不敢抵抗金兵的侵犯，丧权辱国，节节败退。韩世忠所部将士抗金士气很高，写了许多谏文向统帅请战。韩世忠特地命人树起四道巨大的墙壁，供爱国将士张贴谏文，取名“谏壁”。那些不忍遗忘的、念念不忘的，都风干成了风景。一切为了水，谏壁抽水站利用长江入口的地理优势，把上游引河与丹金溧运河和武宜运河相连，为太湖湖西鱼米之乡提供丰沛的水力资源，和已建成的谏壁节制闸、谏壁船闸结合组成一个强大的谏壁水利枢纽。谏壁抽水站采用“双向”进出水流道，既能机械提灌又能机械提排，做到一站多用、一机多能，成了太湖以西地区旱涝保收的“定海神针”。

走进谏壁抽水站，一片松林、杉树，高高低低、错落有致；各种建筑掩映在翠枝委地、鲜花盛开的怀抱中。郁郁葱葱是底色，生机盎然是成色。宽阔的护堤、清澈的引河、巍然的站房，六台机组，崭新锃亮。机电站房的中央控制室、输电区域和绿相伴、被绿覆盖。说是站房，却如公园，像景区，鲜艳的花朵站在乌桕树边瞅着抽水站的辉煌。1978 年江苏全省大旱，京杭大运河、长江水位创历史最低点，湖西大量农田待水栽秧像嗷嗷待哺的孩子张着嘴，刚刚试水开机的谏壁抽水站立即投入到抗旱中。从 7 月 7 日到 9 月 17 日连续开机 73 天，总运行时间共 6736 台时，翻补江水 6.347 亿立方米，有效补充了湖西地区 280 万亩农田的灌溉水源。雨如神降，如果没有谏壁抽水站及时翻江倒水，丹阳、金坛、溧阳、句容等地至少有约 79 万亩农田颗粒无收。建了抽水站，奇迹发生了，大旱之年大丰收，镇江地区当年粮食增产 5 亿多公斤。“防旱除涝有靠山！”

水也有喜怒哀乐，有旱就有涝。1991 年，镇江遭遇百年一遇的大洪水，几个月里暴雨像不要命一样不停地下。从 5 月 18 日至 7 月 15 日全市平均降雨量达到 1045 毫米。城乡四处受灾大量农田被淹，村庄被洪水围困，城区山体滑坡严重，建筑物损坏、房屋倒塌。谏壁抽水站连续开机 68 天，运行 5890 台时向长江抽排水 4.543 亿立方米，成了全市乃至苏锡常广大地区的抗洪神器。2016 年 6—7 月，全国各地普遭强降雨，众多城市纷纷“看海”。谏壁抽水站在新一轮连续暴雨来临前一日提前开机，抢排涝水，预降湖西地区骨干河道、苏南运河及镇江市区金山湖和古运河的水位，腾出库容，为城市防洪留出涝水调蓄的空间，同时在强降雨过程中满负荷运行，为镇江安然度汛提供了强大支撑。既然号称“苏南第一站”，谏壁抽水站的抽水能力到底有多大？据站负责人介绍：“谏壁抽水站共有六台机组，一天能抽水约 1400 万立方米，抽水量大约相当于一个西湖！”正是这样强大的抽排水能力，才让谏壁抽水站在一次次战斗中打败旱涝。

站在机房远处，不由惊叹：从大禹治水始，几千年来农耕文化中人工水车、牛力水车、人力水车一直是农业文明生产方式，谏壁抽水站一下就进入了机械灌溉、排涝，令人感慨万千，却又是那么自然。省级水利风景区正在规划、创建，逐渐形成。引河风光带、谏壁抽水站、景区核心区把水文景观、工程景观、文化景观、自然景观、植物景观巧妙组合，单元展示彰显出生态景观、水利文化、水利科普，将为市民打造成园林绿化独特、文化底蕴深厚、时代气息浓郁的城市驿站和生态走廊。水是经济发展的“高速公路”，抽水站就是造路人。江上汽笛声声“呜呜呜”的鸣叫声宽厚、悠长、辽阔，连接起古越河水流过谏壁的曼妙身姿；江上渔火点点，轮船上的灯光勾画出灿若星辰的长江上空和两岸生活。越河街上，拉的、推的、抬的、挑的、背的人们从不间断；运河水上舟楫满帆，机声隆隆。岸边垂钓，广场健身，谏壁公园拼成新的谏壁生命太极图。谏壁抽水站像熟透的桑葚一样谦卑，在郁郁葱葱的树丛中慰藉着谏壁的心灵，表达出慈善的守护。水孕育了人类文明，成就了农耕时代的文化，进入工业化时期，水演变为催化剂演绎着谏壁生态文明的未来。

圌山脚下飘动着金丝带

“镇江新区的捆山河不是河流，是通往圌山的一条大路。”若干年前我对老冷说的话，现在想想觉得很有哲理。老冷家住在原丹徒县石桥乡华山村捆山河的西边。这条圌山派生出来的河流，东乡人骨子里把它同岁月、圌山连在一起。

圌山是东乡人心灵的殿堂。“黄明节”是教堂仪式的典范，承载着众多的生命意义和生命体验。圌山原名“瑞山”据说，秦始皇来到大港，看到“江回绝壁下，山立断径前”的圌山，宛如巨龙一般扼住长江。山上瑞气直冲云端，为了不破坏“王气”，锁住瑞气，他把“瑞”的王字旁去掉，四面加方框框住，赐名“圌山”。

圌山海拔 258 米，是宁镇山脉东段的最高峰，在扬中、江北都能远眺它的身影，俨然在家门口。据传，圌山有 36 处悬崖，72 个奇洞。坐落于山顶的七级报恩塔，已有 300 多年的历史。远望圌山，宝塔立于山巅，气象万千。

圌山在“黄明节”这一天最热闹。“黄明节”是春节以外东乡人最重要的节日，每个东乡人都会根据自己的生活和经验设计出独特的过节方法，但也有一个共同点那就是“登圌山”也有人称“爬圌山”。登圌山这一天，捆山河仿佛是联通大港、大路、丁岗、石桥及周围乡镇的电路，各个村庄像灯泡一般全都亮了起来。捆山河成了人的河流，登圌山的人群沿着捆山河，连绵不断，蜿蜒曲折，直达山顶，蔚为壮观。

黄明节就是清明节的后一天，在这天给那些没有亲人的“亡灵”烧纸祭祀。东乡人巧妙地把“亡命”同谐音“黄明”结合起来，在宗教色彩上加了浓重的人文文化。登圌山、沾瑞气、祈福安，逐渐演变为黄明踏青。黄明节当天，江苏长江两岸的镇江东乡、扬中、丹阳、扬州、泰州等地百姓都要来登圌山祈福，据估计黄明节当天登山人数有近10万人次。江苏沿江地区还广泛流传“黄明登圌山，瑞气保平安”“黄明登圌山，腿脚不发酸”“黄明家家吃馓子噼里啪啦好日子”等美好祝福。

20世纪90年代初，老冷邀我登圌山，我非常兴奋。天刚亮，我和老冷带上干粮、背上水壶，刚出门村上昨晚约好的六个人就到齐了。我们点了下人数，像部队行军打仗一样出发了。到了宽阔的河岸上，接二连三的人跟老冷打招呼，他们都是附近村庄的老冷告诉我。石桥的、闸头桥的、解放桥的、艾家桥的……怎么那么多桥啊！我有点纳闷儿。

人们都往圌山步行奔走，汇聚到捆山河堤上，捆山河成了流动的路。人们来自四面八方，一边走路，一边谈笑不停。我问老冷，这条河为什么叫捆山河。老冷对身旁的老朱说：“人家请教你呢！大港到华山的这条河为什么叫捆山河？”老朱是昨晚在一起喝酒的人，他向我介绍道：“为什么叫捆山河呢？这里面有个来历。圌山你是知道的，捆山河就在它的脚下，绕过大港、大路、丁岗、石桥从北到南在华山段和太平河衔接，总共15公里多点儿。你从镇江来的时候是在华山下车的吧！这个坡很陡，华山是真山，丁岗也确实有岗，可到了石桥就是平原了。以往大路、姚桥、石桥、后巷等三角洲平原都是圩区，华山、丁岗属丘陵高岗，每到洪水季节，华山地皮没湿，石桥那边开始水汪汪，加上长江水位上涨，长江水往里灌，大路、姚桥、石桥、后巷等开始喊救命了。后来政府决定沿高岗丘坡开挖一条河，连通两头的长江，把水排到长江去，这条河像绳子一样捆住了山，所以就叫捆山河。”

“这么回事，难怪这么多桥呢！”我拱了一下老冷，“老朱还蛮有学问的呢！”

“人家做过代课老师。”

怪不得呢！”

就这么一边走、一边说着，不知不觉到了榭庄。老朱说：“歇会吧！”

我们找了个地方坐下，老朱继续说到：“捆山河底下原来是大海，到唐朝才露出陆地，扬中那时还不知在哪里呢，长江泥沙冲积成的平原自然要比丁岗、华山地势低不少。当时江滩芦苇丛生、杂草遍地，通往长江边的芦苇地随着人口的增加慢慢被踩出了一条大路，路越来越宽成了大道，村庄开始形成了，得

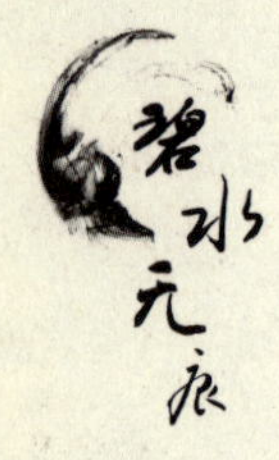

起个村名，大伙一合计就叫‘大路’吧，村名就是这样来的。你看，捆山河底下都是平展展（方言，相当于“平坦”）的吧。”

经老朱这么一说，我的脑子清晰起来，捆山河确实是捆住了山，又像扎在东乡腰中的金丝带，把东乡丘陵和平原连成一体。我们走走停停，渐渐离圌山不远的时候不知谁说了一声：“前面就是小港村了，我姑妈家就在村子最前面，到我姑妈家息息（方言，相当于“休息”）怎么样？”。

“算了吧！你姑妈家的人说不定已经爬到圌山顶上了。”

“倒也是，大家都要爬圌山。”

他们的对话我插不上嘴。大家决定再休息一下，吃点干粮储蓄力量准备爬山。我一连吃了三块老冷为我准备的“韭菜饼”。“太好吃了！”我对老冷说。

这种东乡特有的薄饼，实在好吃。物资匮乏的年代，只有在登圌山时才能吃到。在当时，做这样好吃、高档的食物是过节才有的。对一年到头一家只能吃到几斤油的家庭来说，花这么多油做饼实在是舍不得。现代人无论如何也无法体会到缺衣少食时期的生活，觉得是在讲故事，可事实就是如此。第一天晚上和面发酵，第二天早上把准备好的韭菜洗净剁碎、放上鸡蛋搅拌，然后用发酵好的面包上摊成薄薄的圆圆的大饼形状，锅里滴上几滴油，菜油最佳，煎到略显金黄色再翻个面煎成金黄色。据说黄明节这一天吃韭菜饼，可以一年到头任何毛病不发。人们吃饼祈求的还是家宅安宁、身壮力健。我把它称为吃“春饼”文化。

就在我们休息的时候，操着不同的口音的人从我们面前走过，姚桥的、后巷的、埤城的……捆山河不论区域把他们“捆”到了一起。

到了圌山脚下，这里的情景只能用人山人海来形容。到了圌山顶上，已经接近中午，我们看到捆山河像一根金丝带在圌山脚下飘动，人流与水流已经辨认不清。人流好像是水在流动，河水仿佛是人头组成，从圌山脚下由北向南微微颤动，这幅画面至今一直保留在我脑海里。

最近我到捆山河巡河，河埂上少见人群，偶尔也只有几个小汽车呼啸而过，每隔一段路只见拱桥相连、绿草如茵。我不禁感慨万千，昔我往矣，野草遍地；今我来思，杨柳依依。捆山河不是捆山河，它已经成了观景河、健身河。河两岸的乡村已经变成城市，农民已经成为市民。然而我猜想，这里的人们登圌山、过黄明节的习俗却一代一代传下去，绵绵悠长，像捆山河水一样流入长江，奔向大海。

镇江长江湿地公园汽车露营地旁，是2006年开凿的新的入江口。我登上江海之门——引航道水利枢纽。这里既有“春风又绿江南岸”的婉约情绪，更有“金戈铁马，气吞万里如虎”的豪迈之情。阳光穿过高36.6米的门形建筑，“江河汇”舞曼着身姿，“镇江之门”徐徐向我打开。回首翘望30年前，长江路上的“苏北旅馆”“苏北饭店”“三号码头”仿佛又在眼前，长江上“东方红”的巨轮冒着黑烟“呜呜呜”地叫着进出镇江港。

“沧海变桑田”不是神话是事实。滚滚大江日夜奔流，昔日的扬子江已是漫漫环状、江洲静卧。镇江城北的凹形江岸已呈凸岸状，港湾成了湖泊，航道成了港道。

2006年，镇江入江口又一次在这里被改写。万里长江从雪山走来，挟着风、和着雨像刚劲有力的一横，京杭大运河用阴柔秀美的一竖和它在镇江交汇，这一横一竖构成了绝美的“十字黄金”水道，成了镇江“垄断性”的水文化象征，镇江水文化的化石。

风吹起了微微波光，展开一条穿行的河流，起伏于镇江的生命之中，站在丹徒闸上，全国重点文物保护单位“京杭大运河—江河交汇处—丹徒口（秦代）”的石碑映入眼帘。丹徒镇原来的永宁桥前是罗家湖、左家湖、纪家湖……秦朝时利用这些大大小小的湖、塘，顺势开凿成弯曲的河道和北江相通，意在“东通吴会，渡江可达两淮”。秦汉时期，丹徒县城在丹徒镇。据史书记载，丹徒县城紧靠长江与大运河后“岸销毁，遂至城下”（《水经注》）。1980年出土的一方汉“丹徒右尉”铜印，证明当时的丹徒已属万

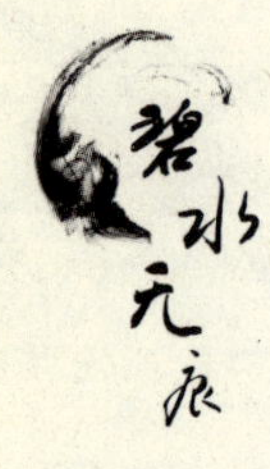

户以上大县。汉时万户以上大县才设置左、右二尉，可见长江与大运河对丹徒县治的设置起了多么大的作用。不难断言，这应该就是最早的镇江江河交汇处。

东汉献帝建安十四年（209 年），孙权自吴理丹徒号曰“京城”。孙权为了更好地控制长江中下游地区，一个重要举措就是将东吴的政治、军事中心向西移，将运河向西延伸至京口入江。军事上有“如虎之出穴”的北固山，交通上有丁卯港进行船舶集散，更可靠的还有新入江口可通江—甘露口。镇江城池完成了一次战略大转移。孙权利用自然资源“因山为垒，缘江为境”。把北固山东面的京岘山滨江余脉，化为自己所用的城池，并在这基础上很好地利用沿江土山加土夯筑成城垣，这样便形成了京口城。军事的发展、城池的扩大一旦和水联姻，镇江开始加速发展，江河交汇作用就更加显现。

追忆唐宋，猜想入江口，南北大运河以漕运为主，江河交汇（以下简称“江河汇”）加速着镇江的发展。宋代以后的京口闸，规模相当宏大，最先进的复式船闸已经形成。“运漕商旅，往来不绝”“舳舻转粟三千里，灯火沿流一万家”已是城市业态；“万岁楼边谁唱月，千秋桥上听吹箫”是当时繁华的情态；《马可·波罗游记》中提到“镇江府是一蛮子城市……恃商工为活”“日看镇江景，夜宿西津渡”成为一种生活状态。这种美好的追忆，让我从厚重的历史中感到了江河汇的作用，人们亲水带来的前所未有的力量和繁荣。每次入江口的变动、提升，都直接牵引着城市规模和经济的双重发展。

一路徒步，一路思索，一步一回头。长江、运河就是这样复杂，江河汇就是这样有个性。有生活、有故事、有传说、有烈火，每翻过一页，便是一次重生。走在中华路上，你怎么也想不到脚底下原来是一条河，通江的河。20 世纪 30 年代，蒜山西、西津渡口已不能停靠大江轮。蒜山东的江边码头也必须加长栈桥才能达船。1932—1933 年大京口入江口被废，10 ～ 20 米宽的古运河河身被填成了今天的中华路。一条新的入江河在平政桥底下诞生。变，是永恒的，从不停步。1954 年，征润洲淤涨加快，北涨东移，洲头直逼焦山“沧海变桑田”成了镇江给人最直接的感受。长江主航道被隔至 3 千米之外，宽阔的进出航道被逼窄仅剩焦北百余米。江涛北去、沙洲淤涨，镇江港封堵了“焦南闸”“江海之门”应运而生。1994 年长江大轮再也不能进出镇江港。再见啦！“苏北旅馆”“苏北饭店”“三号码头”“东方红”客轮……

回眸古运河，挥手江河汇，镇江境内 42 千米经历了五个入江口：丹徒口、甘露口、大京口、小京口、谏壁口，每次入江口的改变，都是镇江城的一次重生，镇江人的飞跃。

踏着青石板，徜徉中华路，追寻入江口，镇江江河入口向西，镇江的过去、现在、未来以及政治经济，商旅舳舻都和长江、大运河紧紧相连、相依、相生，在面前一页一页地翻开。河水诉说着古今沧桑，建筑勾画着亲水文化，绿水青山不是概念，是人与自然的必然选择，烈火中升腾的是对水的敬畏，城市发展昭示着依水、傍水、兴城之路。

饱满丰沛的立体运河，汩汩澎湃着升平年代的日常烟火；涛涛汹涌的长江水，孕育着追逐时代梦想的镇江人。五个入江口，五处江河汇，一本运河史，千年亲水梦。

十里江堤万里风

站在江心洲西缘高处望长江，随手抓一把风，手掌里沾染了湿漉漉长江水的气息，水位又涨了。今年的夏季，雨没了节制，长江也变得慌慌张张，横冲直闯。丹徒区江心洲这块翡翠岛，原先宁静、淡定的心境开始被搅得纷扰、急躁……

住在江心洲上防汛，江心洲睡在水上，水把我和江心洲浮在长江中央。

江心洲的十里江堤，准确说有十几公里长，迎接那万里而来的滚滚江水和狂暴无忌的夏风。大堤成了抵御敌人的“长城”，旌旗猎猎、鼓角声沉。水情观察哨，应急帐篷犹如“烽火台”；身着迷彩服的民兵、消防队员、巡逻的村民，一拨一拨似神探、如工兵，地毯式地扫描寻找大堤渗出的水，把长长的大坝做CT一般仔细检查一遍又一遍，好像医生查找每项指标、数值一样。益平村的老人用自制的竹竿，插在大堤下的江水中，在每隔10厘米间隔处刷一道红漆，掌握水位的涨落，犹如老中医给“来水”号脉然后开出防汛药方。

站在大坝上，看着江水在大堤下自信地扩张着自己的疆域，逐渐形成浩浩荡荡的磅礴气势，远远看去有着令人着迷的外表，产生了遐想。万里长江万里浪，长风万里向东方。一个大浪涌冲过来，长江水波汹涌澎湃，显得急促不安、反复无常。当你看到它急速旋转的旋涡，无尽翻滚的暗流，才发现这家伙掏空岸底、泥沙俱下的可怕之处。浅滩上的树在它的摇晃中，逐渐沉没。水草拼命挣扎，还是被它一下按了下去，没有了哭声。一只鸟在大水之上，飞向高空，传来阵阵哀鸣。

长江水连着集镇、街道、村庄，江心洲的一草一木把我熏醉。我从“百之味农场”向江心洲水利站走去，御隆河水永远像慈善的江心老婆婆，满脸皱纹地笑着。当她看到两岸的荷花像活泼的小孩游泳后光着身子站在那里，又像交响乐队伸出一排一排萨克斯管，她快乐地爆出极大的银色水花，发出洪亮的笑声。我沿着御隆河行走，沿途都是蓬勃生长的花果、荷花、芦苇。微笑的橘子、柿子，风一吹它们扭一扭腰送上一个明媚的眼波，仿佛在时装会上走秀似的。

阳光是恰好的暖，荷花是恰好的香，风儿是恰好的柔，时光是恰好的甜，荷花、橘子、无花果、大堤是江心洲恰好的景。堤内所有水系似被万里夏风轻吹而成，婀娜逶迤，安安静静。圌山顶、谏壁电厂大烟囱、雄浑的长江成了画的背景，门前流淌的河流、浓密的果树、丰收的庄稼、鸡鹅鸭和色彩鲜明的房屋就是画的主题。

江心洲在水之上、水之中，堤外堤内一动一静、一刚一柔，紧张中包含舒缓，壮观中包含恬淡。水，思索着诗和远方，想得最多的是怎样利水；河，过着平静美好的日子，探究最深的是如何水利。人和自然各自支配自己的力量，秀着不同的肌肉，向远方不断延伸拓展。

益平河流动的水，倾诉着狭隘的痛苦，像颤音流淌在长江水上。据史料记载，明末以前，江心洲就是长 30 千米宽 15 千米的江洲。乾隆年间这里成了焦山香火田，故有人称之为“和尚洲”。20 世纪 30 年代，焦山与江心洲只隔几千米，焦山的钟磬声悠悠地吹到江心洲上。然而，江心洲也多次遭受水灾的侵害，坍江也不时发生，然而勇敢勤劳的江心人民也从未停止与水灾的抗争。从新中国成立到 1985 年的 36 年里，江心洲先后筑堤 45 千米，挑土方 720 万立方米，填塞东西南三天夹江通道，江堤也渐渐趋于稳定。“六套路”（为江心洲一条路的名称）上追逐梦想，学校、医院、银行慢慢成长，水美乡村，江中翡翠，水中碧玉，给江心洲穿上了彩色的衣裳。

站在大坝上看长江，只见那风追着雨，雨赶着风，长江水在云下奔逐。水，天下生灵命之所系；长江，中华儿女第一等福祉。水原本是很单纯的音乐调子，因为人类而变得有时雄浑、有时激越、有时恬静，同时也混合着惨淡和悲壮。我突然怜悯起那些雨和它们汇流而成的茫茫水来，你为什么就那么任性，不能控制自己的情绪，让世界一切都安好呢！

利水则水流万里，水利则民生千年。十里大堤万里风，让我沉思到永远。

第二篇

苏南水韵

河流、湖泊、水库是丹阳、句容、扬中的血脉，孕育着不同地区的地理文化、人文情怀，从中可以解读出各种密码。

又见『绿鲢鱼』

水面“碧绿”，围墙“爬绿”，草丛“钻绿”，树枝“吐绿”，餐桌“亮绿”，这就是北山水库……

好一个“绿”字，让春日里的人们醉了！开春日以后的这些天，我多次来到北山水库实地调查。美丽乡村北山水库到处是“春天”，亚洲最长的建国矿场的石料输送皮带廊宛如一条绿色巨龙与水库大坝并肩而行，站在鼎山山顶可眺望长江。在句容境内就餐，看到最多的是给客人端上的第一盘菜肴就是“绿色”的鲢子鱼，不是颜色“绿”而是“有机鱼”，绿色无公害。鲜嫩碧翠透，让人眼睛发亮，瞧了就有点儿垂涎欲滴，但大伙儿怕自己让“绿”乱了芳容，都舍不得将筷子伸向它们。

这种“绿”是有来头的，北山水库为了改善水质费尽了心思，“绿”与“青”预示着生机勃发、春意盎然。开春的当门儿，气温回升、艳阳高照，各种植物纷纷脱掉旧衣冒出新绿。早年水库管理所的同志们从中受到了启发，于是他们想到了绿色养鱼，工作的干劲也被激发了出来。2005 年北山水库注册北山牌水产品，值得一提的是山东省莱州市北山水产公司按照他们的标准生产，十几年来北山牌商标有了较高的知名度，北山水库无公害的“绿色”水产品也受到顾客的青睐。

多年来，北山水库在搞好工程管理、防汛防旱公共事业的前提下，把保护和开发北山水库自然生态水土资源作为最大的课题。北山水库管理所几任所长以本着“保护开发两不误，防洪创收同兼顾”的原则，充分发挥水利工程资源效益，确保水库健康、持续、稳定发展。2005年，北山水库开始以科技思维、创新理念，创立“北山”牌有机鱼品牌，引领水库经济的跨越发展。水库管理所的同志们把目光投到了绿色、有机、无公害上，为了保护水资源水环境，充分利用3750亩大水面水体进行增殖放流，投放能净化水质的花、白鲢及细鳞斜颌鲴等苗种进行生态养殖，因此大水面产出的“北山牌”有机鱼，肉嫩、味鲜，绿色、环保、无公害，有机鱼供不应求，北山水库一举成名。水产品知名度提高，同时也推动了北山水源地水质的净化，真正做到了鱼水相生相助，良性循环，生态效益、水产效益、经济效益、社会效益齐丰收。

2016年北山水库完成水产品产量近30万斤，亩产达80斤，产值170多万元，亩产值达450元，水产经济效益处于全省水利系统前列。最为亮眼的是，不断创新的“北山”牌有机鱼养殖模式和销售模式，竭尽全力打造“北山”牌无公害水产品，并努力使之成为公认的名牌产品。建立了水产品质量追溯体系，创新建立网上直销体系；继承社会直销模式并把两种模式有机结合，力争生态养殖效益在全省水利系统最好。

北山水库汊港深处有一家叫“国际湿地公园”的景区，这里还特地开辟出了几十亩水面，进行科学养殖试验，与隔壁的樱花林、红枫苑、白茶园等结合在一起，成了一道可供观赏的亮丽风景。

现在，无论是乡村还是城市，吃得“生态”已是潮流。过去让家畜吃的番薯藤、萝卜叶、南瓜梗等等，都成了大雅之堂上的“宝贝”。归来的绿鲢鱼啊，土地需要你，水库欢迎你，乡亲们喜欢你。

北山水库你最美

江苏省句容市北山水库是个“叫人不想家”的地方，说它是“美丽库区、幸福家园”一点儿也不为过。近年来，北山水库走“绿水青山、就是金山银山”的发展道路，铸造“传承水利精神、搞好工程管理、发挥工程效益、润泽句容百姓”的品牌，弘扬“文明和谐、责任担当、规范创新、润泽共享”的精神，驶入了“创新、协调、绿色、开放、共享”的快车道。

北山水库像一片明镜，她最美！你不看她，她不理你，你错过就是一份遗憾。

文化水库——一座普渡桥，百年水利史

普渡桥，句容北部古村落的见证。据《弘治句容县志》记载普渡桥村以桥得名。当年，句容至下蜀，有一座三孔大石桥，名叫普渡桥，又称铺头桥。从句容至下蜀，普渡桥是必经之处，更是一处繁华商业之地。万历年间，洪水滚滚，无法通行。于是，乡民集资在河上建桥，民国七年再次集资修建。桥的两侧各有石刻龙头一对，桥身全是千斤以上巨石。桥的两头各建牌坊一座，牌坊立柱由清代贡生田进道和秀才谭应五各题对联一副“句曲名区留胜迹，东头古道架长虹”“隔水无须分南北，问津从此识铺西”，横批“曲阿古迹”。1958 年建水库，普渡桥淹没在水库中因此得名普渡桥水库，1963 年更名为北山水库。

北山水库坐落于宁镇山脉宝华山东部，周围的大华山、空青山、武岐山、凉帽山等山上流下的水都入北山水库。秦淮河是南京最大

的地区性河流，历史上商贾云集，文人荟萃，儒学盛行，被称为“中国第一历史文化名河”，但它的源头却在北山。北山水库大气优雅、清静明亮。港汊深处清泉潺潺、绿荫郁郁，文人墨客若兴起雅聚，曲水流觞，一觞一咏，甚为快乐。有诗云：“曙色当窗梦不成，披衣策杖小桥行；移船深汊不知归，但听鸟语水流声。”

1972年7月2日晚句容遭受特大暴雨袭击，洪水来势汹汹，情况十分危急，泄洪闸泄洪不及，为保大坝安全，北山水库管理所所长祁正文一面向上级电话报告请示，一面现场指挥采取果断措施，爆破除掉洞口迎面岩体。他在指挥现场爆破时，不幸被飞石击中腰部光荣牺牲。7月3日下午洪水减退大坝保住了，祁正文却离开了人世。60年来，祁正文已成为北山水库的一面旗帜，激励着一代一代的北山水库水利人，涌现出了一批又一批以祁正文同志为代表的乐于奉献、奋发向上、开拓进取的优秀人物，积淀起了“文明和谐、责任担当、规范创新、润泽共享”的北山水库水利精神。

生态水库——北山水库的水可以捧起来喝

几年来，句容市推进“一个保障、两个达标、三个没有、四个到位”的目标。“一个保障”即正常情况下水源地安全供水，突发事件情况下保障应急供水。“两个达标”即集中式饮用水源地水质达到国家规定的水质标准，供水保证率达97%以上。“三个没有”即水源地一级保护区范围内没有与供应设施无关的设施和活动；二级保护区范围内没有排放污染物的设施或开发活动；准保护区范围内没有对水体污染严重的建设项目、设施或开发活动。“四个到位”即水源地保护机构和人员到位；警示标牌、分界牌和隔离措施到位；备用水源地和应急管理预案到位；水质在线监测和共享机制建立到位。他们将上游农村农业污染源、生活污水、畜禽养殖场全部关闭；采取大水面清淤、工业污染源整治、确保水体和环境无污染。

深深的港汊、茂密的树林、宁静的水面、相宜的山峰，构成北山水库景区生态独特的风韵。他们根据每年水库富营养程度指标，制定科学生态养殖模式，放养能净化水质的花白鲢鱼种6万多斤，做到“人放天养、净化水质”实现生态效益和经济效益双赢，确保水质达标。

这里有句容最广、最美的群山、林海，绵延之美一气呵成。不仅为水库提供了人观赏的水景，而且在融入环境中美化了生态水系。水流滋润土地，草木涵养水源，有机鱼净化水质，给水库带来了生机、活力与优质水源。整个库区给人宁静、惬意、人与自然融为一体之感，使人获得精神和身体的双重满足，不管走到哪里都是绿树相伴，天人合一、心生愉悦，入目皆是景、入心皆有情。行走之余，留下的都会是满满的欢喜、不尽的回忆。“天下有水也有山，北山山水非人寰”。

景观水库——碧水入怀山更奇

北山水库的现任所长尚进每天都在思考，怎么把北山水库建设成景观水库；如何依据生态水利、绿色水利、旅游水利、园林景观的水景设计思维，融入山、水、文化元素把水库管理区打造成水利文化、人文文化、秦淮文化和地方文化融为一体的地标。

随着句容宝华山至赤山湖旅游专线高等级公路、句容全域旅游线路的开通、北山水库的生态效益、旅游效应愈发凸显，越来越多的观光者必选这里。目光被聚集到了水库上游，既要使之成为水质保护的缓冲地，又要使之成为景观水利的风景线。设计者将北山水库与园林水景，绿树修竹和楼馆台榭虚实结合，相得益彰。考虑岸边景物到水面的方位、大小及其周围环境的层次，将大堤、小岛、曲桥、绿洲、港汊分布在安静的湖面上，增加了水库的层次与立体感。体现微风拂柳，蜻蜓点水，波光倒影，朦胧如画。强调田园诗意、和谐生态、传统水利，生态水利，现代水韵自然融合。溪流、水渠、水涧等流动水景，声若田园交响乐，状似通幽曲径景。阳光映照，水面像银河闪烁忽隐忽明，引人陶醉。复原普渡桥，将一自然泉水建设成“普渡泉”，把普渡桥历史融入水文化的诗意中，将湿地打造成“普渡桥湿地公园”。呈现在世人面前的将是一座文化底蕴深厚、环境优美，别有情趣的北山胜境。站在大坝上，倒影成双、景物叠映、赏心悦目“北山水库”四个字映入眼帘；暮色已近，渔歌唱晚，捕捞队的小船一字排开，像一幅展出的画。湖面上的养鱼隔离网像珍珠似的，均匀地散落在青色的水面上。你或引吭“北山之歌”；你或弹着吉他；你或吹着口哨，若在夜晚，满月如镜，新月似镰，或勾悬于亭上飞檐；或游荡于水面清波，景趣别致，佳境绝妙，尽在北山。你不由得赞叹：烟波澹荡摇空碧，楼殿参差倚夕阳，不要人夸好颜色，要留清气满乾坤。

水蕴哲理、水生道境、水释禅韵，北山水库经过近六十年的发展，经历了工程水利、资源水利、生态水利和现在的智慧水利四个发展阶段，是中国水利发展的缩影。水库建设不仅满足了防汛防旱、工程管理、生态保护及城市供水，也能满足人们对文化和美的需求，在一定程度上还继承和发扬了中国传统水文化的精髓。营造生态水利，建设绿色水利、景观水利、旅游水利将是北山水库人的永恒追求。

雨中仑山湖

星期天本想清静一下，忽逢晚上下起了秋雨，像老友扣门，时缓时急、时骤时息，煞是高兴。苏东坡有一文名叫《喜雨亭记》，“其喜之大小不齐，其示不忘一也。”说的是他到扶风的第二年，久旱逢甘霖，官民同乐，喜雨、建亭的过程。旱期已过，句容市边城镇的仑山湖也应该喜雨了吧！

我早早来到仑山湖，漫步在大坝上，天阴沉沉的没有下雨。我盼望天公作美随我心愿，让我喜雨一番吧！盼着盼着，雨点哆嗦着下起来像毛笔写字一样，湖面的平静一下被打破。捕鱼的人们急忙穿起雨衣，垂钓者撑起了大伞。雨点如万箭齐发直射仑山湖，水面上溅起万千水波，上下跳动、此起彼伏，慢慢把你的情绪推向高处。雨点不断地发起攻击，仑山湖欣然接受。随着雨点频率的加快，仑山湖欢快起来，踩着雨点的节奏，把波涛一轮一轮地送到岸边。

过了一会儿，我注目仑山，远眺高骊山。雨烟快速地把仑山灌到口袋里，把高骊山推得远远的。一阵暴雨迅猛地直射仑山湖，幸亏没有狂风，不然我的花格子伞无论如何也逃不出风的手掌，会被撕碎。天上的飞云像喝醉了酒到处乱窜，水坝被雨水洗刷得干干净净，道上的汽车尽管速度很慢，但还是溅起了高高的水柱。大雨落边城，仑山、高骊两不现，一叶湖中钓鱼船，汪洋一片。这种气势让人感受到什么是宏伟的乐章，什么是白茫茫、雾苍苍的气势。

雨越来越大，越来越猛。雨丝变成雨帘，雨已不是小部队冲

锋，而是集团军式的猛攻，好像要把仑山水库吞噬掉。我不禁打着寒颤，鞋、袜、裤全部湿透身上的水全顺着裤头流到地上。只有仑山湖从容淡定，坦然面对。还有那钓鱼船上的垂钓者波澜不惊，目视那漂浮不定，左晃右摆的浮漂，好像什么也没有发生。同样是水，在天上掉下来叫雨，到了地下储存起来叫水，一个在天，一个在地，一个来势汹汹，一个心平气和，为何姿态不同，很有意思让人深思。区别在哪儿？分别在何处？我想起自己的家乡把下雨叫做："落水了！"可能他们认为雨就是水，水就是雨，界限没有那么清晰。

雨只有到地上才叫水，储存起来才能善用。1958 年，为了把仑山、高骊山流淌下来的水保住储存起来，芦塘村从仑山湖湖心集体搬迁。一道大坝起，锁住四方水，形成仑山湖。水，从天上掉下来，在仑山水库安家，润泽周围百姓，成了洛阳河的源头。

大坝对面，高骊山渐渐露出一点白色，山上的云雾被风轻轻地、慢悠悠地赶着，可就是赖在那里不动，仿佛是个大帽子戴在仑山、高骊山的头上。山被云雾缠绕着，裹得严严实实，好长时间才露出脚趾。山脚下炊烟般的云雾拼命驱赶头顶上的重雾，好不容易露出了一些身躯。水面上一条白、一条黑，互相间杂，像盖在货场货物上的大彩布，一晃一晃，摇摇摆摆。雨慢慢变小，渐渐停了下来，只听到地上水沟哗哗哗的流水声。自然的声音就是这样奇妙，像演奏曲子、像写文章，平缓，急促，高潮，结尾，自然而成。难怪梭罗要在瓦尔登湖住上两年，感受自然的智慧。

一方水土养一方树，一方水土成就一方美景。镇江最美山水间，世外桃源是仑山。仑山、高骊山孕育着仑山水库，岸线优美，澄碧如练；仑山水库反哺两山的养育之恩，使两山周围树林密布，郁郁葱葱；这里有田园牧歌、茂林修竹，最美乡村、民族风情；这里有渔歌唱晚、白鹭齐飞，露营垂钓、登山望远。山不转水转，水不转树转，树不转人转。自然是个生态链，最能共享天地日月之精华——水！

仑山湖之夜

涛声一阵又一阵，从仑山湖的北面向南岸缓缓传来，那么细腻、那么轻柔，在游艇身上吻了一下，又向小茅山匆匆游去。远处闪烁的红光镶在黑暗的空间像是一颗红玉，整个湖面幽静、平和、神秘。步履仿佛轻松起来，平静地、宽阔地，带着欣幸与希望。

我是第一次晚上走进仑山水库（亦名仑山湖、边城湖），是南国清澈迷人的湖，辽阔、深邃、神秘……仿佛走进一个久违的静谧梦境。

晚上的仑山湖，没有“晚风轻拂澎湖湾，白浪逐沙滩”的美丽景象，也没有夕阳西下，暮色四起，仑山水韵，渔歌唱晚的诗意，只留下仑山高大侧卧的身影。天色越来越黑，涛声依旧弹奏着“欢乐颂”奏鸣曲。这不由地让我想起仑山、高丽山的神话传说。海拔400米的仑山，因为山体高耸挺拔像昆仑山一样高大，故名仑山。东南的高丽山，传说更加动人具有神话色彩。相传有一位高骊国的美丽女孩，来到镇江西部的一座山（那时处于海洋之中），正陶醉于眼前的美景时，忽见一艘船向她靠近。原来是东海海神带着满船的好酒前来，准备聘她为妻，她拒绝了东海海神的请求。东海海神一恼怒，将船弄翻，船变成了一座山，这座山被后人称为船山，而高骊国的美丽女孩所站着的山被后人称为高骊山。原来人世间的“洞天福地”就在这里。民间有多少困顿与苦难，民间也就有多少神话与传说，这其实就是人类潜意识的自我救赎。

相比于阳光下的坦荡与浩渺，夜的仑山水库显得静谧而雄浑，

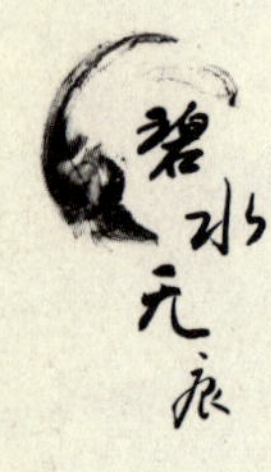

酷似一个刚刚出海归来的饱经沧桑的老渔翁，向人们展示晚韵之美，讲述夜晚的梦幻。德国诗人席勒说过：真正美丽的东西必须一方面跟自然一致，另一方面跟理想一致。平静的深谙的湖面，用夜向我们展示了“最美乡村，福地句容”的另一面。陈逸飞这位世界级的著名画家、视觉艺术大师在 2003 年来到边城，那时边城还叫东昌镇，这里还是一片荒地。他被边城清澈见底的湖水，树茂林密的青山深深迷住了，赞誉边城是“中国最美的乡村”，真不愧为艺术大师，独具慧眼。他和所有爱美者善于发掘美者一样，不会被表面所谓的文化和人造美打动，他追求并尊重的是自然美。因为仑山湖的美来源于自然山水与天然元素的巧妙结合。

零星的灯火从“边城西岸”小屋前面的树林中钻出，那些树把小屋遮掩了只在树与树之间露出一些建筑的线条，一角活泼翘起的屋檐，一排整齐的图案式的屋瓦。只有灯光泄漏出来，才知道哪是房哪是窗。小屋在树与树之间若隐若现，本质上它是一幢房屋，形势上却像鸟一样、蝶一样憩于枝头，轻灵而自由！掩映在密密匝匝的密林丛中，展翅欲飞。

穿过丛林中的小径，走向夜色中的栈桥。清凉的夜风从青黑的湖面吹来，仿佛要吹透我的五脏六腑。我们面湖而坐，静静地望着眼前黑暗中微亮的湖面。波涛一阵连着一阵扑向湖畔不紧不慢。我抬头仰望天空，发现仑山相连的夜空竟是如此的清晰，它像一艘航空母舰停泊在那里休息，更像母亲静守着熟睡在她身边的儿女——仑山湖。我们可以看到淡淡的云朵在缓缓地飘移，星星是那么的明亮而又璀璨，哦！我已经多久没有看星星了？这儿的星星稀稀朗朗远的遥不可及，近的好似在仑山的头上伸手可摘。欣喜于自己的发现，我的目光久久地在星空逡巡，思绪飞扬……

北山水库叫人想安家

句容市北山水库出名于北山牌“有机鱼”成名于生态水利。沿312国道至下蜀镇转入下蜀至句容的道路上，绿色的海洋一浪一浪向你涌来，如果不是远方的山峰会产生在绿色的海洋里行走的错觉，毫不夸张地说，这里就是无公害水产品的故乡，绿的天堂。

行走北山水库，山为媒，绿为介，北山水韵美自流。

所谓得天眷顾说的就是北山水库，这里被群山所包围，山上的野花野树长得任性恣意，我惊讶地看到一种树，整个树身长满了约3厘米的三角形的刺，一个挨着一个密密麻麻，且刺人剧疼，我天南海北走过不少地方这种树却从未见过。

北山又称大顶山对面是天王山，北翼矗立着宝华山、武岐山、空青山、香炉山等山峰，诸山气势磅礴，树形高大，花朵繁盛，树干枝丫和花朵比赛似的用尽力气生长，开放。大顶山花并不是很大朵，但是密度极高，密匝匝的一片仿佛花的千军万马，她们好热闹地群居着倒映在北山水库中。我们一路走来，满眼尽是绿色绵延不绝，硬是把绿色撑出了海的气势极有力量感，由衷让人发出一声赞叹，抑或有歌唱的冲动。花的点缀打破了绿的静谧“分野中峰变，阴晴众壑殊”。绿色自然也勾画出了浓淡、高低、远近、层次。远观的话，一定会误认为北山水库就是千岛湖。

北山山水美在映衬。天王山、大顶山、诸山把北山水库当做相机自拍，静静地倒映在碧透的水面上，显得妩媚更着幽深。有诗云：“移船深汉不知归，但听鸟语杂水声。”远处北山北翼矗立的武岐山、空青山、香炉山等山峰，层层叠叠，远近高低各不同，

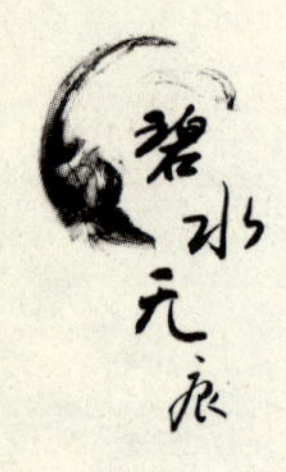

互相映衬、互相媲美，充满神奇、虚幻、缥缈之感；近处堤坝和泄洪闸下游，上下较高的落差，形成强烈的视觉冲击，绿树像高大的哨兵列队成行，矮屋就像美人痣点缀其间，你若是和喜欢的人一路同行北山，那么不管走到哪里都是绿树相伴，心生愉悦。入目皆是景，入心皆有情。行走之余，留下的都会是满满的欢喜、不尽的回忆，“天下有水也有山，北山山水非人寰。”

由于地理位置、海拔有异，北山的桃花次第开放，3 月开始直到 4 月底，总有一处桃花不负时光不负你，在桃花盛开如此诚意的邀约，也是大自然的一种周到安排吧。茂盛植被的淡绿、深绿、碧绿之中，总有一样能满足你。

北山之美在天成。“东方瑞士”“绿色江南”毫不虚夸，“天然氧吧”“有机鱼”美誉天成，大坝是北山水库的景观大道。溢洪闸上白墙蓝瓦建筑，倒映在北山水库平静的湖面上，大顶山遥遥守望，圣洁宁静。蓝的天、绿的水、白的云，展示着它们本来的样子，还有缀满松萝的松树、冒着白烟的农屋和纯净透亮的阳光，这里有句容最广、最美的群山、林海，茸茸的那种绿，绵延之美一气呵成。

有林成海便有了独特小气候，林间飞云，身在云间。天气也是魔幻的，冷热交替过渡毫不违和，抬眼艳阳炫目，低眉雨水霏霏也是有的。这里负氧离子含量很高，呼吸间就是一种“内洗涤”。北山水库，渔歌唱晚，捕捞队的小船一字排开，像展示一幅画；湖面上的养鱼隔离网，像珍珠似的，均匀地散落在青色的水面上，你或引吭高歌；你或弹着吉他，你或吹着口哨……

北山之美在人为。恒大主题乐园就在北山灌溉渠的东西两侧，这个上百亿元级的游乐投资，将为人们带来梦幻般的体验，可谓中国版的“迪士尼乐园”。

浅滩芦苇入画中，深汉重重有意境。汉港深处，北山国际湿地公园开建了。这个句容水利旅游项目，将为北山水库再新添一景。精心布局后的国际湿地公园将成为句容旅游的又一新地标。

水库管理处以自然景观为大背景，顺应北山天然的场域和现有水系、山景、村落而建，尽最大可能尊重现代建筑风格，保留了老知青宿舍、石头勾缝、凌霄花爬墙等特色，有的是木屋顶、木院落、木栅栏；有的更是将徽派民居风格融合本地民居风格复制体现，游客不必走遍北山就能体味不同的建筑风格。

随着宝华至赤山湖旅游专线高等级公路、句容全域旅游线路的开通，北山水库的生态效益、旅游效应愈发凸显，越来越多的观光者来到这里。

句容的深处北山水库，体现着田园诗意、和谐生态，传统水利、生态水利，现代水韵。都说北山是“叫人不想家”的地方，其实北山水库何尝不是“叫人想安家的地方”。

那山那水那树

我爱仑山水库。水清、岸明，风景变幻无穷；仑山、高骊山像两位哨兵，站立在她的身旁，其他水库没有这种范儿；远树、近林斑驳陆离，那山、那水、那树真叫醉人，让人流连忘返。

只要有空，我就喜欢在句容市边城镇，这个土沟沟里徒步行走。绿树不语，苍松翠柏板着一张严峻面孔，但它能用自然的神色激起你内心的热情和活力，它会含蓄地告诉你，仑山水库是这里的生命源泉。

停下脚步周围视觉的冲击，让人感到已浸泡在田园牧歌、诗意生活的海洋里。蝉鸣高树声声急，白云骑石山露天，园中居士长天啸，云舒云卷岁月中，不正是很好的写照吗？

乘一叶扁舟，在仑山水库中随风飘荡；望边城西岸，飞檐点点；转松林深处，惊起一滩鸥鹭；一阵雷雨来临，山中烟雨，两山迷蒙，时隐时现。仑山水库就是这样撑起了道道美景，画出了张张图画。

从高仑村向北走，林麓之美、峰峦之秀、洞壑之深、烟霞之胜尽收眼底，那里正在利用仑山水库的水建造绿色循环蓄能电站，着实让人兴奋，引诱你去探寻。漫步山间，云雾缥缈、清静绝尘，轻风柔软，如薄纱拂面。拾级而上，两边的植物也在发生着变化，先看到蕨类植物和中草药，然后见到有着千万年历史的珍稀树种。

高仑村旁是高家边。“高家边”村里有八百年风霜的木瓜树和宋代宰相高适的十二进厢房遗址。在村子西头花园池处有两棵古木瓜树，一棵靠塘边，一棵在老梨园遗址上。据传两树已有

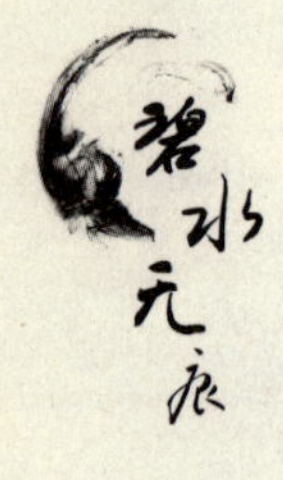

八百年树龄，其杆之粗，其枝之茂，不足称道，但很神圣。村里的老高向我们介绍说，不知什么时候就有此树了。先辈们皆是看其神圣庄严，必能福荫后代，才依树建村，以求庇护。建房有一个规矩，就是相隔宋代宰相高适的十二进厢房遗址正门一段距离，不知这是什么原因。偶尔有个调皮孩子想要爬上古树玩耍，会被村子老人斥责，皆言此树乃是他们的福树，不可亵玩。

更让人奇怪的是，花园池边的一棵木瓜树，不知什么原因，在何年何月被雷电一劈两半。几百年过去了，此树两半各自好好生长，不减当年风姿，颇具神话色彩。现在村民用大理石栏杆把它保护起来，当神树来崇拜。

天、地、水，作为“三元”之一的水，在生态保护，古树成长中，起到了主要作用，准确地说是仑山水库起到了决定性的作用。

仑山村村长向我介绍说：“1958 年建造的仑山水库至今还没有干枯过，仑山的水捧起来就可以喝”，足见仑山水库的生态保护非同一般。

仔细一看水库四周，绿树村边合，青山郭外斜是常景；古树绕村道，也不足为奇。树木葱茏，是生态水库的另一面写照，也证明仑山周围的百姓保护古树、保护生态、保护家园的意识足够强大。日复一日，年复一年。5500 亩国家二级水质的仑山水库像发条，仑山、高骊山像齿轮，不停地转动着生态修复这座大钟。10 万亩植被，茂密的山林以及空气中含量极高的负氧离子被仑山水库推着转，仑山水库这个发条时时绷紧，动力十足，绿水青山自然转得欢畅，金山银山就越转越显魅力。当地的老高自豪地说，水清保证了树绿，树绿映衬着山美，山美美化了自然，美美叠加就形成了人间仙境，最美乡村。

是啊！我突发奇想：要想住，先找树；要心舒，到仑山水库。水清水利绿树深，自然美景最养人。

仑山湖的早晨

仑山湖的早晨很美：碧波万顷，静水如练，垂钓晨光，诗意满满，去人多多，如果不亲身体验一下，岂不终身遗憾。带着这般虔诚的心情，在太阳尚未升起的时候，我们来到了仑山水库，在大坝底下选好位置，静候红日喷薄而出。

我们从五点钟一直等到六点十二分才看到太阳，原来太阳给小茅山遮住了脸。一会儿天又阴了下去，太阳很不高兴的样子，真可惜。正当我心情不爽，若有所失时，却看到了另外的风景。50米以外的大坝上有一洁白的阳伞撑着，就像一朵栀子花盛开格外引人注目：雪白的折叠椅置放在铝合金支架支撑的浅浅的坝底水面上，垂钓者戴着高尔夫球帽，着一身运动装，墨镜中映着一汪清水，旁边摆着七、八种钓鱼食，不用说这是专业的钓鱼爱好者。20米开外，坝上停着钓鱼爱好者黑色的凯美瑞轿车，坝底部下面折叠式的衣杆上还晾着昨晚的换洗衣裳，看样子他已经在这住了一晚，垂钓了暮色又开始垂钓晨光。仔细一看，电磁炉、碗筷、切菜刀应有尽有，俨然是一个流动的家。一打听，钓者介绍说每年光花在钓鱼行头上的费用近2万多元。他说："就图个快活。钓胜于鱼，欢乐就是生活的发条，它使永恒的自然循环不息。在世界的大钟里，欢乐是推动生活齿轮的动力。"他俨然是个哲学家把钓鱼上升到哲学的高度。记得苏东坡说过："惟江上之清风，与山间之明月，耳得之而为声，目遇之而成色"。此话入理、入禅、更入我心。何谓闲着，自己内心会告诉你，时光易逝人易老，明天和意外不知哪个先到。抓住今天才是根本，湖面的晨光朝霞暂

时看不到，现在看到的不也是另一番美景吗？失望的情绪一扫而光。

加把劲跃上大坝，“佴池”两个字映入眼帘。向远处眺望，大坝尽头是芦塘村“水美乡村”“民族村”的招牌吸引了我。快步来到村庄，“佴池”两个字着实让我琢磨了半天，只得向当地老人请教。天道酬勤，碰到了 86 岁的丁老师，他正在锄草。我说明来意，他让座到家向我娓娓道来：“‘佴池’现为行政村，由‘佴池’‘芦塘’2 个行政村合并组成。原属陈武镇 2003 年属边城镇。”他一边说，一边喝水。“不急”，我请他慢慢介绍。佴池行政村是少数民族居住相对集中的村，14 个自然村 497 户中，少数民族 117 户，335 人。有回族、苗族、彝族、黎族、傣族、布依族、朝鲜族和汉族，其中以回族居多。说着就拿出资料给我看，资料显示：“佴池”是个古村落。元代名“佴墅”，因佴公建墅得名。清中后期，佴姓家庭修院凿池，后名“佴池”。近代“佴池”拓展成“东佴池”与“西佴池”二村。

佴为姓氏起源很早，源于黄帝后裔商汤，佴氏奉东汉光武帝左相佴茂为始祖，江浦、扬州均有分布。因年代久远，佴池村的佴姓确定不了他们是汉族还是其他民族，村人介绍可能是源于彝族，云南古滇国就是佴姓郡望，至今昆明还有条街道叫“佴家湾”。东佴池与西佴池相距不远，但佴姓则集中于东佴池，东佴池村东曾经立有一座高大的石碑，村民回忆为分水碑，记有古代农业灌溉的官方公文。碑通高有 4.5 米，座高 1.5 米，碑身 3 米，碑头 1 米，雕有二龙戏珠图案。村民院墙边有一段残碑，上有“佴墅之东南”等文字，字径有 8 厘米，可见当年石碑制作的规制极高。从碑文上可以看出，古佴墅指的是东佴池。西佴池以张姓为主，并无世代居住的佴姓，不是佴氏分迁而得名，之所以叫西佴池，是因村位于佴墅之西得名。西佴池村前有散落的几家，当地人叫庙上。庙上地名与六朝时期的仑山大泉寺有关。

仑山最早叫龙冈，因山体高耸挺拔，雄壮如昆仑改名仑山。《弘治句容县志》载：“仑山在县东北五十里移风乡，周回一十五，高一十七丈，东连驹骊山（今高骊山），四十二福地也。”

古代句容有“三沸”即沸井、沸潭、沸泉。沸泉在仑山之巅。南朝宋文学家山谦之著《丹阳记》曰：“句容县东三十五里有龙冈，冈顶有沸潭，周回十三丈，闻人声水便沸动，不闻不涌也。”南朝时因泉得寺，名大泉寺。后大泉寺移至泉南五里之遥，即今天的西佴池村，这就有了庙上的村名。

佴池的自然村芦塘是回族民族特色村，江苏 36 个少数民族聚居村、镇江市三个少数民族村之一，是句容唯一的回民集聚的村落。2008年，佴池村被确定为省级民族聚居村。

芦塘，原村周围、塘内都生长芦竹故名“芦塘”，村以塘取名。芦塘回族人居住最多，有七八十户200多人口，是回族人集中居住的地方。芦塘村的回族人是在明末清初时为躲避战乱和灾荒，从安徽迁徙到此地。原址在芦塘水库（现名仑山湖）里面，现在的村子是建仑山湖时迁出来的。村中的小楼房错落有致，豆绿色的拱形门楼、S形拱穿檐、白墙乌瓦，墙上古色古香的装饰图案，建筑清新典雅极具伊斯兰风情。村中散落有过去的石鼓磴、石磨盘等。村子里的回族人与汉族人长期交往，讲汉语使用汉字，但还保留一些阿拉伯语的词汇。在“开斋节”“古尔邦节”“圣纪节”时还举行庆祝活动。教徒除做礼拜时着回族服饰，平时着装和汉人基本相同。丁老师讲了这么多的知识才有了这意想不到的收获。告别了丁老师，我们决定再到乡间的道路上走一走。

在路上碰到好几位七八十岁的老人在种菜，还有77岁的老奶奶在挑粪浇菜，这里的长寿老者这么多颇有广西巴马长寿地的意味，我想这一定跟这里的山、水、空气有关。我连忙跟他们打招呼，老人们个个精神矍铄。恰好一只白鹭在田野中款款飞起自由、轻灵，我感觉这些老人竟像早晨湖面的白鹭一样那么轻盈、那样朴素、那么可爱。白鹭中飞芦苇丛，碧波觅食仍从容；清风一阵树影动，芦塘村隐晨光中。仑山湖的早晨，不一样的早晨，阳光将湖水映照得流光溢彩。我知道自己虽然来过了，但却远远抵达不了这湖的深处，我只能记住这些人和那些让人眷恋的时光。

碧水蓝天映白塔

——句容水库印象

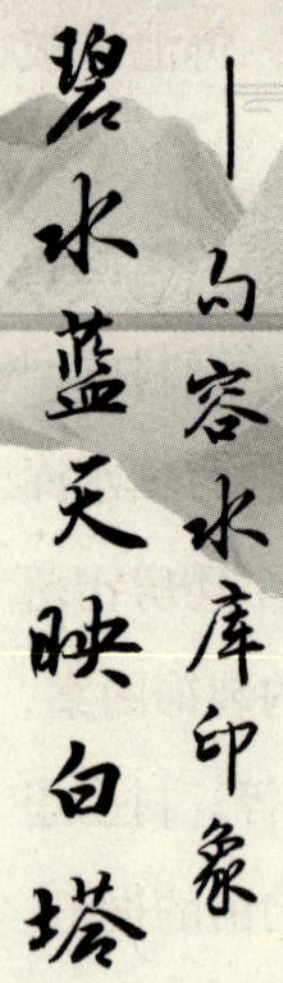

记忆中最深刻的是句容东乡的空军雷达塔。出了句容城，向东行驶三千米，有一座高大的雷达塔像防空导弹矗立在句容至丹阳的公路旁。几十年来白色的雷达塔一直是句容城四周的最高建筑物。

磨亮句容眼睛的是句容水库。向北行走四千米是句容水库，每天都在深情地望着句容城。白塔和句容水库相爱数十年形影不离，除了雨天和严重的雾霾天，常常可以看到白塔高大的身影倒映在句容水库的碧水中，成为句容一景。

站在句容水库北面，无论是在光里庙村还是赵四村，岸边荻花丛丛，碧水蓝天相映，白塔静静矗立，波光粼粼闪烁。句容水库，这座城市的肺牵动着你的心，勾住你的眼。白塔与句容水库的爱情在碧水波纹间演绎，映照着蓝天。句容水库管理所在大坝的溢洪闸斜对面南部的最高处。管理所坐在小山上安详、静谧，深情地看着身边的桃花、樱花、梅花句容水库南面的岸线就这样形成了。

句容水库管理所马路西边的两层老楼房是砖混结构，楼梯走道水泥花格子的栏杆，这是 20 世纪 70 年代的建筑，它就是老句容水库管理所的旧址。就在它的东边如今现代化别墅式的管理所，园林设计的句容湖水厂，这座老建筑仿佛在诉说着历史的沧桑，让你清点句容水库管理所走过的步印。

躺在南北走向的西大坝石扶坡上，原先赵塘村的旧址就在身后。把整个身体放在水泥上磨，被阵阵波涛拍，句容水库的水是有吸引力的，它会把你的眼球和心推到它的水纹里。黄昏在云霭低垂的时候降临，瓦蓝的库水层层叠叠的隐藏着村庄的倒影，静止的、凝结的、扩散的、安逸的……一两条打鱼船，人们摇着桨、哼着调、唱着曲，点破了水面的宁静，焕发出另一种安逸的情调，既古老又现代、既灵动又诱人。人间美哉，生活快乐，就在此刻。

乘白色小艇来到水库中间这块 38 亩大的小岛上，这里原来是光里庙，旁边有娘娘庙、土地庙。附近村子的老人向我们介绍，他曾见过庙里的大菩萨和十八罗汉。1958 年 4 月为了建设句容水库只能牺牲这块地方，原因是这里独特的地理位置，优越的条件是建水库的不二之地。四面高，中间低，形状像燕子窝，只要在赵唐村拦上大坝就能蓄满水。1958 年为了改变当时旱情不断的状况，必须在这块像燕子窝的地方建造水库。句容四面环山“五山一水四分田”易涝易旱，直到现在要放弃一个小水塘，村上的人都不答应，即使是废弃的塘口也舍不得填埋，因为水太重要了。丘陵山区只能靠塘坝、水库蓄水，更何况这里还可以引来三条河的水，供给句容城区工业和生活用，灌溉周围的农田岂不美哉！

水库建起来了，光里庙在水中央，搬迁了一个村，成为水库的底。赵塘村也被分成四个小组，分散到不同的村庄生活，现在的赵四村就是这样来的。听到这些讲述，再看看句容水库的水，每滴都是沧桑岁月的倾诉，汇成碧波向水库中心游去。

走进句容水库管理所，电动大门伸缩着时代的光影，柏油铺设的道路衬托两旁香樟树的翠绿，白色小洋房般的办公楼，中控室诉说现代水利的风景。据管理所老工人介绍，1958 年挑成的土坝直到 1959 年五月合拢蓄水，当时称为戴家边水库，1961 年改名为句容水库。1962 年 3 月句容水库管理所成立，不断续建、改建、扩建、加固形成了今天美丽的句容水库。1985 年大坝泥路改为泥结石面路，2004 年改称浇混凝土路面，现代化的办公楼、中控室、良种场等等都是进入 21 世纪后建的。近年来水库发展突飞猛进，从单一的水资源管理向现代水利转变，养鱼、生态保护、饮用水源保护、景观水利，让人目不暇接。“农业部水产健康养殖示范场”“江苏省省级水产良种繁殖场”成了这里的招牌和特色，“江苏省一级水利管理单位”“江苏省水利系统文明单位”也在这里挂牌。

早晨起来，从赵四村或者光里庙村往水库北岸走，荻花丛丛、波光潋滟。

水里是碧青的村庄和管理所的倒影，水面是淡淡的白色水雾，似绿玉上的透明轻纱不间断地浮漾着、视野里的句容城近浓远淡，层次过渡得非常细腻浓、次浓、渐淡、淡、极淡……好似一幅旖旎的中国山水画。

在水边，我看到过两次空旷的鱼跃，一只无声的黑色水鸟轻轻掠过水面，有鸟的鸣叫声不过丝毫不噪。管理所的东侧是桃花园，西侧种有腊梅、春梅和樱花，俨然是个有山有水的生态公园。

说句容水库是句容城的肺再恰当不过了，它距句容城四千米远，离城北干道一千米远，这样的明珠落在城北岂不是美女头上又插上了一枝鲜花。引来三河水，筑起美好梦，水利润万代内核在奉献。随着时代的发展，水库蓄水灌溉的功能减弱了将来还有可能会逐渐消失，成为家乡生活的记忆变成远逝的身影。但存在一甲子句容水库不仅镌刻在句容水利史上，而且滋润着附近村民的心田。

两个水塘的故事

进入句容边城青山村时注意力一下就被高 26 米，周长 4.7 米要三个高大的男子才能合抱的银杏树所吸引。这棵树有历史、有故事、有文化。传说这棵银杏树是南宋参知政事巫伋（字子先）回乡省亲时，供随行侍卫栓马匹时用的。现在站在这棵千年银杏树下，经常会看到左亲右邻、乡里乡亲的人在树下祈福求寿、祭拜神灵。

青山村还有不少没有仔细看的地方，如果是从東家边走到青山村，最先看到的是东旺塘。塘边的南、北两侧都有水泥楼板架建的土码头，供村民洗衣淘米之用。如果是从东昌方向进青山村，西边有一个整洁的上下西塘，村委会的大门就面对着这一汪清水。朴实平静的东旺塘，西塘，像两块明镜映着蓝天照着房屋，给青山村增添了灵动的水韵让青山欢动起来。有山有水好风光，翠树红瓦五谷香。

站在西塘，走进村委会的大院，听村委会工作人员介绍这里曾是巫氏宗祠。古人挖了两方池塘，既是为青山村增色添韵更是为安全保障。家族文化、中华数千年的文明在这里落下了斑斑点点的痕迹，留下了防火救灾的足迹。1939 年青山村建制青山乡。据村民巫永泉介绍，他小时候亲见过青山辉煌历史。青山村五门耸立，东西用石板铺成了一条街道，两旁大小店铺比邻日杂百货齐全是当地的商贸集散中心。他记得最清晰的是散子店（由面粉制成的细条状的油炸食品）和加工面粉、生面条的店。

九百多户村民掩映在繁华热闹的街道两侧，建筑风格体现了

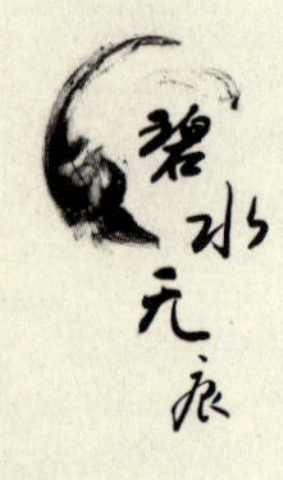

当时流行的中国文化。从墙基看“举人们”砖雕墙比比皆是，大都采用多层次圆雕，浮雕和镂空雕等雕刻手法，雕图案有“双凤朝阳”“二龙戏珠”“鲤鱼跳龙门”等喜庆的花色，最具典型的明、清江南民居砖雕特色（摘自《巫永泉青山史话》)。

在过去，防火、防水、防盗、防匪是摆在村民面前的几大难题。五座村门“更楼”屹立在青山村五门旁，除了打更记时间、瞭望，还具有类似城门安全防范的作用。不远处的东旺塘、西旺塘主要是作为生活用水和防火备水。尽管家家户户有井，但天井储蓄的天雨和井水主要是为了解决日常生活用水。直到如今，不少农户、村民家还保留着这一传统，而这东西两池水塘具有消防作用就不言而喻了。1965 年 2 月 16 日中午，第三生产队三进房子失火，小衣庄解放军战士和东风煤矿干部，东村的、外村的村民拎着桶、端着盆，把水泼向大火，西塘水位急剧下降，大火终于被泼灭。幸好着火的三进房不在青山村中间而在青山村外，否则失火将危及附近的村民。即使这样，也是东门失火殃及池鱼。村民怕烧到自己，纷纷把家具、衣物及值钱的物品往外搬，来不及搬的就往外扔，最后的损失也不小，这叫“干失火”。

由于过去消防设施及消防设备欠缺，只能依靠村前村后的两池水塘抵御火灾的发生，这也是农耕文明的特征和印记。时过境迁，物非人是，祖先们在这里劳动、生产、生活创造了无数的辉煌，现在都已掩映在历史的长河之中。在青山村委会门口，注视上下西塘，荷花塘联想到青青河边草，中华文明中的刚毅、自强不息精神尽在面前闪烁！

墓东水库令我猜想

领略过茅山美景再欣赏墓东水库实在是一种享受。

位于通济河上游、句容春城境内、茅山北麓的墓东水库，1959 年 1 月动工兴建，断断续续，1976 年春才完工。其景色之美妙不可言。

目光抚过句容茅山的版图，茅山脚下，大青龙山边镶嵌着一个湖泊，那就是墓东水库。这座中型水库积水面积达 17.4 平方千米，汛限水位为 29.50 米，承担着四周蓄水、防洪、灌溉之重任。墓东水库处在群山深处，远离车马喧嚣宛如仙境。茅山是它的依靠，委托大青龙山用长臂把无数的黑夜摁进水里，画出无数个金碧辉煌的晨曦；轻雾缭绕，渔歌晚归；波光潋滟，碧水歌唱。变幻无穷的景色网住周围的芦苇、松树和水杉。库中有一小岛，人称“桃花岛”，整座岛阒静无声，捧起来就可以喝的清水轻轻拍打着它。它面对茅山入睡，怀抱着一大堆秘密。当年陶弘景曾被这片美景吸引，就在远处的山中建造了一处住宅，隐居下来。他遍历名山，寻访仙药，每经苍龙溪（墓东水库附近一条溪流）周围的涧谷，必坐卧其间，吟咏盘桓，不能自已。他最爱松风，每闻其响，欣然为乐。墓东，我把你称之为仙人骑鹤之乡，神女吹箫之地。为何叫墓东，至今未得其解，但光这一地名，就值得我寻味半天。

周围村庄的名字同样响着叩击心灵的潮声。

地因人传，人因地传。墓东、火龙地、玉晨村、玉真桥、前陵村、太子岗，一连串的名字闪烁着神秘的光辉。点燃的篝火，

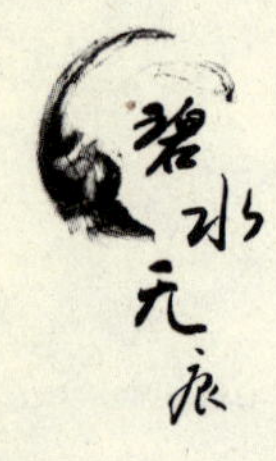

照亮了三茅兄弟时代的荒原。千年前的莲花，一粒粒莲子鼓胀饱满。盛开的文明，顺着墓东水库的水一起一落，乘风破浪的旋律至今未变。

墓东水库的西面有前陵村，东面有九龙塘村，附近还有个古桥——斩龙桥。墓东水库的东北还有太子岗，背后就是孙权开凿的第一条人工运河——破冈渎。据墓东水库管理所赵所长介绍，墓东的来历据说跟三国孙权有关。一说是孙权的长子，早年去世葬于太子岗，墓东一名由此而来。二说是与孙吴末代君主孙皓有关，因为孙皓母亲何姬是春城何庄人。三说是周燕国人郭四朝修道后（郭真人）葬于此，皇上派人守墓，建房于墓陵东侧，后发展为村庄。太子岗的传说更为传奇。太子岗原名败子岗，相传元末义军领袖陈友谅的母亲葬于此。朱元璋入南京不久，知道此事后，便吩咐刘基前去查看。刘基一看此处风水极佳，当时朱元璋、陈友谅尚未交战，并且还有来往。朱元璋担心陈家会出太子，但又不好挖人家祖坟，刘基想了个对策。次年清明陈友谅来上坟，刘基安排老百姓齐声叫喊："陈友谅，坏心肠，把母亲葬在败子岗。"陈友谅一听，气得要命，就把母亲坟迁走了。陈友谅走后，刘基为了锁住这里的龙脉，在此钉了九根木桩，不久后，这里就有了太子岗之名，陈友谅迁坟过的桥也叫斩龙桥。至于玉真桥、玉晨观、火龙地等地名还有太多太多的传说，原因在于这片灵秀的山水随手一触就是道家文化，两脚一踩便是秦砖汉瓦。

不为普及历史，而是实在太爱这片土地。先秦时期，郭四朝、李明真人于此修炼，西汉时咸阳茅氏三兄弟又来此采药救灾。汉魏时期葛洪等人于茅山地区附近从事道教活动，后虽历经两晋、南朝、隋、唐、宋、元朝代更迭，而薪火不绝，陶弘景、许叔微、王肯堂诸人皆为其中佼佼之辈。茅山地区，素有"秦汉神仙府，梁唐宰相家"之美称，山川形胜，茅山独秀，古来多有隐逸之士避地自处，为道教圣地、上清派祖庭。可以说，南北交融、四海融合的时代印记早已在这里孕育，十道九医的茅山道教传统，为中华医学最初的萌芽提供了肥沃的土壤。

向往美好生活是人类的天性，寄托理想于山水之间是中国人的信仰，墓东水库名字平凡，却很响亮，静静地展现着中国文化的博大与深邃。

墓东水库有太多的秘密，那是命运，是欢乐和痛苦不可言说的柔软符号。对我来说，茅山、墓东水库和历史是一回事，只是表现形式不一样而已。三者结合是一个难以理解的神秘又精致、遥远又真切的世界。

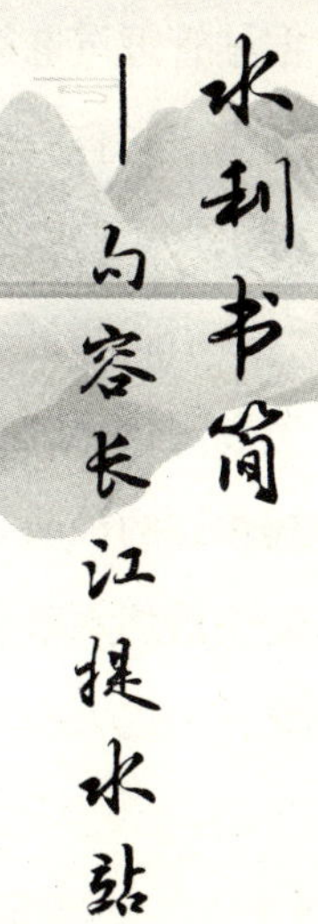

句容市长江提水站一站和二站都在句容下蜀镇。

1978年考验句容人的试卷发了下来，200天没下透雨，水库见底、塘河干涸，人畜饮水存在威胁，句容干部群众毫不犹豫举笔答题。12月5日在江苏省省委省政府的关心下，句容县委书记王云海指挥调集县水利工程队和下蜀、宝华、郭庄、大卓1.9万民工正式开工建设“引江提水工程”。1.9万名民工像“红旗渠”战士，似当年“愚公”风餐露宿、披星戴月，睡稻草通铺，吃咸菜粗粮，叩石坠壤，凿洞穿岭，斗严寒、战酷暑，小车不倒只管推，肩膀磨破照样挑。这种中国精神、中国气节令人荡气回肠。如今站在二号提水站或废弃的四号隧洞面前，一股英雄气概在面前驰骋纵横、缭绕不绝。

句容长江提水工程自大道河入江口至北山水库，总长15.8千米将长江水提高54米。1979年9月26日一次试水成功，运行32台时，向北山水库送水6万立方米。

相隔20年，沧海变桑田。先辈们的努力奋斗改变了句容这块大地的山河，一部抗旱史浓缩着水利的历史发展和未来。

“醉”美三月春光时，我来到长江提水一站，提水站里梅花开。2006年，句容长江提水站跨入新发展的“动车”，由灌溉水利向民生水利、园林水利、观光水利快速发展。当我们走进梅花隧道时，前来赏景的人络绎不绝。70多岁白发的石奶奶站在隧道的最高处，扶着不锈钢栏杆向远处眺望，成了游客恋景一图。长江提水一站已经成了下蜀镇开放公园，南京的市民经常到这里游玩。

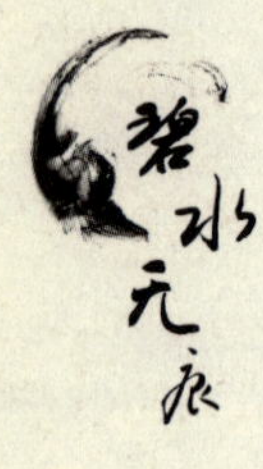

据站管理员老徐介绍，最多时游人达万人。长江提水站的使命也从灌溉向以保证供应句容民生用水为主，确保北山水源保护区的水源安全，同时提高句容水库水资源的安全保障。

当我跨过三层现代化的机房来到长江一站的面前。周围是花园式的管理用房和现代化的控制中心，亭台、周廊为后面呼啸而过的动车拧上了宁静的螺帽。提水站的最前方两排七十年代提水站的办公用房，青砖匾砌、水泥勾缝，旁边的生活用水蓄水池在那里滔滔不绝讲述长江提水一站的过去，诉说着不尽的沧桑。一代人有一代人的着力点，一代人有一代人的努力让人感慨万千。

洛阳河上的思念

洛阳河是躺在句容大地上的一把剑，仑山水库是剑柄。剑柄抬起，河水就向南流过涧西、镇句公路洛阳桥，然后经马里、徐村、穿过丹句公路流入丹徒境内进入通济河，直指太湖湖西地区。

2019 年句容市赶上了 50 年一遇的干旱天气，我巡河来到了洛阳河，2020 年 1 月我再次来到洛阳河，望河水澹澹看村庄无数，无言的欢欣不尽的诗意，随河水在心中翻腾。

从镇江出发在句容市边城镇（原句容陈武镇）洛阳桥边停车，下了车走下坡就是洛阳河的中上段。站在河道的北岸，我沉静从容且义无反顾地追溯洛阳河的源头。虽说它是镇江市骨干河道句容市的主要河流，却没有过多的硬质化的装扮，但比起句容河的清新自然、宽敞惬意还略有逊色。若不仔细琢磨，认真观察，一不小心就会被这条河的七道拦水坝牵走目光，忽略它潜在的玉质。

《弘治句容县志》中有记载，洛阳河原先是条自然河流。河边有个小村庄叫“绿杨馆”，不知何年何月，来了一些洛阳人，后来才知道他们是朝廷离政的官员。他们在此生活修建亭子，命名亭子为“洛阳观”，村庄的名字也改成“洛阳观”从此这条河也称之为“洛阳河”。有意思的是，是谁为这村、这亭、这水命名的呢？现在已经无法考证，也找不到任何资料，但命名者的心里轨迹却异常的鲜明就像这洛阳河水一般清澈。命名者试图把这里变成第二故乡，且处处留有洛阳的记忆。他努力把对家乡的记忆、故土的怀念变成动态的可阅读的历史书，让山川大地天天低吟着无声的思乡曲“洛阳城里风光好，洛阳才子他乡老。”成为永恒。这位才子或者一帮朋友酒

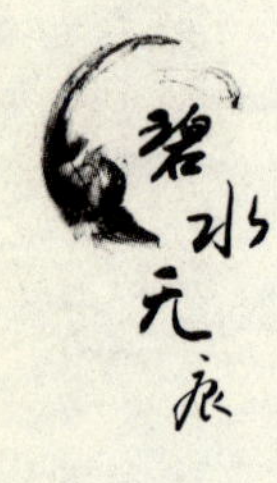

酣笔落，洛阳名成都兴高采烈各自回到家中，静听洛阳河水汩汩倾诉。水随意而潇洒，风无声而知味。故土的记忆成了洛阳河水的低声细语，也成了洛阳河水的自由伴侣。“洛阳亲友如相问，一片冰心在玉壶”王昌龄在镇江挂念洛阳亲友团，表白的是性情淡薄、不求名利，他很快可以回洛阳，因为他只是在外地任职。命名者可不一样，他们再也没有可能回洛阳了。在洛阳为官离政后选择这里，不知出于何种原因那种情怀或仕途失意，鬓已霜如今只怕黄昏凉；或寄情山水，放浪形骸，做陶渊明式的隐士；或遭谗言陷害，壮志未酬退庙堂之后像范仲淹一样。掩面哭泣有，悲愤凄怆有，仰天长啸更有。他们曾有过洛阳河水般的气韵激荡，可现在却无可奈何，像岸边的村庄逶迤于自然的河流。但对洛阳的思念却如太阳一般温暖自己的心，成为生活中的空气和水，于是一种执著和冲动就变成了人人可见，天天可观的地名、水名、村名，如河水一般永不枯竭。

村庄向我发出古老的声音。洛阳观村很小，只有十几户人家，皆姓赵，老人在家青壮年都出去打工了。村上老人告诉我，原先村边有庙、有亭。庙叫洛阳庙，亭叫洛阳观，河叫洛阳河。桥对面是赵庄句容市的第三大村庄，有 12 个生产队 300 多户人家近 2000 人，村民绝大多数姓赵。这个家族像洛阳河水涛翻浪滚一样与命运世世代代抗争，独立在姓赵的范围内成就自己。刚进村就遇到了八十多岁的赵奶奶，她说老辈人告诉过她，这里曾经是一些洛阳官员养老送终的宝地。最初到这里的人姓芮，姓赵的是最后来的。说着说着就说出来了顺口溜“一姓芮，二是部，姓赵的跟在后（“后”念成方言：hei）”。为了宗族的兴盛、安全，先祖们利用洛阳河水围着洛阳河筑起了“护村河”，只在东面村中留一条大路，在护村河上架一桥共人们交通，颇有“一夫当关万夫莫开”之气势，土匪到此只好望洋兴叹，无奈而回。

赵庄兴衰起伏的脉络已经模糊，现在很少有人说得准确，就像问他们洛阳河水究竟流到何处一样，但他们对洛阳的概念非常明晰。当年王昌龄没有知道这里竟有洛阳遗风，否则又要为镇江留下一些传世绝句。

人类一方面是生存，世世代代吟唱着尘世的演变，对生命充满着热爱，对生活充满感激；一方面是精神守望，在洛阳河边沉思着生命体验的历程，充满着对生命更深沉的敬畏，足踏在哲人向往的自由和日益思念的过去。赵庄的繁衍和生息，朝代的兴衰和更迭，犹如洛阳河水涨起落下，再回归到大地之母，回归生命本身。人们只要在洛阳河边行走，那人类共有的思乡情愫就会随着这河水而波动，不断吟诵“乡书何处达，归雁洛阳边。”

鸟不想飞 人不思归

这次去茅山老虎洞水库巡河，竟然产生了不想回家的念头。老虎洞水库在茅山脚下，离茅山主峰向北约 10 千米紧靠大青龙山。东和金坛薛埠、丹徒曲阳相邻，当我走到大坝上时被眼前的美景震住了。

大茅峰巍峨，山顶上红色的宫殿楼宇成了老虎洞水库的背景标记，方圆百里的绿色森林是底色，浅黄色的树叶自然优美地点缀在绿色的海洋中，斑斓的色彩醉人没有商量，大自然就像个“神”一般。老虎洞水库就深藏在绿林之中，深黑色的黑松像打着一把把黑色的伞在青翠幽谷之中格外突出。淡绿色的修竹摇曳飘情，栾树用粉红夹着黄色的花朵像写成的一个个大字，有序地排在大坝对面。岸边的芦苇摇动着白花轻吟浅唱，水库的碧水清澈见底，倒映着山、树、花、草、拍打着岸边的岩山，舒缓而有力量。难怪南朝齐梁时期著名的思想家、医学家、诗人、道士陶弘景会在此写下“山中何所有，岭上多白云，只可自怡悦，不堪持赠君”这样意境优美的山水诗篇。

据《梁书·陶弘景》的记载，南朝齐永明十年（492 年）陶弘景辞官隐居茅山，皇帝同意他的请求并赏赐五匹丝帛。那天送行的人马帷帐太多，从来没有出现过这样的盛况，朝廷和民间都认为这是件很有面子的大事。我想当年陶弘景辞官隐居茅山，当车队行驶到老虎洞周围就停下来，决定在此地建宫立馆并非一时冲动，因为他尤明阴阳五行，对风角星算、山川地理、天象算术尤为精通，估计他早已做好了充分的调查和准备，否则他怎么会

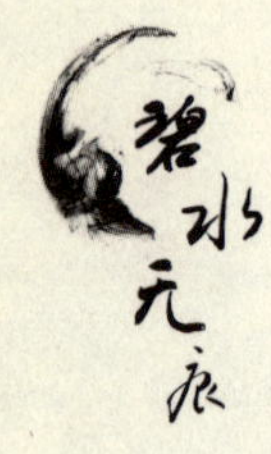

在此居住45年直到81岁羽化而去。

我怀疑老虎洞这个名字的真实性，老虎洞水库周围在古代真有老虎出没？施家棚村的老周今年65岁，和我相谈甚欢，便成了朋友。他很坚决地对我说，他爷爷那辈人亲眼看到过老虎，他没见过，但他小时候经常去钻老虎洞。我估计他钻老虎洞那会儿早已没有老虎了，否则小孩不敢去玩。

陶弘景在此期间过着宁静飘逸的生活，念经打坐、抚琴采气、研究书法、采集仙药、吟诗作赋、修身养性。据说他特别喜欢听松涛，有时他一个人进入深山去山野谷壑听松涛，他肯定见过老虎也知道怎样避开老虎的伤害。他以“一事不知，深以为耻”的探索精神，在此完成了七八十部作品，在医药、炼丹、天文历算、地理、兵学、铸剑、经学、文学艺术、道教仪典方面做出了伟大贡献。特别值得一提的是，镇江焦山收藏的《瘗鹤铭》据说出于陶弘景之手。《瘗鹤铭》刻于镇江焦山西麓崖壁上，原石刻因山崩坠入江中，后打捞出只存五残石现陈列于江苏省镇江焦山碑林中。《瘗鹤铭》的书法艺术对后世影响很大，为隋唐以来楷书典范之一被历代书家推为“大字之祖”。

陶弘景钟情茅山，热爱老虎洞周围大大小小的群山，为寻仙采药常漫游于名山大川，行进在山幽水静的美景之处，每当休息之时便坐卧期间引吭高歌、吟诗作赋。他把自己对茅山的深情及胸中丘壑的感受抒之笔端，写下了千年留传的美文《答谢中书书》：“山川之美，古来共谈。高峰入云，清流见底。两岸石壁，五色交辉。青林翠竹，四时俱备。晓雾将歇，猿鸟乱鸣；夕日欲颓，沉鳞竞跃，实是欲界之仙都，自康乐以来，未复有能与其奇者。”在这篇精美的短文中，作者没有提到茅山和老虎洞，我想是他跳出了茅山的视野，以天下名山大川为背景而讴歌自然之美以及对人灵魂深处的影响。在文章中处处能感受到茅山“鸟不想飞，人不愿归”的自然美景及老虎洞的影子，这也正是陶弘景的过人之处。这里的自然，这里的草木，这里的美景早已融入他的血液。我能想象得出：这里峰峦叠嶂，云雾缭绕，灵泉交错，奇花异草，芳香馥郁，猿啸虎鸣，奇崖怪石分布密集，大小溶洞深幽迂回，就连鸟都留恋此地的绝美环境不想飞走，难道人还想回家吗？

自然的力量醉倒了人的欲望，改变了人的选择。很可惜，现在很多人并不知道此事、此地，而这块圣洁的地方就恰恰在我的脚下。想到这里，我赶紧找了个地方躺下，面对蓝天，耳听松涛，想象着茅山顶上的白云，飘飘欲仙的仙境，再看看眼前四周的秋色，真的不想回家了。

鸟从赤山湖上飞过

脚步像撑着时间的船来到数不尽厚质的绿叶下，墙上雪白，地上纤尘不染的赤山湖闸站在那里欢迎我。二圣、张庙、后白、葛村、三岔社区，这群栖息在赤湖边上的鸟，绿荫是它们身上的羽毛，抖动一下，赤山湖的水如银珠一样从它们身上滚落到田地里、屋檐下，慢慢散发出古老悠远的气息。

江苏句容市赤山湖国家湿地公园原名叫“赤山湖”。湖的西面有一座山，土质为红色故名赤山。句容市赤山湖水利枢纽管理处主任徐祥荣告诉我赤山离湖水还有 1 千米，山在湖西，水在湖东。沿湖的美景像赶集似的货物堆在两边，目光来不及收纳，只好将原先储藏在眼中的那些东西倒掉，重新收藏眼前的美景。

句容河缓缓从北游来，经过赤山闸向东南折向葛村的南河。受到河水、湖水双重滋养的野草、芦苇、蒲草、水杉、野花个个肤色嫩脆一弹即破。绿色浓翠得像熬出来的梨膏糖，流淌满地。不知名的溪流像水蛇光滑灵动蜿蜒穿过草甸，无数的水塘像芝麻撒在烧饼上，陪伴着水鸟、芦苇、蒲草、野花、牛羊成了点缀。偶尔几条水牛，一群山羊就成了湿地的统治者，这就是赤山湖湿地。

这条从句容河延伸过来的外河像手掌一样张开三指，形成南河、中河、北河。北河按住张庙、二圣，中河指着后白、茅山，南河触摸着葛村、天王。手指稍微一动巴掌赤山湖就跟着颤动，巴掌用力一张手指血气充盈，北、中、南三河水位迅速上涨，起伏跌宕，阴阳太极，尽在其中，不知不觉想到了句容的由来。茅

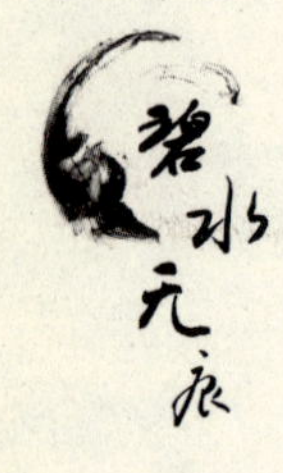

山、仑山、宝华山、钟山，冶山这五座山合起来的形状像“句”字，也很像“勾”字，赤山湖是“句”字里面的“口”，四岸有所包容隐匿其中所以叫句容。

山水句容，形神挈阔。鸟群的叫声在巨云般的树冠里四面八方地响起，被视为水神的张渤就隐匿其中。四周的百姓喜欢称这位大禹派来的治水功臣称之为“江南大禹”“阴间皇帝”。不少大户人家，乡间农人都供有张大帝的牌位。明万历年时，句容知县丁宾曾长时间跪在张庙里叩拜，回到办公室写下了《迎神曲》并告知天下予以敬畏，以求赤山湖再无水患。可一首“句容蛮，句容蛮，提到句容就胆颤。小小神仙张邋遢，大大状元李春芳。阳间皇帝朱洪武，阴间皇帝张祠山。”（张祠山就是张渤）的民谣知名度却大大超过了知县丁宾的《迎神曲》。

赤山湖畔“二圣桥”是由“义成桥”改名而来，这段佳话全靠赤山湖水的促成。“二圣”加上“三茅”（茅山三兄弟）成了“五仙”，这一传说在二圣地区广为流传。没有残酷的战争哪有绝代的战将，没有赤山的湖水岂有二圣、张庙的传说。

唐宗时赤山湖南岸有个渡口叫芦亭，唐朝著名大诗人王维在芦亭写了一首《送封太守》，其中“帆映丹阳郭，枫攒赤岸村”二句最可人（诗中的丹阳是古丹阳郡，今江宁与安徽交界的小丹阳镇，六朝时丹阳郡治所。三国时，赤岸是破冈渎运河边的渡口。）红枫倒映碧水，村庄远望赤山，丹湖映月，荷塘晨曦，赤山湖的诗情画意溢出了大堤，淹没了茅山也浸润了赤岸村的钱立三先生。

地域因其生存着珍贵的山水而驰名；历史因书写稀世经典而流芳。赤岸村的钱立三，这位平民中的“活神仙”，一生酷好考古，近似“痴狂”。1938 年 2 月，日军进犯，他带着自存的远古石器、陶片避乱四川，后逃难中丢尽。避乱结束后，他回到赤山湖南岸赤岸村后定居湖熟，一边谋生、一边继续从事考古学研究。1949 年冬的一个下午，他像往常一样散步放松自己的思绪，走到今江宁湖熟镇“梁台”附近，发现地上有散落着的古石器和陶片，这和他在南京看《从猿到人展览》时的文物相似。抑制不住内心的激动，他开始广泛搜集保存。1951 年他把收集保存的古器物件带到南京博物馆鉴定，引起了专家及考古界的重视。后经国家考古组反复考证，南京博物馆又派专家到湖熟继续发掘，发现了一批石镞、石斧、石纺轮、陶器及青铜器的箭头、削刀、鱼钩等文物，这就是考古学史上出现的“湖熟文化”。这一重大发现，让“湖熟文化”“良渚文化”并驾齐驱。“湖熟文化”的发掘，一下把赤山湖周围还原回 4000 多年前：

人们用手工制作的夹砂红陶来烧煮食物，也用类似的大罐和带流的钵形研磨器储藏粮食。用石镞、网坠捕鱼，还常常围在一起占卜。这时赤山湖周围的先民主要还是用石器生产、劳动和生活。

真不敢想象赤山湖的水有多深，时光隧道有多长，人类在此筑埂围塘，围圩造田，围圩养鱼，退渔还湖，反反复复。有时樵歌渔舟，蜻蜓立枝，映日荷花别样红；有时“圩里奶奶不要夸，八月十五淹稻花”；有时“岁久树根无寸土，绿杨走入水中央。”

时光拴着三国围圩、唐朝垦田万亩的一头，也拴着现代湿地公园的另一头。上容渎闸、左公堤、渤公堤、破冈渎闸、露营基地、观鸟屋、赤山夕照各色美景如搭积木似的组成了赤山湖湿地公园的画廊。山水永恒，时间不能摧毁，赤山湖又回归了自然本色。在我看来，赤山湖本是句容的心，搏动着人们律动、呼吸、生息、发展走向明天。

水为眼波横，山是眉峰聚。人在山水中，几度夕阳红。所有的事物都在发光中，隐藏自己的边缘，时间把可能带走的都要带走，只有鸟在赤山湖上轻盈地飞过。

二圣水库寄乡愁

敞开时间的大门，2020 年 5 月 18 日是江苏句容市二圣水库的喜日。水库管理所王成所长忙个不停，水库养殖的“有机鱼”要“出嫁”了，“2020 新消费系列活动暨句容首届生态水产捕捞季”在这里举行。管理所副所长李顺和告诉我，二圣水库的捕捞产量近 7 万斤。

有多少水就有多少故事。六朝时建邺（南京）到太湖流域，钱塘江下游修建了一条漕运水道——破冈渎。它连接秦淮河、赤山湖通过北河连通二圣桥淤相村，接通通济河、香草河至古江南运河。破冈渎就在今二圣水库的东端起始处，王成所长向我讲述了“二圣”地名的来历。

“二圣”的名字起源于一座桥——“义成桥”，这座桥在现集镇西一千米处。有一年发大水，河里有二尊菩萨顺水直往上漂，漂到义成桥附近直打转就不走了。那天，陈老汉走到这里感到非常奇怪，菩萨是泥做的不下沉怎么还往上漂呢？陈老汉赶紧招呼大家把两尊菩萨捞了上来，原来是两尊木雕的菩萨。一尊是至圣先师孔夫子，一尊是亚圣孟夫子。大家把菩萨恭敬地放在当地有一对白果树下，在那里建了一座庙把菩萨神像供奉起来，并给这座庙起了个名字“二神庙”。发大水把桥给冲垮了，没钱造桥怎么办？陈老汉一筹莫展，家中穷得叮当响，破草房两间，坏米缸一口。

一天，他到捞菩萨的地方放水，一锹挖下发现地下有块石板。陈老汉撬起石板看见青石板下面有一缸黄灿灿的金子，一缸白花花的银子。陈老汉连忙找到左邻右舍对他们说："造桥的钱有了，大家都别烦了。"大家都以为他在开玩笑："他穷得就差揭不开锅了，哪里来的钱？""跟我来！"。大家随着他的喊声跟他来到了捞菩萨的地方，把一缸金子，一缸银子挖了上来，有了资金桥很快建好了。这桥是神仙点化凡人造的，老百姓从此把义成桥改称为"二神桥"，时间长了就叫它"二圣桥"，"二神庙"也改成为"二圣庙"。

清朝光绪四年（1878 年）又发大水桥被冲断了，这一断就是八年。这可急坏了知县张沇清和陈老汉的后代富商陈鸿春。1886 年两人牵头募捐造桥，经过大家的努力次年九月就建好了。当地百姓称赞他们两人虽非孔孟但也是圣贤之举，仍然称此桥为"二圣桥"。桥修好后又修建了二圣庙。有人撰写了一副对联：义成二圣，一桥四通八达十方便；淮源三茅，五仙百世千秋万古传。以此来传承这一美德。

我站在二圣桥上端详，二圣桥的水向东流，画出了一座水库——二圣水库，向西流，投入到赤山湖，奔向秦淮河。水连起了传说，接通了当代。

1958 年原二圣乡建起了二圣水库，水北村作出了巨大的牺牲，全村搬往 300 米外的高处。这并非弃城投降，而是悲壮的告别，原村庄成了水库底像种子埋在泥土一样。水北村从此成了水库岸边的鸟，天天注视着水库的水。水蒸腾多少岁月，水的拍打就酿成多少希望，二圣水库越来越美。望天空，天空是那么蓝，低回首，心中故乡在前方。一棵树，众多的树，它们站在水库岸边；一双手，众多的手，伸向天空。水库除险加固需提高水位，水北村要第二次搬迁。这次搬到更远的张庙，一起搬迁的还有淤相村。美景的背后终有无数的奉献者让人肃然起敬。

当我站在水库大坝上，湖水荡漾出水利景观的立体画画，那溢洪闸伸出手把碧水送达到地平线。那感觉与其说我站在红尘之上，不如说我已经成仙。风从东方来，水在库中坐，岸线绵连，茅峰隐遁，稻谷玉米站成了金色的方队，芦荻举着灰白的丝穗。放眼水库，渔舟移动，浪涛阵阵，一股豪情油然而生。夕阳西坠时水面上泛起了夕阳涂抹的残红"浩眇波心谁折得，夕阳影里醉残红。"一排排树木倒影似泼墨、如水彩描绘着晃动的岸边，迎面飘来的是洗人心肺的清新空气，用水北村老许的话说："这里空气新鲜，抬头看见茅山，心情愉快，身体健康，是我们最大的荣华富贵。"老许的话让我对句容山水，镇江境内面积最大的水库二圣水库有了透彻的认知。二圣不是我的故乡，但此时

我乐意把它作为故乡。二圣土地上流淌的是先圣浸透的“圣水”，在这里居住的人都能幸福安康，这里的每滴水都是道家的矿物质和儒家的净水剂合成的，如今“振兴乡村，美丽库区”又融入了新成分，那“有机鲢子头炖豆腐”是最绿色的食物犒赏。

宗次郎《故乡的原风景》里那用陶笛吹出的袅袅炊烟是二圣水库的童年。晨曦踮着脚来到大坝南侧的水南村，轻烟一般、织锦一般是二圣水库的青年。我看着水库的绿水，水库上空的蓝天，丝絮一般的云彩酝酿了我的乡愁。当我目光刹那间与远处的茅山遥对时，圣水和圣人让我亲近了许多。

茅山风起水库波涌

波敲茅山脚，浪摸西冯村，半岛停岸边，三峰落水中。这是茅山水库留给我的印象。我每次来到句容市茅山水库总要向它深情瞻望，甚至想住下来与茅峰交往，走进水库更想待在水库西岸西冯村用“幸福库区，美丽家园”跟茅山对话。

茅山水库兴建于 1958 年，原水库中西冯村和邻村共有 18 个生产队全部搬移到水库西边，修建成了当时句容境内库容蓄水量最大、水面积最广的茅山水库。早上起来从西冯村向东走 50 米就到了茅山水库西涵洞，站在这里我能清晰地看到茅山逶迤的身影，听到它的呼吸和心跳。一阵清风从茅山吹来水库里的水立刻晃动起来，像一架钢琴弹起婉丽的清音，在音乐声中西冯村的雄鸡和着晨雾唱起了男高音。夜幕降临，又是一番景象。站在水库大坝向东眺望“田湾半岛”华灯初放，整个水面像有只黑口罩戴在水库脸上，白天俊俏的模样只剩下了轮廓。我在水库斜坡处坐了下来，波涛一阵紧似一阵像过不完的队伍。对面半岛的灯光款款射来投在黑色的水面上，形成一条银色的光带，引导人们的目光走向光明。一会儿半岛那边的灯光大亮，霓虹灯闪烁跳跃不停。半岛成了停在港湾中巨大的军舰，茅山成了灯光的海洋，面对金黄色霓虹灯装扮着“三茅峰”。水木开始欢呼雀跃对着峰顶的“万福宫”连连鞠躬。突然山脚下村子的鞭炮声响起，“三茅峰”周围的灯光次第亮了起来。ΛOE 灯勾勒出建筑物的线条，茅山又成了灯光之城。沿着灯光勾勒出的山道从新四军纪念碑出发，光亮的路蜿蜒曲折成了“蛇形”，如果不是水的晃动你会沿着水库

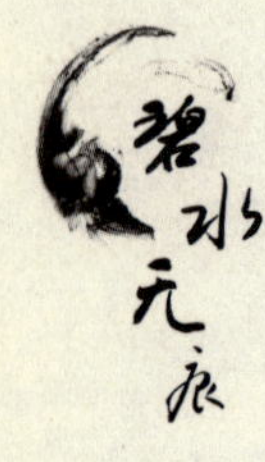

水上的灯光挪动脚步向“万福宫”走去。

“哗啦”一声，一条大鱼从水中跃出，我的思绪回到水面。野鸭不停地欢呼、尖叫、跳跃，水公鸡也出来表演，反正它们觉得安全得很。只有灯光，远处的狗叫和着大坝上的露灯、西冯村万家灯火，剩下的就是寂静和波浪声。茅山水库用它的理想抓住我的心，用夜景吞噬了我起舞的思绪。看到它幸福的样子，我羡慕它生在好地方，自然和茅山成为一家人。

刘基曾写过一首诗：“春来秋去荣复衰，花残叶落总堪悲。谁能句曲山中去（指茅山），乞取茅君一虎骑”。人们常说人杰地灵茅山走的是“地杰人灵”之路。刘伯温心中的“乞取茅君一虎骑”是想到茅山来拜访茅君。“茅君”实指茅盈、茅固、茅衷三兄弟。为什么要这么崇拜“茅君”呢？原来茅山原名“句曲山”，陕西咸阳茅氏三兄弟到这里修炼后得道，改为茅山。“功德三千宏愿立，修仙贵在积阴功”。正直善良，救济贫穷，修桥铺路，戒杀放生成为他们在茅山的生命体验，也成了文人们进取的榜样。“扁舟何所往，言入善人邦。”相传上古时，帝喾高辛氏展上公就来句曲上伏龙地（现在茅山水库东边的玉晨村）修炼养性，采药炼丹。葛玄、葛洪在此以医药入手进行炼丹研究实验、制药实验又从事著述，讲述养生之道。明代陈嘉谟在《本草蒙鉴》中引用《历代名医像赞》的诗句来概括葛洪，称之为“世号仙翁，方传肘后”，可见上述几位都是在茅山成就了自己的事业。

2015 年 12 月 7 日，中国科学家屠呦呦发表获得诺贝尔奖的感言时说：“我还要感谢一个中国科学家——东晋时期有名的医生葛洪先生，他是世界预防医学的介导者……当年每每遇到研究困境时，我就一遍一遍温习中医古籍，正是葛洪《肘后备急方》有关‘青蒿一握，以水二升渍，绞取汁，尽服之’的截疟记载，给了我灵感和启发，使我联想到提取过程可能需要避免高温，由此改用低沸点溶剂的提取方法，并最终突破了科研瓶颈。”

葛洪原著名叫《肘后救卒方》，经梁代陶弘景增补录方 101 首，改名《补阙时后百一方》。金代杨用道摘取《证类本草》中的单方作为附方，即现存的《肘后备急方》。屠呦呦把葛洪、茅山跟诺贝尔奖连在一起，更增加了茅山的魅力。

风从茅山来，绿由西冯生。当年西冯村把家园给茅山水库安家，如今茅山水库给西冯村着绿添颜。西冯村成了“绿色银行”，草坪销售超过亿元。茅山绿色的风从茅山水库水面上越过，把土地吹成了草坪绿茵茵、碧晶晶。西冯村绿色的风，吹啊，吹啊，吹到了全国各地，过去的“北大荒”如今成了“绿银行”。田野、驿站、水库、湖泊、乡村温习着葛洪的《肘后备急方》。芦苇，草坪，荷花，菱藕吐纳着太阳的光。陶弘景《答谢中书书》中的“高峰入云，清流见底”已是新时光。我不禁赞叹：“碧水茅山北，绿铺四方地，满眼绿色翠百里，一汪清水醉群山”。

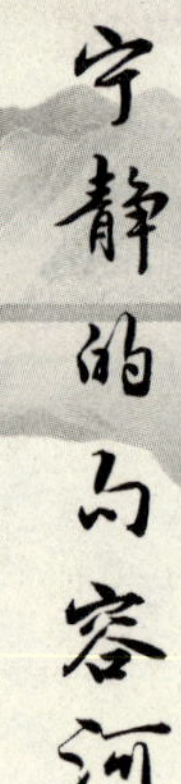

见到句容市赤山湖水利枢纽管理处主任徐祥荣，才认识了夏季的句容河。

2016 年夏天，句容河发洪水，徐祥荣坚守岗位七天七夜，我采访了他，知道了句容河河水的凶悍。今年秋天，我去赤山湖调研在赤山湖管委会的后面，见到了秋天的句容河，它是那么平静、那么温顺。

句容城把句容河分成上下两段，从北山水库到句容城称上段亦称肖杆河。从句容城向南到三岔，人们习惯称之为句容河。我巡河走过新生桥至三岔段，特别钟爱陈家圩至三岔段这段河流。这里有少见的原始河床，弯曲的自然河道，随地丛生的芦苇、蒲草，走在这里偶见草地上栖满了小鸟，时见白鹭栖息低旋，垂钓的人零零散散，像是被河道串起来的珍珠。河西岸是江宁区河东头是句容市，一水相隔行政划分，这里的人为活动也减少许多，增加了河道的野性。我曾想自己变成放牛的孩子把牛牵到河滩，任其大口大口地啃着青草，自己则骑在牛背上，吹响竹笛或躺在草地上，嘴角叼一根狗尾巴草闭上眼睡一觉做个美梦。让野草的苦香弥漫鼻孔和肺叶，弥漫童年的记忆。

2019 年句容市赶上了 50 年一遇的干旱天气，句容河三岔段水位很低，两岸成了大片草地，眼前就像无界的足球场，若不是中间浅浅的一弯河水，你会飞起一脚，把球踢到对面的江宁区赵家村。

水位低河水非常安静，河的两岸不时有牛、羊、鸡、鸭的活动。牛最恣情在岸上大口大口地啃草，抬起头来嚼个不停，渴了把头伸到河里喝口水，累了就躺在浅草上睡一会儿。羊在人的看护下，在望不尽的草甸上吃草，吃着望着一点也不担心草会被吃光，悠闲自得极了。河岸边养鱼家的鸡最幸福，吃完稻谷吃虫子，吃完虫子从护坡上跑过来跟牛羊玩一会儿又走了。河水站在芦苇、荻花间窥看，牛羊被它牵着鼻子，鸡和鹭鸟被它拴住翅膀，陪它消耗时光。日出看晨雾散开，日暮见夕阳入水。我在这里能看到水牛、羊群确实是非常开心的事，让我感到这段河流有玉璞般的美质和难遇的朴质。我选了块草地坐了下来，独自面对这静静的句容河。

赤山是寂静的，三岔是寂静的，秋水、秋天、秋树、秋阳、秋花都是寂静的。句容河以深广、宁和实现着真正的秋意。寂静包围了这里的一切，让我产生空灵的遐想，自然离我愈来愈近。在灵魂深处我仿佛听到天籁美声，在寂静的边缘嗅到了生命的完美和性格的质味，在眼前的水面嗅到了岁月的无限，河水的甜美。坐在这里，所有的人都会放慢节奏，静心呼吸，倾听心动，搜索过去，回味童年，体会宁静。微风轻拂树梢，花草里有了香气，空气中酝酿了乡村特有的烟火味道和三岔猪头肉的卤味。

水是长脚的，从我身边潜行而过从未被发现。它出了句容城一身自由，没有硬质护坡，没有不锈钢栏杆，极少桥梁拦路，像放了学的孩子无拘无束，自由自在。它行走在自然的河岸中，想到哪里就到哪里，想在哪儿留步就在哪儿留步，连大坝两岸高大的水杉列成两排夹道欢迎它，它也不自在。刚刚走到泗庄排灌站，它就开心起来，扭了扭腰，弯了一下胳膊，一进三岔地段，猛地直角转弯，尽情地向赤山跑去。

我看着看着被句容河三岔段俘虏了，静谧中我触摸到了它的灵魂，安详从容里我体会到了它的优雅。这种优雅、文明是友爱众生，自然与人相处的人类文明，自然之光在这里照射得光芒四射，把句容人的质朴本性也折射了出来。杨万里当年描写的“古来圩岸护堤防，岸岸行行种绿柳。岁久树根无寸土，绿杨走入水中央。”的情景如今依然在这里可见。

我坐在句容河边久了便躺了下来，以这样的方式完成了一次短暂的睡眠。醒来的时候，大空渐渐暗了下来，可我内心却在这黄昏的河流中渐渐地明亮。

山围李塔唱秋歌

下了沪宁高速“天王”出口，经过白阳村几分钟后就到了句容市南端的李塔水库了。我之所以叫它李塔水库，是按照原先防汛抗旱，灌溉农田的要求而称呼，现在很多人称它为“李塔湖”是出于观光、休闲的原因。水库管理所所长陈小兵说：“两者兼而有之”。

2019 年 3 月的一个周末，桃花满地，我自驾到李塔水库来游玩，一下车就被眼前的美景惊呆了。

青翠欲滴的群山包围着李塔水库，里面的水“染”的碧绿碧绿的，水中游动的鱼看得清清楚楚，老人山、方山、大王山的身影倒映在水中静澄安闲，引无数白鹭凌空展翅，盘旋停息。当晨雾弥漫，李塔水库如披上了白纱，格外娇柔，山牵着水，水拉着山，缠缠绵绵，温情脉脉，一会儿感觉山峰变长了，一会儿觉得水库被烟笼罩，过了半天，才知道不动的是山。那水呢？就像无数的孩子在眨眼，把碧水跳动成丝绸般的青色。我对陈所长说：“你们把水库护养得这么美何必去四川，直接来李塔不逊九寨沟，神仙难回头”。陈所长听了哈哈大笑。

秋天我又来到了李塔水库。田野里稻谷金黄，银杏树叶开始飘落，道路两旁成了金色的海滩，秋枫似火红飘天际，银杏如金醉撒人间，空中飘浮霞云，地上铺满醉金。

陈所长对我说：“今年雨水太少，水库的水位已经下降了 3 米多”。我仔细一看，李塔水库已经瘦了一大圈，碧水和绿色之间系上了一根金色的腰带，那是水位下降后露出的沙石。大坝对面原先水浅的地方，已成了一片不小的金色沙滩，隐隐约约看到有人在游玩。原先翠色满身的老人山、大王山也夹着不少的金色花瓣。坝下的李塔村像一艘大船停泊在那里，秋风染黄了稻谷，吹黄了玉米，吹干了身穿黄土的花生。房前屋后，墙头、茅房边上，厨房对面挂满了鸽蛋似的枣子，显出淡绿微黄的颜色，等浅黄变成褐色“吧嗒”一声掉在泥土上把生命释放于大地，远山，李塔水库之间写下了诗篇——李塔的秋天。就在这时，对面传来了阵阵歌声，像老人合唱又似童声合唱：“我和我的祖国，一刻也不能分割……”。循声远望只看见浅黄色的河滩上人头攒动，个个兴奋无比，等我赶到那里他们已经走了。看到的却是另一番景象。路边停放着十多辆亮晃晃的崭新的“铁骑”，十几位俊男靓女头戴标有英文字母的头盔，身穿专业骑手赛服，个个容颜焕发，英姿飒爽。一打听原来是摩托车俱乐部的，为欣赏李塔水库的秋色而来。

“滋滋滋”一阵奇怪的声音又吸引了我，只见一位青年胖胖的身子，头戴西部牛仔帽，身背工兵探地雷的器材，一手拿把小铁锹，一手抓着“探雷器”的把柄，那圆圆的铁环在地里晃来晃去扫个不停，只要有“滋滋”的响声他就停下来，用铁锹挖个不停，直到挖出“宝贝”才停止。他自我介绍是连云港人，在后白镇上打工，平常休息时出来“寻宝”，其实就是挖寻古铜钱、银币等古物。他非常自豪地告诉我，刚才挖出的就是光绪年间的铜钱，我感到非常的惊讶。他看到我的样子解释道：“这里四周是山，李塔水库蕴水，风水宝地，古人一定会择此而居，挖到铜钱是再正常不过了，有时运气好的时候还能挖到银元呢！。”

有多少水就有多少诗歌，李塔水库把人们的栖居生活伸向秋天，通向远方。据《弘治句容县志》记载宋代句容永仙乡人王宷，“性资英迈，博学能文”绍兴中为翰林学士，主管江东安抚司曾以一篇“浪花诗”传遍大江南北，后归老于李塔水库西边不远处白杨村，觞咏自乐于终身号称“白杨居士”。我猜想他号“白杨居士”一定是深深地爱上了这片土地，这里的一年四季。

德国诗人荷尔德林说：“自然充满着时光的形象，自然栖留而时光飞速滑行，这一切都来自完美，于是高空的光芒照耀人类，如同树旁花朵锦绣。”李塔水库春天美，秋天也美，人们喜爱追逐它，纯粹出于它的自然完美。用郁达夫的话说：“若留得住，我愿把生命的三分之二择去，换得一个三分之一的零头。”我也是。

芦花藏秋

芝麻享受过节节高升的快乐，抱成一团、扎一堆在打谷场上畅谈未来的理想。玉米喝醉了酒满身金黄，醉倒在晒谷地上晒着太阳。连接泰州、扬中的大桥下面涌着长江波浪，岸边的芦苇成了金色的新娘。芦花握着秋笔凝眉深思，江水扬起波涛拨动琴弦奏出秋曲，轮船打着节拍吹起汽笛把秋曲推向高潮。我站在护坡石堆上聆听芦花奏秋曲，体味着别有意趣的美的熏陶。

自然无处不以独自深藏的魅力感染着我，我之前对芦苇竟然熟视无睹？峻青的《秋色赋》影响太深，林语堂的《秋的况味》和郁达夫的《故都的秋》过于醉心，惧怕秋天另外的生存，不敢突破自己的心理理性。其实一叶知秋就是让每个植物在秋的时间里都能被看到，秋的光、秋的色、秋的美。芦花把我从自己的经验美学中拽了出来换了个角色，看到了扬中秋色另一张脸。芦花披着皎洁如水的月光滑进了温婉的暮色中，淡雅素洁的芦花花絮轻如柔云，尽管腿上的军裤由绿变黄褪色发暗，头发雪白成了将军，但当年的柔情憩静温情灿烂，一样让人赏心悦目。花香沁人心肺，烂漫地荡漾在深流激荡的江水上、行船中、秋色里。芦花柔弱的身姿摇曳一抹浅醉，晃动一番风情，让我品尝到了城里人没尝到过的另一种秋天的滋味。“春去苇叶青，秋来芦花白”，入秋后江边芦苇的叶子略带枯黄，芦花开始怒放，一眼望去芦花放白，偶有渚岛周边杨柳轻拂，群鸟争鸣，湿地的水杉、意杨也只是装饰。那连片的芦花随风飘摇，清雅飘逸只有亲近江水喜欢江风的人才能独享。芦花飘然如雪，洁白轻盈，迎着中秋有些生涩无寒的风轻轻摇曳，那柔柔的花絮漫天飞散开来，是给那些喜欢江水、江景的人的重要礼物。

芦苇栖身水边无枝有节，杆叶似竹，一株微小，一片苍茫。古人称葭、称蒹、称苇、称荻，因此人们又把芦花叫做苇花、荻花。独怜芦苇江边生，碧水采光倒身影。白鸟一双临水立，见人惊起入芦花。白鹭鸟是芦苇的伴侣在滑翔后盘旋，一副悠闲自得的样子。只要看到芦苇那随风飘舞的身影，鹭鸟便知道家就在眼前。郁达夫的“在南方每年到了秋天，总要想起陶然亭的芦花……”这篇文章终于让我明白芦花飞扬的姿态就是秋天的精彩与浪漫。芦花难以闻到的清香，才是秋天悠扬而宁静的风情。

越过秋的视线。“蒹葭苍苍，白露为霜，所谓伊人，在水一方。”从诗经楚辞、唐诗宋词里款款走来，在秋风中涵养中华滋润唐人成了秋天的念想。有些芦苇长成将军，有些芦苇上了前线，还有一些抽空了细柔的苇茎丰富着秋的神韵。陆游有诗篇：“最是平生会心事，芦花千顷月明中。”芦花摇曳的哪里是芦花，分明是扬中的秋在动，扬中人的心在思。情随芦花摇，芦花让人醉，扬中芦苇、扬中的秋天让我有了更多的向往，现代苏南，江中碧玉，尽在芦苇中咏叹。

芦花抚秋金一曲，弹出轻缈夕阳里。扬中高质量发展，城乡一体化孕育着季节的叮咛，写满了秋的呢喃，挥洒着漫天的夕晖。江城、江岛到处有秋舞的芦花，装扮着扬中人绚烂多彩的梦。筑大堤，修大道，建公园，抢发展醉了秋的眼睑，醉了秋的房间，填满了我的梦。

问水秋心于新坝

航标牵着我的视线，顺流而下的船有多快，水的速度就有多快。长江漂浮物聚集成一片，才明白江洲是如何形成的。水的力量，自然的力量，时间的力量。

江洲中的新坝在初秋宛如从长江里走出来的温润女子，带着浅浅的笑意向我走来。新坝卫生院门前的尊师广场，有一座师长塑像双眸注视着远方。天光远影，圌山一痕，新坝在秋天里妩媚着美好的生命，展现着新的色彩。

永平村仿佛是一片云，静静的镶嵌在新坝湛蓝的天幕下。村庄的秋意在绵长的时光里，草木青青，河水荡漾，河水染绿了钓鱼人的脸，雕刻着长长的惬意。乡村的秋天，在田野里徜徉，蝉声低吟大片的玉米与艳阳相守着一份成熟的喜悦，感觉生命是如此的饱满和厚重。一阵秋风从河塘边吹来，让世界变得如此宁静而安详。掠过心海，心灵的一角被风掀起，畅想的羽翼在这里静静飞翔。

“不须金碧侈高楼，小结蓬庐亦自幽。二月河豚三月笋，最关情处是江洲。”扬中四面抱水长江环绕，成洲千年建置百年。千百年来，长江以其奔腾不息的水文化孕育了生命使扬中文明异彩纷呈、璀璨夺目，新坝代表着这座扬子江中生机勃发、魅力无穷的年轻岛城，以“万里长江呼日出，千年绿岛应潮生”回答了陈毅说的“立足扬中无限好”。

“放眼烟波千万事，太平地处太平时。”一轮月，一朵花，一片叶，一棵树，携一阵微风，把新坝的秋天融进永平村、立新村秋水的涟漪中；一抹浅笑的唯美，一朵朵温润的花儿在永平村的水塘里、河道处都有一股淡雅和清香，在秋天的怀里相拥而绽放。驻足凝望新坝电气小镇，大全集团……风软树青水绿，田野别墅相连，水美乡村涌现。永平村美，立新村欢，是城市像乡村，水天一色，山映斜阳，圌山赞叹，一切都在大江大河里共享生命。低俯新治村口，秋轻轻开启了窗棂，一阵醉人的秋凉浸入心田，在秋天里徜徉，在时光的渡口静候美丽的风景。我扬起手轻抚一片微黄的意杨树叶，用心开启秋天的信笺。栏杆桥边纤细的田野纹理透着生命曾经蓬勃的生机和美丽，俯瞰河水贮藏着丰盈的绿意，秋天无语却令人惊喜！在浅浅的秋色里新坝用“新”向你翩翩而来，别墅新、高楼新、马路新、绿水新，这就是初秋新坝的韵味！

新坝秋风起永平有花香，河道有花团锦簇更有夏风留下的一份热烈与恬淡。岁月绵长，秋心无语，秋心永在；岁月无眠，秋天在新坝流淌成河！“境入芳洲别有天，养鱼栽竹自年年。阿郎若问侬家业，十里芦滩当种田。”

扬中在圌山东侧的扬子江中，由雷公嘴、太平洲、西沙、中心沙四个沙洲组成，东晋时期扬中仅露出几个小沙洲，隋唐时几个小沙洲连成一个长形沙洲，到了宋代才有了小沙之称，清代末期扬中开始统称太平洲。光绪三十年（1904年）前，扬中分属丹徒、丹阳、武进、泰兴、江都、甘泉 6 县管辖。镇江府始设太平厅独立建置，宣统三年（1911 年）改名为太平县，民国三年（1914 年）才改名为扬中县。1994 年 5 月 18 号，撤县设市改名扬中市。江中碧玉，沙洲扬中。早在南宋时期韩世忠、梁红玉夫妇就在此地血战金兵三昼夜。抗战时期陈毅等人在扬中驰骋南北“江心跳板”名震遐迩，一曲“滔滔江水向东流，北渡如何得自由。立足扬中无限好，贾团狡猾不须忧。”确定了新四军“向南巩固，向东作战，向北发展”的战略方针。解放战争时扬中人驾着小划子船从扬中西线渡江，驶向长江南岸的丹徒县伏园乡，连夜将解放军送过长江留下了《我送亲人过大江》的壮美画卷，成了时代永久的黑白照片。

新坝只是扬中一角，仿佛是现代都市中的世外桃源。女子取水，男子砍柴，桑麻话酒，河豚正肥，四海淳风，怡然自乐都在秋风中仿佛看到身影。立新村有一条类似云南丽江各家门前流淌的窄窄小河，它在回忆着当年桃花源般的生活。“临水柴门处处多”家家门前一小花坛或一围菜地。“最羡圩田通活水”户户房前屋后有农田，“养鱼栽竹自年年”小塘、清水、芦苇、竹林。这种区别于小桥流水人家的江南水乡就是门前流水，落英缤纷，农家临田，插秧饲鱼，

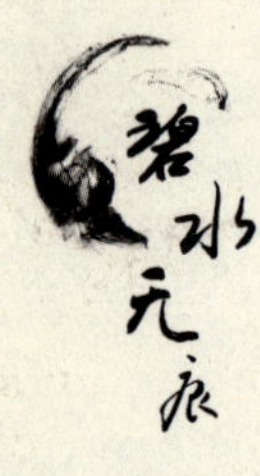

果蔬满园的诗意再现。

站在高处，江水秀岛彼此生机、相伴相依。绿杨阴下白沙远浦，青泥别渚，红房白鹭，河畔青芜，一片宁和，一片向荣。一口塘、一条河、一个湾、一汪清水，风景作画水写诗，别有洞天，秋意盎然。

水之形孕育了扬中文化人文底色，水之蕴为扬中发展注入澎湃动力，水之美标注了扬中文明的新高度。长江孕育了扬中并使之成为创造性转化，创新性发展的精神财富，造大桥、修大道、修江堤成了发展主题。大全集团、中电电气、环太集团，工程电器、新能源、装备制造等是扬中名片。亲水、拜水、问水，水成了名副其实的扬中力量源泉。“江中走廊”问鼎江湖，现代扬中令世界刮目相看。

风涛万里，只因扬中西来桥

江水万里一路风尘，沿着长江的跑道在扬子江段松了口气，堆起十三个沙洲用泥沙淤塞捏成了雷公嘴、太平洲、西沙、轮船沙、中心沙最后完成狭长的冲积平原艺术作品——扬中。

西来桥镇（过去称中心沙）拽着时光和岁月，应着潮涨潮落撑开了天高水长的空间“头顶一片天，脚踩一只盆”。

一到西来桥这里的景色生动起来。站在夹江扬中二桥（八桥到西来桥的大桥）上，东眺是泰州，北望乃八桥，西临常州界，过江即孟河。云朵让天空无限扩大，江水让我六神归位。原先西来桥境内有一条横穿东西的河流叫“川心港”。清代末期，人们开始以小舟轻桨闯入长江东西，去太平洲、西沙或长江对岸其他地方。1860 年“川心港”中心有了“十字街”，为了南北方向的交通人们在“川心港”上建起了木桥。1896 年因木桥毁坏，乡亲们募捐改建为石桥并命名为“西来桥”沿用至今。中华人民共和国成立前西来桥统称“中心沙”，中华人民共和国成立后人们称“福星区”，1955 年改称“幸福乡”直到 1985 年才开始称“西来桥镇”。

西来桥有两种魅力牵引着我：水和诗。

震落了清晨披着的露珠，芦花幽香飘出水面，朝霞栖息在农家的小院里，水把西来桥捆扎起来成了它身上的腰带，绣成夹江、河流、水渠、池塘并用力一推伸向长江中心成了扬中的最南端。水像西来桥的血液又如一张细密的血管网，在西来桥的全身流动着美好浇灌着未来。

走在西来桥防洪堤坝上，两旁的树经雨后的碧绿香气是那样的清冽，在深呼吸的同时不自觉地嘴角上扬，无端地心生美好，令人迫切目视东方，注视远方。最南端的是港区、码头，夹江堤旁船厂、龙门和我视线一触急忙避过，田野绿树、湿地公园、生态河湖紧抓我的视线不放。站在东来村东边的堤岸上旭日东升，片水无痕，碧水连天。清新的空气从江面扑面而来，凉丝丝的风让人倍感舒适，微风吹拂意杨欢乐，晶莹剔透的露珠在路边的花草上微微颤动。鸟儿们热情十足在林间飞来飞去，扯着它们的歌喉。芦苇的叶子开始枯黄，“春去苇叶青，秋来芦花白”。一簇簇洁白的芦花曼妙婀娜，优雅动人。一眼望去那连片的芦花随风飘摇，柔柔的花絮漫天飞散开来。“白鸟一双临水立，见人惊起入芦花”成诗入画，尽情地演绎着秋天的精彩与浪漫。江水如练，霞光绮丽的色彩在波光粼粼的江面上跳跃。成群的江鸥张开翅膀掠过江面飞向八桥，江水、江风、江景盈满了我的心。“呜喂，风儿呀吹动我的船帆，姑娘啊我要和你见面，向你诉说心里的思念……要等着我呀，要耐心地等着我呀，姑娘……”当年的姑娘，如今也应是满头白发。

川心港东排站向西，河网密布，岸绿水清。河道两旁，高楼林立，别墅掩映在绿树丛中。汽笛声声大轮、码头、龙门架，不知不觉映入眼帘。谁处是江洲，何处是城市，只有芦苇才认得，蒲草才辨得清。蒹葭苍苍白露为霜是西来桥雾中身影，大厦别墅洒落田野是江岛独特的风景，烟柳暗长堤，江水拍石坡，天光云影远，红霞映西来成了画卷。一条条河道两旁的房屋像一只只小船停在那里。河水喂足了门前屋后的桃、李、杏、柿、橘子，或大或小的竹园梳理着屋上漏下的月影，高大的银杏树撑开浓郁的大伞为房屋主人遮雨避风。菜篮、筲箕、笾子、箩筐、凉席、簸箕曾在西来桥人的手中跳舞，指间翻动。西来桥人用热情唤起了竹子生命的向往和美梦，很长时间竹子成了西来桥人生命的陪伴和时光的体验，成为西来桥人的经济来源和长长的生活画面。

精彩不是凭空而来。西来桥土地上的植物杞柳带有长江水的性格和记忆，竹子也和着诸沙江水的柔韧完成生命的守望。20 世纪 60 年代后，西来桥人把杞柳的个性发挥到极致，光明、新升、胜利等八个大队办起了柳器厂，从此有了工业化、城市化、现代生活的创新基因。

水有激情流动就能阻隔交通。1860 年，清军和太平军激战，武进县衙为了安全免遭战火破坏迁至四面环水、易守难攻的西来桥。武进县衙最终幸免于难，西来桥成了名副其实的“安全岛”。抗日战争时期，陈毅建立“红色跳板”“立足扬中无限好”，时任苏南地区区委书记的陈丕显曾赞誉西来桥是“苏南小莫斯科”。

江平潮涌，改革开放的浪潮流入夹江，浸透了西来桥。西夹江在1992年建起了“幸福大桥”。2004年扬中二桥通车，八桥与之连为一体，西来桥成了“江中走廊”“水上跳板”“江中碧玉”。“孤岛”成了港口、码头、造船、物流业的最爱。“千户兴业”“万户增艳”像春风十里吹遍西来桥。星级大酒店，高六层的“西来桥文化体育活动中心”记载这一变迁，村民集中居住区在这里散发出浓浓的乡情、友情。隔着一片稻田，一排排的别墅带着农民的汗水，工人身上的油味飘在暗香浮动的河水上。江水的清透，青树的涩香，别墅的色彩在我脑海中跳跃，在心尖上跑，在肺叶间奔，唤醒我的魂，这是农村还是城市，是田园还是公园，让我惊讶，使我迷惑，只听到长江水的涛声，大江的风声从我心尖上走过。水流清音通四海，风递幽香入西来。一道长虹穿东西，孤岛走进新时代。在水之上，西来桥的一草一木，一石一土，一村一镇，因水连接成了城市与村庄。勤劳和创造划着诺亚方舟载着希望而来，向着东方而去。

香草河水静静流

香草河是丹阳延陵的母亲河，蒋庄就在香草河的北岸边。

年末岁初，我去了蒋庄见一个人。这个人身份很特殊，他是村老人协会的会长蔡荣召。78 岁的蔡荣召是位老风水先生，住在香草河的北面，门一开他就能清清楚楚地看到香草河。香草河的点点滴滴，传说故事他都能说得八九不离十。我跟蔡老开玩笑："你是风水先生，你家的风水怎么样？"他不做声，打开厨房门把我领到家门口的河边，指着一棵四五米高的梨树对我说："此树非我栽，梨花自己开，梨树在你家，总是你有理。你自己猜去吧！"

"我猜不到。这么大的树不是你栽的，我不信？"

"确确实实不是我栽的，是它自己长出了的。"蔡老给我讲了一个真实的故事。

1940 年的一个早晨，应该是在冬季。那时的蒋庄村四面环水，只有南面有一座小桥，北面往北岗有一条小路。村民邓红金到北岗村去做长工，刚进北岗村就听到了日本兵的脚步声，那时只有日本兵才穿皮鞋。邓红金急忙回到蒋庄报信，因为村上住着 20 多位新四军财务部的干部和部分抢修所的女战士。这时，新四军战士刚刚起床正在刷牙，得知消息立即应战。由于大多是文职人员武器少、地形不利、敌众我寡，突遭包围大部分战士壮烈牺牲。蔡荣召的父亲人称"小皮匠"（专门给人家上鞋的手艺人）看到一位新四军战士，一把拉住他快速地把他藏在寿棺里（过去人未死，先把棺材做好，漆黑叫寿棺）。为了透气在棺材口那里留了一个缝，这才保住了这位战士的命。外公邓须根在家烧火蒸酒，把一位女战士捋到自己长长的褂子下站在那里蒸酒，直到日本兵走后才让她出来，一家救了两位新四军战士。

我听了肃然起敬，一旦鬼子发现，全家就会灭绝，这要多大的勇气和智慧啊！后来蔡荣召多次问父亲当时为什么要这样做？蔡老的父亲坚定地说："为什么？家无寸土，上无片瓦，共产党领导穷人帮助穷家人翻身，不帮共产党，帮谁？"

朴素的话语，金子般的分量，我赞许连连不停点头。我又仔细地端详了蔡荣召一下，身材不高，眼睛常常眯起来笑，黑色的棉袄更显得他的朴实、直爽。

蔡老又介绍说，他自从担任老年协会会长就一心做好事，凡村上的老人每年集中聚餐一次。过年了，男的送一个红糖包，女的另外再加一个桂圆包。哪家老人过世，老人协会主持帮村里的人家节约丧事的开销，但他从来不取分文报酬，他一边介绍，一边领我往老人协会走。我问："那钱从哪里来？"他回答道："老年协会自己挣的，不向群众索要，老人过世帮忙挣一部分，每天棋牌室挣一点儿，这就足够了。"

蔡荣召虽不是什么大人物，但他骨子里的红色基因却跳动着火苗，点燃了我心中的希望，说的每一句话都是大实话。朴实的人，讲朴实的话，做朴实的事，让我联想到香草河、季子，心中久久不能平静。

门前的香草河静静地卧在土地上，不停地向西北流去。

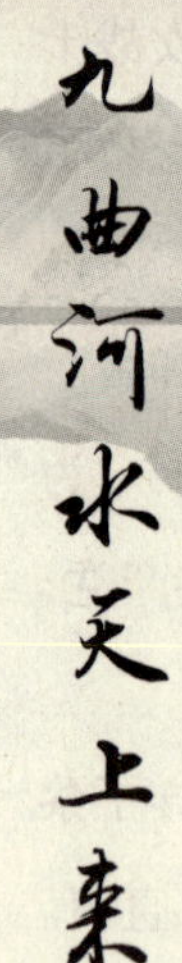

九曲河水天上来

情愫有时不仅仅是一湾浅浅的水，但一湾水带来的改变确能让你的情感更郁更浓，丹阳境内的九曲河就是这样的一条河。

京杭大运河从镇江经新丰，入练湖，很快就进入丹阳了。天宝元年，从“新丰美酒斗十千，咸阳游侠多少年。”（王维《少年行》）到李白的《丁都护歌》的：“云阳上征去，两岸饶商贾。吴牛喘月时，拖船一何苦”把丹阳运河文化推向高潮。宋代时京杭大运河向丹阳城外延伸，河水将繁华从北陈家桥往外溢经华甸桥，荆城桥抵达访仙镇，后又流向转北穿包港口入江，九曲河诞生了。

丹阳本没有九曲河，因生产、生活、发展之需要，先圣们开挖了九曲河，它虽然没有“丹阳城西朝阳寺，朔望钟声到客船”的诗意，也没有官府漕运的威严，但它有一份沉甸甸的执着，舞曼着绰约的身姿为丹阳东北地区灌溉、运输、防洪、防灾提供不竭的能量。九曲河滚滚向东经丹北镇与长江汇合，奔入茫茫大海的怀抱。丹阳离不开九曲河，运河需要九曲河，长江更喜欢九曲河。长江、运河是一家，九曲河成了它们可爱的孩子。

丹阳境内，京杭大运河流光溢彩最有韵味，香草河神圣庄严最是神话，丹金溧漕河名声大噪最期偶遇，九曲河这支丹阳市东部区域的一根主动脉最让人思念。“九”是吉祥的数字让人充满想象，蕴含好运，“九”多弯曲之意，富有层次立体美感。一样江南好山水，如何到此便缠绵。

我从云阳大桥出发与京杭大运河挥手告别，同香草河各奔东西，沿九曲河河水一路向东，河水到了荆林把它一劈两半，北为老集镇，南是开发区。荆林桥横跨两端，过去的客运码头早已不见踪影，呈现在眼前的是水泥堤坝，绿荫扶坡每隔一段均有拾级而上的水泥阶梯，这里俨然成了漫步绿道。疏浚过后的九曲河，河水涟涟，一路向东，永不停步。它从容淡定，单纯坦诚，一览无余，胸怀大爱。不管是城市还是乡村，都因它而兴、因它而美、因它而活。沿丹仙 106 县道公路徒步，两旁的高大水杉告诉我已走到慢生活里面，每座村庄都是一个景点，一幅水墨江南风景画，似乘一叶扁舟入境随风，望两岸人家，秧苗翠绿，红瓦小楼掩映在古树鲜花中。转向竹林深处残碑小筑，邀红亭对酌拍田野风光。走着走着天空下起了大雨，在雨雾中体验极致的、静谧的运河人家幸哉乐哉！

雨帘从空中布下，雨雾弥漫着寂静的世界，道路上行人很少，潇潇林木中听晶莹滑落。河面涟漪点起了万千雨花，登公路高点远眺，雾霭中时隐时现的红黄蓝色雨衣，河道两旁的点点垂钓，多少古朴村舍掩映在烟雨中。“阡陌交通，鸡犬相闻”的景象随手可绘，张口成诗。

九曲河这一湾清水确能让你情感丰富，更能让你热血沸腾。九曲河到了访仙突然拐弯向东北流去，颇有一江春水向东流之意，也有河水缠绵访仙停下步，久久在访仙桥下倾诉情愫，不愿离开，最终形成一支流在访仙桥下向南沿访彭线缓缓流淌而去。流水绕旧街小巷、幽幽弄堂，环青苔石板，走街串巷，古访仙街一下子展示在眼前。华罗庚故居、陈毅给汤通庆“青年是时代的先锋，先锋责任的完成，只有从斗争中锻炼可以得到”的题词留言、“访仙桥近月轩惨案”旧址；访仙桥旧石碑等景物让人不由得浮想联翩、心潮涌动、热泪盈眶。“国家兴亡，匹夫有责”的家国情怀一起涌上心头。

九曲河水润泽土地养育民众，激发情感，厚植文化。虽然到了今天很多事物都发生了改变，可是一片土地因河流而产生的文化力量，却越来越发挥着它巨大的作用。一条河贯通了丹阳这片热土的血脉，一条河成了一个新时代腾飞的经济缩影。现在仅访仙镇上河道旁工厂就有 200 多家，这是一条让处处闪闪发光的神圣之河，这是一条不断书写改革开放故事永不合卷之河。一棵树，一座桥，一道道炊烟，一排排厂房，一两个顽童，在落日余晖中楚楚动人。农田灌站，作坊街道，简单隽永皆构成诗画。一湾碧水卧虹波，柳绿桃红沐夕阳。

继续开步来到了九曲河枢纽管理处，向北几十米开外处是长江，向南波光粼粼河水欢畅。2016 年 10 月 26 日，丹阳历史上投资最大、长度最长、涉及范围最广的水利工程开工。2017 年 5 月 26 日九曲河沉沉的面孔随着一声号响、

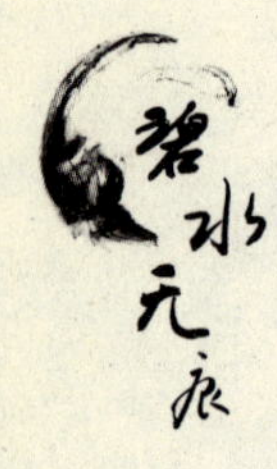

一个缺口的打开，猛然灿烂起来，扭起腰肢欢快吟唱。丹阳水系督脉疏通了，太湖西区流域河流扬眉吐气了。河道港汊血脉通畅，大小河道无病无阻。九曲河迎来了永远的春天，永远的微笑。

笑声中飘荡的是世事的变迁和人间的烟火，笑声中回荡的是永远猜不透的明天。

泰山水库凤凰湖

丹阳市胡桥境内的泰山水库现改名为凤凰湖，这里已经成了丹阳开发区的度假休闲胜地。当我站在它面前仔细端详时，它还是那么年轻、那么诱人。

20多年前，我骑着无锡产的“长征”牌自行车从白龙寺沿着后巷至丹阳的老公路前行。进入胡桥境内陡坡四起，两旁灌木丛丛，水杉特别诱人，像列队欢迎的哨兵顿觉轻松和自豪。尽管如此，我也只能左扭右拐蛇行般地拼命骑车，否则不是后退就是倒下。实在骑不动了，只好下车推着自行车慢慢地走到胡桥街上。稍作休息开始向丹阳方向骑行，下了陡坡柳暗花明，一片绿色湖水出现在眼前。站在大坝上一打听才知道这里叫泰山水库。我纳闷了泰山位于山东省泰安市中部素有“五岳之首”的美誉，传说为盘古开天辟地后其头颅幻化而成。中国人自古崇拜泰山，有“泰山安，四海皆安”的说法。水库的名字怎么跟泰山联系上的呢？这倒是个谜。

丹阳市境内多河流，少水库。胡桥境内的泰山水库属稀缺水源。这和丹阳的自然条件、地形地貌有直接的关系。空中鸟瞰，丹阳像一只蝴蝶，东南部较低，西北部较高，南北地势差异显著。南部属太湖以西的平原，西部为茅山余脉，沿江为低洼浣，泰山水库以独特的姿态屹立在丹阳境内。

泰山一词是如何来的，这个疑问我一直没有忘却。记得当年沪宁高速公路正式开工时，我从大贡村前面穿行而来到水库旁边，只见有大贡村、泰山村，没有看见高高的山更不可能看见泰山。

因此得到的答案也是模糊不清的。我骑着自行车再次来到泰山水库，从胡桥集镇向水库大坝慢慢走去。算是上山路有点儿坡，又算是欣赏变化的景色和对过去美好的回忆。习惯于河流纵横，平原交错的丹阳人，看到泰山水库一定会眼睛一亮，也只有到了这里才可以见到山，望得到水。山水在胡桥境内开始，东到建山止于埤城境内。路两边草木丛生，绿树密密。不知名的各色小花儿因为车辆、因为风、因为蝉鸣而微微地颤动，散发着清新的香味好像把远处胡桥林场、水晶山花香也带来了。原先狭窄的水泥公路已经成为景观大道，宽阔的四车道新丹界公路从大坝的前方穿行而过。

到了水库大堤上各色小汽车停的满满的，来往会车都要小心。泰山水库毫无保留地展现在我的眼前，和 20 多年前看到的水面没有太大的差别，只是对面架起了一座白玉桥，气势宏大的红房点缀在绿树中，到面前一看方知是石刻公园的主题展馆。丹阳经济开发区把水库改成了凤凰湖，主题展馆从空中俯瞰就像是一只凤凰在展翅飞翔，蕴含丹凤朝阳之意更具时代性。一个开发区有这样一片水域加上旁边泰山村、石刻公园、胡桥林场，远处还有水晶山公园的花香，可眺望、可触摸、可想象是多么美好的事啊！附近的座座工厂有了水韵，充满了诗意增加了灵动，尤其是把繁华的喧闹带回到公园的宁静，把遥望的风景安在高楼大厦的不远处，变风景为平常的生活，成为你生活的陪伴，这是多么惬意的事啊！这种大自然的馈赠不是每个人能够享受到的，而且不需要付任何费用。

走下大坝，便是 2 米宽的迎水坡平台。离水近了，风里夹杂着一股股凉气，水面上漂浮着水上乐园的人工划动小气船。迎水坡上有两个小孩拿着泡泡水枪，一连串彩色的泡泡被枪喷出，在风里飞旋一会高，一会低在我们的头顶、脸上飞过。孩子们看着，追着一路咯咯地笑着，他们的父母也在一面追一面拍照，惹得我和同伴也笑起来，不时地回望他们。

我望着泰山水库，这个位置也是 20 多年前曾站的地方，水面更加辽阔，深远而幽隐，不远处一条小船在荡漾，树丛中有人在找花。那时人们的生活纯粹得如一池库水。1958 年 2 月 27 日为了改变“三天无雨苗发黄，一场大雨全冲光”的水源不足、水利条件极差的状况，开始兴建泰山水库。水库建成后，提水灌溉、防洪效益日益显现。一方百姓从此在水的润泽下，慢慢地改善着生活。

一个时代一个水的主题。如今极富诗意而美好的生活展现在这里。水库除了灌溉、防洪，每到周末、假日，男男女女，老老少少来到这里，很多热爱自然之士整日栖息于水库周围，听水声、看水波、唱水歌。水库自然成了接纳灵魂疲倦的安乐场，水的甜味从嘴里开始流淌到心头，水成了有感情的亲密朋友。正当我疑惑之时，京沪高铁在泰山水库前呼啸而过，这让我产生现代田园交响曲之感。水波涟漪渺渺起，胡桥村畔高铁啸。

京沪高铁走向，从丹阳胡桥张巷向西到丹阳大泊石潭村，正好有一条驰道名叫"小辛驰道"。齐梁两朝开国皇帝的祖坟分别在丹阳胡桥张巷北 5 千米处和镇南 1 千米处，齐高帝萧道成和梁武帝萧衍的父亲萧顺之小时候就一起攀登家乡丹阳金牛山（今丹阳胡桥水晶山）玩耍。这里是公元 5—6 世纪，统治中国南半部半壁江山达 78 年的南朝齐、梁两代共 11 位皇帝的祖居穴、桑梓里、发源地。一个小镇诞生了两朝皇帝，这在中国历史长河中可谓罕见。齐梁故里、齐梁文化、齐梁石刻不仅成为这里的名片，更多的是给这里带来自豪、骄傲和水晶山般的深厚文化底蕴，让更多人着迷。水和齐梁文化连接起来，同时也给文化增加了内涵。

一泓清泉，一片湖水，倒映着远山。泰山水库水位升高降低时时变化，大坝也在不断加固，不断出新。胡桥村旁边是泰镇和宁沪高速公路，京沪高铁从面前呼啸而过，车水马龙来来往往，人们生活节奏越来越快，千里京沪半日还已成现实。可泰山水库却依旧宁静、安详，安于一隅。水晶山就在它的东边，青山不语翠绿，绿水含笑静流。凤凰湖边坐坐，泰山水库走走，水晶山去逛逛，成了很多人的必选。人亲水灵透、清静，物近水灵气、如玉。历史文化与水融为一体，迎来一个新时代新气象的景象。

水兴丹北九曲欢

历史告诉我们，一个地方的富裕跟当地的市场环境和企业家有密切的关系。丹阳丹北镇经济发达城镇化率高，除了上述因素跟水也密不可分。

人在江湖，身随心动。2018年国庆期间我带着这份情结看九曲河，走太平河，驻足迎丰河、中心河。行程匆匆，还有很多难以说出名字的河在我身边溜走了。整个丹北镇河网密布，倒影随身，恰是一块架在水上的流动土地，感受最深的还是九曲河。

丹阳九曲河连接着长江和大运河，可以说是众多河流的源头（或祖先）。出了丹阳云阳大桥，一路向东到达访仙大桥，继续沿002县道走平原消失，嘉山耸起很快就到了嘉山龙庆禅寺脚下。顺着九曲河水再向前，不一会儿见到高桥大桥。跨过矮山越过平原，第一眼望见的便是丹北镇（原新桥后巷区域）一带高大的厂房，它们仿佛被九曲河水一下推到河水两岸。九曲河像一颗大人参，许多支流像人参须伸向广袤无垠的田野。毫无准备，仿佛一下子把你从乡村带入了都市，喧闹代替了安静，繁忙赶走了安闲。河道两旁，摆放着未拆除的小吊机、推土机、大吊车堆积如山的建筑材料，连片的厂房，不尽的小区，无数的店铺，一股脑地摆放在面前。这里就像移动的港湾，大大小小的工厂不计其数，就像数不清的船只停靠在那里。九曲河水从这里穿行而过把嘉山龙庆禅寺、水晶山流过来的水一下汇成财气，很快聚金溢彩华美演变。

近千年来九曲河不断换装、美容、壮体，发展、扩充。从最初灌溉农田，防洪保安到后来水运物资，发展经济，直至今天。

河水始终静静地流，肥沃田野，锁住烟雨，煮茗文化，承载欢欣，不断唤醒人们的希望，不断更改着水的主题。风姿造型的不断创新给人希望，给人青春抚慰着每一双眼，浸染着每一个心灵。如今虽已上了千岁，但依然精神矍铄，没有老人的那种暮气而是青年少女的妖娆和风情万种引人流连忘返。

看一卷九曲河历史书，也许不如在一个有历史感的老河道上走上一程更能领悟水文化的含义。河道旁的建筑、水闸、电灌站会透出一股清秋般的苍凉，你能在其上看到岁月抚过的痕迹，触摸到历史心音的脉搏。这种时刻会觉得那些建筑分明像河流一样潺潺地流动着，等着你来追着踏出阵阵水花。“新桥闸”三个字记录了九曲河的美好岁月，它像拱门又不是拱门，它是新桥河、永红河在九曲河上的感情交汇点。两层的闸门设计告诉你这两条河的故事和来历。改革开放以来，从九曲河流出的不仅仅是水，而是翻天覆地的变化和不竭流动的财富。原先灌溉的农田周围，变成连绵不断的工厂和工业园区，水绕庭院静静流淌，厂滨水系恬静成长。水浇灌花朵湿润空气，绿了芭蕉肥了沃野，润了产品带来财富。水绕前阶花红艳，九曲细语暗无声。一条河成了一种情绪，在阳光的间洒下做着或疏或密的调理。九曲河成了丹北镇情绪的载体，挽回了多少逝去的记忆，又燃起未来更多的畅想。

时代的变迁或多或少地感染着九曲河，也改变着九曲河的使命与主题。2016 年 10 月 26 日，丹阳历史上投资最大、长度最长、涉及范围最广的水利工程开工，九曲河的再次疏浚、提档升级硬化、美化、亮化让它变得青春靓丽，爆发出福泽农田水利、灌溉运输、防洪保安的巨大能量。九曲河水活起来了，九曲河水靓起来了，下班的人群涌向九曲河两岸，寻找适合自己怡情的好去处。一水担两岸，万民幸福长。

站在通港路九曲河大桥上向东北望“九曲河枢纽管理处”几个大字映入眼帘，绿蓝色的幕墙玻璃装饰成的现代建筑格外耀眼，那是航道、闸口和泵站主楼。洁白的路灯桅杆树在河道两旁的柏油马路上，像白鹭均匀地停息在电线上一般。两岸护坡绿草如茵，黑色的柏油马路，白色的路灯倒映在波光粼粼的九曲河水中，构成了一幅画，写成了一首诗。远处的江宜高速公路大桥横跨九曲河，增添了水韵的张力、冲击着视野。向西瞭望，河岸宽敞笔直，村落炊烟，连排厂房组成现代乡村交响曲。一个地方的迅速繁荣必定与工业活动有关，而工业发达，水、水运无疑起着举足轻重的作用。九曲河水波浪宽，风吹稻花香两岸。这里的人们能吃苦，这里的产品售四方。这里是丹北镇，这里是九曲河水入江处，这里是现代水利、景观水利描绘出来的壮美画卷。

丹阳大地上的红塘河

我应朋友邀约来到江苏丹阳市横塘村（现云阳街道横塘村）。村委会的北面是一条河叫红塘河。两岸阳光明媚，桥下水声汩汩，一河碎银婆娑，那些飞向丹金溧漕河的鸟是好客的主人，融入白云绿野之间楚楚动人。河水挥笔在横塘大地上书写：大运河一泻千里，丹金溧漕河汹涌澎湃，红塘河静流争先。它们接受时间的邀请，各自演奏着一曲曲响彻云霄的灿烂乐章。

隋朝大运河从横塘而过，北宋时期丹金溧漕河设横塘北堰，1970 年横塘人民公社开挖了红塘河。河水流淌的不是夕阳也不是艄公的惆怅，而是弥漫着横塘人鼻孔和肺叶每天变幻的新鲜空气。1952 年 3 月，丹金漕河旁珥陵、横塘田地间出现了苏南行政公署领导人戎政的身影，他的身边又多出了高鼻子、蓝眼睛的苏联专家。大家都听不懂俄语，但知道横塘周围将建全国第一个大型电力灌溉区，主站区设在珥陵镇，横塘建第六电站区。这个纵 13 千米横约 8 千米的现代水利工程，在当时是规模最大、技术最先进的水利工程，全部引进苏联技术、设备就连水泥、电线都是进口的。这个大型水利工程几乎接近于现在的三峡工程效应一般。后来国家将这项水利工程多次作为国际水利建设经验进行广泛交流。横塘第六电灌区工程的突破，在于由人工灌溉进入了机电化灌溉。它改写了几千年来中国农业、农民用人工水车灌溉农田的历史，从此直接将水从河流中由电力抽送至渠道自流入农田。横塘农民钱如法自学成材深得其精髓并受启发，1971 年他和同事们主持设计了红塘河的开挖和五座桥渠的设计、施工，两岸小型电灌站、引水渠的机械设备安装，可以说从头到脚都是横塘人自己创造的。我一边看风景，一边咀嚼岁月苦涩与芬芳。

红塘河这条丹阳大地上的小河领着自己的水，朝着远方的目标，一路走过春分、立夏、秋分、大寒，慢慢前流写下了“篮球之乡”的诗篇。

1964 年初，南京军区军人俱乐部篮球场上出现了许世友、王平、聂凤智将军的身影，他们正和丹阳县的丰收篮球队进行比赛。丰收篮球队是横塘中村和老庙二房庄村以青年农民为主组成的篮球队，一支称为“燕队”，另一支称为“青锋”。经过扬州师范学院邹森林老师的指导，再通过两千多场实战比赛的磨炼，横塘村篮球队名声大起，丹阳县体委正式将他们命名为“丰收篮球队”。新华社以“将军与农民球赛”为题发布新闻，中央新闻纪录电影制片厂将其比赛实况摄制成纪录片并在全国放映。“篮球之乡”的名称因此传遍祖国大地。农民和将军身份的差异把篮球顶上了篮筐，留下了红塘河两岸体育的土壤。

河水时有汹涌，时有激越。红塘河握着大运河和丹金溧漕河的脉搏一起悸动。红塘河的北面，大运河的西岸一朵浪花散开了一片彩云。

大钱村村民钱云宝喝着红塘河水长大，他投巨资创办的江苏恒神纤维公司，打破了外国人垄断碳纤维的神话，为我国国防工业与世界军事强国共同起舞做出了巨大的贡献。我站在大钱村文化广场，村上老人和我谈得最多的不是村民钱云宝如何创办江苏恒宝股份有限公司，而是他如何贡献 1.6 亿元人民币千方百计、呕心沥血两次为村民建造高档时尚的 228 幢别墅，让村民过上舒畅的幸福生活。钱云宝当之无愧地成了江苏的时代楷模，如今大钱村中最大的水塘还时刻倒映着钱云宝的身影。

红塘河是大运河、丹金溧漕河的子孙。它没有多余的时间给岸上的人，它按照自己的方向，自己的节奏静流争先，它的理想是海洋。

江苏鱼跃集团董事长吴光明曾无数次踏上红塘河两岸，他追逐着钱如法、钱云宝翻滚的波浪，跳跃奔流。1998 年他创办鱼跃医疗器械打造家庭医疗、临床医疗、互联网医疗的宽广河道，为科技律动生命之船航行。2020 年 4 月 1 日鱼跃医疗呼吸机之船直航美国获得美国 FDA 紧急使用授权。武汉抗疫战斗中他将“仁爱之舟”“战疫之船”停泊武汉抗疫之港。2 月 4 日下午他用专机向武汉捐赠 100 台医疗制氧机和十台医用呼吸机。“镇江市人民奖章”“最受尊敬的苏商实业家”虽是他过去的称号，却让红塘河柳绿杏红石榴香，一艘千

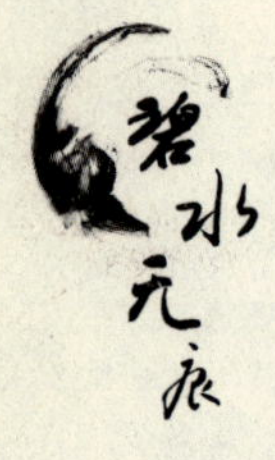

亿市值的鱼跃医疗大船已从红塘河、大运河驰向宽广的大海——人类健康的海洋。

世界上河流很多红塘河只有一条，红塘河给我的是生命的沉思。我默默地注视着这条生命线条形成的河道。

千年一叹萧梁河

站在已有千年历史的萧梁河边我不敢说话，岁月在它身上留下的印记、力量撞击着我，心中充满着敬仰。

大运河在丹阳陵口段与它交汇，它成了大运河的文化标识。陵口本来叫萧港是大运河与萧梁河交汇的市口。1500 多年前从建康（南京）到丹阳，王子公卿从南京到丹阳谒陵必须从秦淮河进入，沿破岗渎（六朝时期开挖的一条人工运河）进入句容赤山湖，再过二十四埭入南陵萧港至各陵，渐渐陵墓入口越叫越顺口，“萧港”慢慢地演变为“陵口”。齐梁百年历史中萧梁河极度繁荣，后因改朝换代接近荒废有些可惜。几度疏浚、几度改道萧梁河胖了又瘦，瘦了又胖，可它和“南朝四百八十寺，多少楼台烟雨中”这句诗一样，激起我对南朝历史的回忆和感叹。

萧梁河的真实远远比不上陵口天上飘动的云彩，大运河灿烂的星空。从大运河萧梁南桥始向北走 6.5 千米左右就到了九曲河。站在九曲河南岸上来自北边的水晶山就映入眼帘，不得不惊叹陵墓的择地完全做到天人合一、山水兼顾、运输方便。不得不赞叹从萧梁河运来的不是石头而是艺术，是大运河的史册。你会感觉到时空隧道模型就摆放在这里。

大运河是丹阳大地上充足的动脉，萧梁河是陵口、前艾、荆林，胡桥地区的柔软轴承。萧梁河的诞生推动了丹阳东北部经济文化和生产的飞速发展，牵动着这块土地的灵魂。虽然历史的河水把南朝齐梁时期冲刷的只剩几尊石兽，但我不禁长叹一声：“萧梁河，南朝的名片、南朝的记忆、丹阳的历史文化河。”现在很

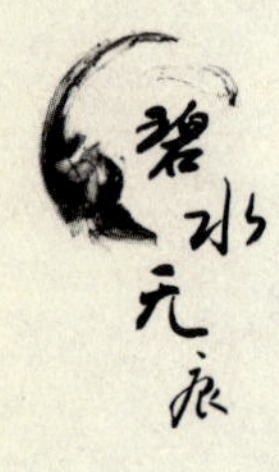

少人记得齐梁，记得住萧道成和他的父亲萧承之及梁帝萧衍，但人们却把萧梁河永远留在了这片吴文化的大地上。从南京运来的石刻、华表、石兽包容着所有伤心往事，接纳着一切发展之痛，同时给两岸每一个季节都染上不同的色彩，用不同的景色翻开不同时间的篇章，南朝时期萧氏王朝华美的篇章最为醒目。

这时，耳畔突然传来一阵阵哗哗地流水声，原来是新农电灌站抽上来的水进入渠道流向稻田。我蹲下身子舀起一捧洗了把脸，一股清凉感遍布全身。我顺势把手又放入清澈的水中任其冲刷。水利农业的命脉——萧梁河，人水共生共盛的史册。新中国成立前陵口镇的贡家村，没有任何水利设施，农田用水要从京杭大运河架起水车进行灌溉。有一年大旱为了用水车灌溉，18 岁的卢金生竟累死在水车上，至今全村村民每年在其忌日都要为他祭奠，这也成了村上的习俗。这个苍凉的记忆猛烈地冲击着我，谁会想到今天，水自清流入阡陌，万顷良田笑丰收呢！萧梁河千百年来静静流承载着历史、战争、变迁，记录着孤独、喧嚣；经历着干旱、洪涝。千百年的经历仿佛在演奏南朝古曲，而我身边的田野、稻花、豆粒，高铁又像在演奏时代进行曲。此刻我微有醉意，陶醉在这田野稻香与水文化的美丽画卷中，自内而外的舒畅精神涌流使然。

多年前参观都江堰就像大多数人一样，现在只记得李冰父子和《夫妻桥》。李冰在都江堰一带被尊为神，现在百姓每年都自发纪念他。安澜桥是夫妻桥的原身，据说岷江上的这座桥在唐代以前就存在了，在明朝末年毁于战火，直到清嘉庆八年，有一个叫何先德的乡绅协同妻子重修索桥，等桥修好后这个腰缠万贯的乡绅已成一个赤贫者，何先德夫妇把这座桥命名为“安澜桥”，但后人感激他们的恩德都叫它“夫妻桥”，川剧有个名段《夫妻桥》唱的就是这个故事。

萧梁河入口处向北 100 米就是气势恢宏的中山桥，站在桥面上对这宽阔的大运河，忍不住大声喊叫一声叹息一番，那是一声最美好，怀着崇敬之情的叹息。现在新建的中山桥是在拆除的老中桥基础上新建的。据《丹阳县志》记载，老中山桥因为缺乏资金始终建不起来，后来得到原国家副主席荣毅仁的父亲荣德生的大额资助，才于民国二十七年（1928 年）竣工。1958 年因大运河浚拓才将老中山桥拆除。我惊叹不已荣德生既不是丹阳人也没来过陵口，更没有在陵口投资，当村民把造桥的技术人员带到他面前向详细叙述建桥困难时，他就爽快地答应大额资助并派人监理施工，终于建成了陵口的中山大桥。天空是那么蓝，运河水不争静自流，水给人无限的未来。

我不禁感叹道：运河、桥梁、萧梁河只是我们眼中纯粹简单的风景，但却成了我们储存精神信息的芯片，给我大脑留下挥之不去的记忆，成了精神高峰的数据库。

大运河牵手萧梁河成了时代遗留下的物件，就像一棵偶尔被踩倒的草，又像被风吹落的一片瓦砾，当我捡起它置于手中时唤起的是长久难忘而又极其鲜艳的精神内涵。萧梁河在我心中早已不是南朝之前开挖的一条古运河，它已成了我们储存运河文化的 U 盘或芯片。石刻文化、齐梁研究只要点出萧梁河，就能从大运河中唤起沉淀的文化，找到你需要的东西。

远方，诗意是灵魂的安慰。有多少水，就有多少故事。

萧梁河的温暖

从丹阳市陵口镇苏南运河萧港出发，沿萧梁河向北行走至九曲河就进入丹阳开发区了。跨过九曲河继续向北行进经过云阳镇三城巷村，不远处有一个自然村叫东城村，过去属胡桥乡张巷大队，今属丹阳开发区张巷村。继续沿着古萧梁河行走，向东一拐就快到胡桥的门楼水库了。

古萧梁河的末端在冬日里显得格外清爽，水清草枯鸟声疾，野鸭欢跳群雁飞，多少年没见到大雁了，它们已经感受到了古萧梁河的温暖。

当北朝人唱着“敕勒川，阴山下。天似穹庐，笼盖四野。天苍苍，野茫茫。风吹草低见牛羊。”时，南朝艺术家们的石兽已从南京启程运往丹阳，经萧梁河抵达沿河两岸的陵口，三城巷和水晶山南面的仙塘湾、鹤仙坳附近。没有萧梁河难以成就南朝丹阳的石刻文化艺术，没有南朝的石刻文化、艺术，也就不可能有萧梁河，正因如此萧梁河才有了特殊的温暖。

萧梁河是历史上的“皇家之河”，东城村是南朝齐梁两代皇帝的祖居地。《南史·齐本纪》中记载：“齐太祖高帝讳道成……其先本居东海兰陵县中都乡中都里。西晋末年内乱时，过长江来到南方的“晋陵武进县东城里”。据江苏古籍出版社 1987 年出版的《江苏文物》记载，南朝齐梁时期晋陵治所在丹徒（今镇江），武进县系分曲阿，丹徒地设立后又并入曲阿，即今丹阳东北一带。现丹阳高铁北站东城里路就是这样来的。清乾隆《丹阳县志》卷十九载：“建陵在县东北二十五里东城村。武帝父文帝及献皇后所葬。”梁武帝萧衍在东城村将父亲陵墓建陵建成后，又在附近为自己修建修陵，其陵前石刻天禄今尚存。

我站在三城巷石刻遗迹处感受南朝石刻的艺术魅力，这些人世间并不存在的兽物借于能工巧匠之手，现在它们都活灵活现地呈现在我的面前。其中最引人注目的是梁文帝萧顺之建陵，计有四时八件，陵前神道依次列置石兽，方形石础，神道石柱和龟趺各一对。龟趺上丰碑已损毁，趺坐形似海龟雕刻简朴而有力。它是我国古代神话中龙王长子的形象，因为他喜爱文字又爱负重被人们“量才录用”安置在陵前驮负丰碑。神道石柱又称陵墓华表，它外凸的束竹纹和内凹的槽纹的组合使柱身线条更为活泼，同时又缩小了柱身上下粗细的视差，显得颀长秀美。神道石柱集道瓣纹、交颈龙纹、束竹纹、凹槽纹和花纹饰带于一体，可谓丰富多彩，体现了当时艺术家高超的艺术造诣。南朝齐梁灿烂文化灼照历史天空中的一束，如今依然熠熠生辉。

俗话说“丹阳的麒麟，南京的辟邪”。丹阳境内现有十座帝陵存有天禄，麒麟镇墓石兽共十八只。这些天禄和麒麟可以说是南朝陵墓石刻中至上极品，其造型极为俊美高大颀长，清秀飘逸，千百年来成了中国石刻艺术的典范。

萧梁河承载了南齐石刻的灵动俊秀，梁代的豪迈疏朗，汇通百家。萧梁河让南方的优雅情致和北方的粗犷雄风在历史的长河中无声无息地流淌。

门楼村在萧梁河的最北端“束锡琦民宅”最引人注目。这个十几户人家的小村本是同宗、同族，“束锡琦民宅”至今还能触摸到萧梁河历史文化的温暖。屋内对联写的“第一等好事只有读书，三百年人家无非积善”，“农耕文化”几个字如火炬熊熊燃烧直灼我的脸庞。中华文明世世代代的传承生生不息，唯读书如日中天，光耀每一位中华儿女。让这座清朝的老屋在门楼村和古老的萧梁河共生。

两朝皇帝同出一地，历史上没有第二例。“树高千丈，落叶归根”这一传统深扎在他们的心中，齐梁皇帝死后大都归葬于丹阳，又把这一传统推广更远。萧梁河一直注视着这一奇迹。经山又名金牛山，彭山在丹阳开发区和丹北镇交界处。原胡桥林场周围山群峰耸翠，逶迤绵延。现丹阳访仙萧氏宗祠的一副楹联“汉则相，唐则元，试问三代下孰出乎右。齐之高，梁之武，且看六朝中世济其昌”可见一斑。这些无声的文化，对萧氏后代产生了积极向上的影响。

我每次巡河于萧梁河，齐梁文化的香气总是扑鼻而来，总能跟东城里、齐梁路、齐梁桥不期而遇，《文心雕龙》《昭明文选》总在我脑海中翻滚。彭家村

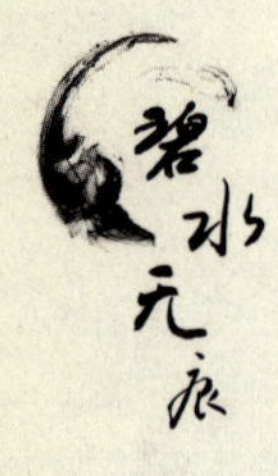

是胡桥后面的最高处，周围松柏苍苍，青翠如云，古道虽已湮没村庄多了许多，但萧梁河散发出的温度犹如水上的雾气伴着阳光散落到这片土地的每个地方。站在这里最能感受到萧梁河的温暖，它把南朝和现在紧紧连在一起，又让我的思绪越过水晶山走向远方。

水韵吕城尽是诗

吕城丹阳市的一个乡镇，苏南运河镇江段最南端，它和常州市的奔牛镇接壤。当我来到这里考察运河水质时树丛沙草群鸥散，百舸竞流一鹭飞。岸上新建的徽派建筑群鳞次栉比。吕城大桥、吕东大桥、泰定大桥三座大桥静静地倒影在运河水面上，仿佛它们来自水底世界。一个乡镇运河穿梭而过，有三座现代悬索大桥，让我震撼、促我思考。运河、古运河、苏南运河，运河的水静静地流，我的影子、桥的影子、河长制公示牌的影子混合在碧波中，与河中的船声汇成了一曲交响曲。

河流是船的路，船在动，时间也在动。公元前 210 年，运河水经过镇江流了 60 千米流到了吕城。因为有了这条漕河，200 年时东吴大将吕蒙在此屯兵筑城。987 年置镇，从此就有了吕城镇。水的舞动、流淌让三国文化浸润了吕城的全身，水的亲近演绎了“吕蒙稻草筑城退曹兵”的故事传说。运河水流过吕城，流出了吕城的地老天荒。运河上的泰定桥唱出了吕城的历史、文化、热闹、喧嚣、悲伤、泪水。

不断生长的小巷缓缓地走进吕城深处，四方八邻的村民担着蔬菜进城。紫红的荸荠、碧绿的芹菜、雪白的莲藕、菱角、螺丝、河蚌还有鱼虾……一时间农副产品博览会在吕城拉开了帷幕。

每当太阳升起晨曦初露，大运河水氤氲湿润的轻雾慢慢消散，河里的泊船陆续忙碌起来；汲水声、冲洗声随着轻波拍岸的旋律奏起，运河两岸的茶馆、吕蒙煎饼店、面点铺、百货店、药店、铁匠铺……也都开始各尽其职，小巷开始有了生气，大街也变得热闹起来。一条运河，万户人家、草木葱郁、风光宜人、吴韵风

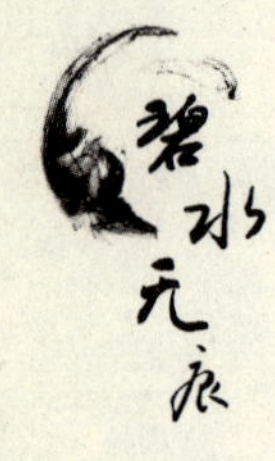

姿、摇曳生辉，吕城便成了流动的画图。清代文学家王士禛为此写下了《吕城雪霁》一诗："鸡唱吕城镇，日出市桥东。雪屋回汀口，烟墙出竹中。鸟飞皆贴水，舟泛若乘空。古迹成荒垒，行行忆阿蒙。"一幅东方巴黎的油画就此诞生。

元天顺元年（1328 年），地方再度疏浚镇江漕河并修建吕城闸。吕城闸的修筑让文人墨客留下了鸿篇巨著。南宋著名诗人杨万里就留下了《过吕城闸》六首诗篇。运河水让吕城诗韵裹身，诗气弥漫，水中升腾着一股诗味。"泊船到得暮钟时，等待诸船不肯齐。等得船齐方过闸，又次五鼓到荆溪。"穿越时空，我又回到了当年待渡过闸的时候。水流吕城，人水相和、人水相亲的历史沧桑之感油然而生。吕城闸运河水为它精心烹制的文化盛宴，吕城闸运河水为它描绘了另一幅画面，并让吕城永存于历史的画卷。

南宋诗人黄人杰的诗："吕城春色知何处，试听流莺语。江头别有小壶天，唤起一番花柳、弄花妍。"写出了运河水流过吕城、滋润吕城的美好景象。吕城人逐水而居、缘水生活，亲水美水、乐水生活。谈吕蒙屯兵，走圣旨道路、数老街石板、听水流船鸣、看田野美景成了吕城人亲近运河，乐享生活的诗品。

很多时候都以水灌溉为要，舟航径达，生产为主，忽视文化交流，诗意生活。其实水是谱写当地壮美史诗的行家里手和大家。除了运河，吕城境内的吕渎河、北引运河、南通鹤溪、新河、永济河、永丰河也相继开挖、拓浚。新中国成立后，吕城人民又开挖了西战备河、东战备河、向阳河、陈巷河、军民河，河流总长达 54.39 千米，整个吕城镇内河网纵横、港汊遍野处处呈现出江南原野的景象，时时弥漫着水韵诗味。

吕城"东通百粤舟车会，南控三吴襟带遥"。2015 年前后，苏南运河由四级河道改建为三级河道，水上高速通道由此建成。三座悬索桥凌空而起犹如贴水飞燕，连片的徽派建筑恰是水上商城。水利站站长马洪芳拿着他们编制了的全镇水系亲水、乐水、治水图向我娓娓道来，自豪的表情胜过了语言的表述，治水的喜悦和对未来的憧憬溢于言表。

商船千帆远，三春驻吕城。我从大运河来到了向阳河，站在桥上市级河长制的公示牌下。向阳河波光粼粼，数万株绿树遍布亲水走廊，错落有致的景观随处可见。两岸长满了各种花草树木，七八只形态各异的小岛点缀着河的两岸。碧洗的天空下，从平原延伸到远处地平线的是一条长长的柔影——水、河流、古运河。大运河具有丰富的记忆向我叙说着吕城如诗如画的故事，文化的继承更启发我们治水唯有图新。

汽笛声声江水悠悠

沈从文《边城》中的翠翠是湖南湘西小山城茶峒溪水渡口美与爱的化身，江苏扬州瓜洲渡口是血与火的再生。虽然润扬大桥汽车方便，但我还是喜欢乘汽渡往返于镇江扬州。五月的一天，镇扬汽渡，细雨蒙蒙。我站在镇扬汽渡船上，翻滚的江水把我的视线推向江北面扬州第二发电厂。一艘艘轮船像人群从我身边走过，没有拽走我的思绪。水面壮阔无边，气吞万里如虎，其势和1998年建成的扬州第二发电厂（以下简称“扬二厂”）一样。当时作为江苏电建三公司建设者的我在“争创全国电力建设排头兵”，不断刷新全国火电建设新纪录，工地上热火朝天的场面就像这滔滔江水一浪高过一浪。当年江苏单机容量最大，投资规模第一的扬二厂在我们往返镇扬汽渡、穿梭于镇江扬州的三年内完成了。

每个人的生命都是一条河，又仿佛像停在这渡船上的车辆从原始出发，上船、待渡、过江、上岸，再出发。

江水悠悠，把南北隔开。我把这次建设过程视为人生的一次生命之旅。每次休息我都骑着自行车从工地上走向瓜洲汽渡，乘坐汽渡轮船回到故乡镇江，第二天再以同样的方式来到扬二厂工地。时光陪着电厂建成，岁月伴随着我壮实。那些激情燃烧的岁月总是念人难忘，那些惶惑与迷茫伴随的纠结，那些痛楚与辛苦糅杂的缠绕，那些梦想与成长牵缠的跌宕，那些喜悦与快乐交错的变幻，都在那上上下下渡口中完成扫描和验证，形成了追梦大海，向往蓝天的宽阔心胸的通行证。

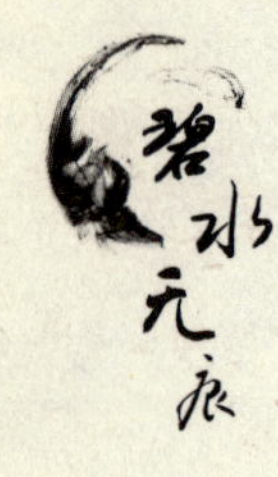

就在长江北的扬二厂，我的生命河流中产生了第二埭，我从工地调到了公司机关政治工作部负责宣传，编辑厂报《先行者报》用文字挥洒汗水，用文化激发斗志。每次推着自行车走上渡船，总能感到唐朝诗人张祜的惆怅，王安石的思乡还有白居易的《长相思 · 汴水流》一诗：“汴水流，泗水流，流到瓜洲古渡头。吴山点点愁。”一想到白居易与刘禹锡扬州相遇千古名句“沉舟侧畔千帆过，病树前头万木春”应运而生，就想到了工地上的工友们青年突击队般的干劲，一如千帆竞发，激情燃烧，手持彩练当空舞，争当电建排头兵的画面。真没想到自己生命中一段不可复制的岁月居然和水、长江、渡口拼成了一幅图。水承受着土地生命之重，还要承受人类的生命之轻，扬二厂的光芒不久将消散古人的幽情。

江水夏涨秋落，扬二厂的建设却日新月异。当扬二厂建设工程被国家电力公司树为“全国安全文明施工的样板工程”时，时任国务院副总理的邹家华和江苏省省委、省政府及电力部主要负责人及各级领导关心工程建设，亲自到工地慰问。领导的期许和鼓励化成了激情，激情可以燃烧行动，行动可以激发才情。1998 年 11 月 12 日第一台 60 万千瓦机组顺利通过 168 小时试运行考核，提前实现了并网发电。我深深感叹“瓜洲渡口无翠翠，电建工友是英雄。”

瓜洲的妩媚与情韵被长江的豪迈与奔腾以一种近乎完美按比例揉掺在一起，从此扬州“积金”的模式开启，一种独特的气息弥散在扬二厂的上空。旧时明月照扬州曾是长堤牵锦缆，今日扬二送光明古渡瓜洲情悠悠。

秦汉时期，波澜壮阔的长江广陵潮是镇江的一大名胜奇观，也是扬州的时代标签，其奔腾汹涌的雄伟景象令无数文人墨客感到荡气回肠，久久凝望。扬州诗人张若虚一首《春江花月夜》让江水的柔、美、静一直缠绵到现在。魏文帝曹丕看到广陵潮曾发出惊叹“嗟乎，天所以限南北也！”瓜洲属广陵郡，在广陵潮的界边。而真正把瓜洲古渡推到历史舞台前台亮相的是王安石，他的“京口瓜洲一水间，钟山只隔数重山”让瓜州与时光永存。古瓜洲在唐朝后和北岸相连成为巨镇，随至清末坍江而沉入水中（1715 年始坍江，光绪二十一年全部坍入），若不是王安石这句名句，瓜洲一词早就像秋天的树叶掉到泥土一样慢慢被人遗忘，只成了名号。陆游的绝吟：“楼船夜雪瓜洲渡，铁马秋风大散关。”让人感受到瓜洲渡口的硬朗与灿烂。“包淮海之形胜，当吴越之要冲”瓜洲因地形的优势自古以来就成了兵家必争之地，秦汉风云、楚汉相争、藩王割据、吴越之争、七国之乱都在瓜洲这片美丽的土地上演。738 年，润州刺史齐澣从瓜洲渡口至扬州南扬子桥开凿伊娄河，方便漕运、减少风险，集航运、灌溉、治水为一体，不负瓜洲不负卿，十里垂柳到如今。李白曾作诗《题瓜洲新河饯族叔舍人贲》赞颂：“齐公凿新河，万古流不绝。丰功利生人，天地同朽灭……杨花满江来，疑是龙山雪。”瓜洲成了运河史上、中国水利史上一个鲜亮的坐标。

瓜洲和水相依，以水为命。微风岸，孤鸿影，平野阔，大江流，风樯动，沧海寄，水是它的生命原色。扬二厂犹如烽火扬州路中与金兵鏖战的将士，更似欲东渡日本的鉴真大师，它的建成再次改写了“天下三分明月夜，二分无赖是扬州”的灿烂，成了现代文明的调色板。

汉代兴起，隋唐繁华，明清鼎盛的瓜洲，我把郁达夫在《扬州旧梦寄语堂》中津津乐道的扬州改为瓜洲：“梦想着瓜洲的名字，在声调上，在历史的意义上，真是如何的雄武，如何地使人魂销而魄荡。”

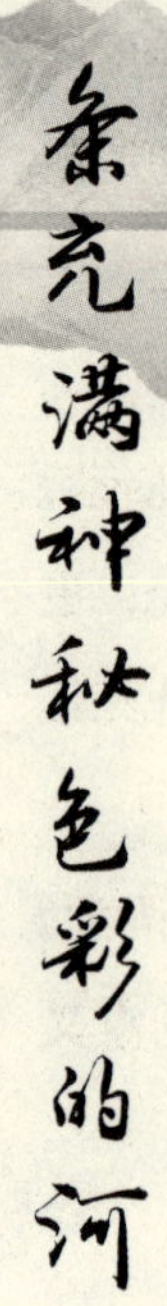

1974 年的一个冬天的下午。村上传来了令人紧张的广播喇叭响“大家注意啦！……”

妈妈一把拉着我的小手，难过地对我说：“妈妈要到很远的地方去修水利去了！”

我急忙问道：“去哪里？”

“丹阳香草河。”

“丹阳香草河。”这是我平生第一次听到妈妈要去这么远的地方挑土方，也是第一次听到这个有色有味，充满神秘色彩的名字。我想，那河里肯定长满了绿色的香味浓郁的香草。

七月流火，我走进了丹阳“香草河”。从丹阳万善公园出发，沿着城南分洪道就来到了香草河。旧时的香草河已经成为老照片，妈妈参加拓宽加深的香草河已进了历史书。如今的香草河河道整齐，波光粼粼，两岸护坡，绿草如茵，道路宽敞。堤岸全采用水泥混凝土浇筑，坚实不易坍塌。如果不是水在流动会觉得这是飞机跑道。堤坝上的公路人来车往，远景近貌，村落炊烟，皆成图画。两岸百姓的生命、生活、生产都和这条河紧紧连在一起。沿河徒步你会感觉到一条河就是一部史诗，一条河就是大地上一条流动的血脉。它承载着岁月、历史、文明，讲述着这片吴文化的由来、演变和坚守。

行至行宫永昌桥畔风景煞是好看。舟在河中游，疏影水中流，白色小闸门，绿坡翔水鸥。一两台黄色小吊车在忙着吊红砖，泊在港湾中的轮船在静静等候，蓝底白字“香草河管护牌”非常醒目，一艘大轮船上面挂着五星红旗，船舱上印着三个白色大字“泰州港”。这里还通航待我上船打听老板告诉我，不仅通船而且有的船吨位在300吨左右，他还说：“这有什么稀奇，早就这样了！到金坛、宝堰……大运河、长江四面八方，到处都去。”一条普通的小内河和丹阳城里的大运河连接，民众的往来四通八达，经济的融合超出地域，延陵的吴文化不断向外传播，更重要的是让这条河披上了神秘的色彩。

自1455年开凿香草河以来，人们对香草河的疏浚一直就没有停止过，建国后曾多次开挖疏浚，1972年的拓浚给这一地区的防洪保安打下了坚实的基础。

为什么给这条河叫“香草河”呢？我来到九里，向当地老人打听。据说昔日善男信女沿香草河行走到茅山烧香，久而久之河内生长出一种水草，形如信香故而得名。我一边听一边思考，宗教信仰，民间传说肯定跟走香草河，上茅山，回九里有紧密的联系。

九里因距离延陵有九华里而称之为九里。据史书记载，九里河形成于香草河之前，后成为香草河的一段。九里因季子庙而闻名于世，香草河就在季子庙的南面。一条普通的香草河就这样不自不觉地跟道家文化，中国文化连在一起了，不能不说这是神奇的力量。人世间充满着多少美好的向望，人们就有多少希冀和愿望，民间就有多少神话与传说把它表现出来。神话与传说，其实就是人类潜意识的自我救赎，香草河也不例外。

香草河——这一地名本身就蕴含浓浓的道教文化色彩，茅山是道教三茅真君传道处，修的是功，九里季子庙是为了纪念春秋吴国名贤季札而建的祠庙，距今已有2000多年的历史。季子是至德先师修的是德，故上茅山必须回九里才算是功德圆满。司马迁在《史记·吴太伯世家》中写道：“余读春秋古文，乃知中国之虞与荆蛮句吴兄弟也。延陵季子之仁心，慕义无穷，见微而知清浊。呜呼，又何其闳览博物君子也！”而跟季札同时代的孔子，也曾对他的学生说：“延陵季子，吴之习于礼者也”。孔子和司马迁为什么同时推崇这位延陵季子呢？主要是由于季札做的三件事：一是三让王位，二是采诗观礼，三是徐墓挂剑。由此可见“仁、礼、信”这三个字，应该是延陵古邑和季子故里的精神承载和文化内核。不过需要说明的是，古代的延陵并不仅指现在的丹阳市延陵镇，而是包括常州和江阴的一部分地区，这也是常州自称延陵古邑，江阴自称季子故里的历史由来。从某种程度上讲“仁、礼、信”这三个字，也是吴文化

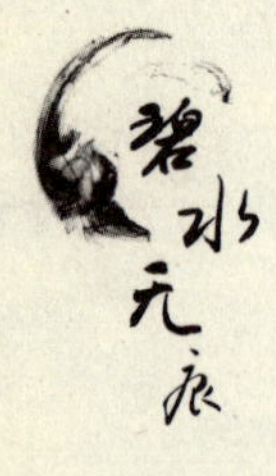

跟中原文化同根同源之处，是其文化滥觞期的价值原点。杨绛说：“匹夫匹妇，各有品德，为人一世，都有或多或少的修养。”俗话说：“公修公得，婆修婆得，不修不得。”，“得”就是得到的功德，有多少功德就有多少价值。修来的功德不在肉体上而在灵魂上。

“上茅山，回九里，功德圆满”是吴文化地区人们虔诚的信仰，心灵的向往，一生的追求，也是吴文化的显著标志。而承载这丰厚文化的就是这条神秘的香草河，香草河有机地把它链接起来了。

水直接影响到的政治、历史、文化、经济等诸多方面，乃至人们日常生活的点点滴滴。香草河不仅是河而且改变着人们的价值观、世界观及人们生活的方式和复杂的生存状态。它让延陵这一吴文化生存、坚守乃至弘扬广大，不能不说是功德无量。

一条普通的河成为承载吴文化的河，本身就充满了神秘的色彩，而且已经扩大到海外。我猜想这色彩里面应该寄托着无数的人类美好愿望，蕴含着中华文明的内核，将无数中华儿女引向东方文明，一路走向明天。我思考着。久久不愿离开这条河——香草河。

第三篇

杨柳自青

一条河流，几座水库，
三五棵青草，是季节，
也是情愫。

正月里来迎春花开

“春打六九头”2020年2月4日（正月十一）是立春日。立春是二十四节气之首也是岁首犹如朝霞万丈，人站在高处向远望去，踮起脚做深呼吸，吐故纳新，迎接太阳升起。

在古代立春这一天就是春节，一旦立春到了新年也就到了，所以立春也叫立春节、正月节、岁节、岁旦等。对中国人来说，二十四节气是3000年前黄河边农人播下的第一粒种子，更是日常生活里的春日载阳，四时成岁。二十四节气已被联合国教科文组织称为“中国第五大发明”。“国以农为本”“民以食为天”自古以来中国人对立春极为重视。从远古时期的腊祭，殷商时期人们杀猪宰羊祭祀上天与祖先，祈求来年风调雨顺、免祸免灾。秦汉至清末虽有变动，但基本都是正月初一为一年的开始。人们都称之为过年。1912年当时的中华民国政府推行阳历，宣布改阳历1月1日为新年，1914年阴历正月初一改名为春节，从此就有了过春节的说法。秦汉以前，礼俗所重的不是阴历一月（正月）初，而是立春日。宫廷实行七天休假制，官员带头参加重大的拜神祭祖、纳福祈年、驱邪攘灾、除旧布新、迎春和农耕庆典等活动，这一系列节庆活动均安排在立春日前后几天举行。《礼记·月令》载：“立春之日，天子亲率三公、九卿、诸侯、大夫以迎春于东郊。还反，赏公卿、诸侯、大夫于朝。”有一个故事精准地反映了立春气候的微妙变化：立春快到来的时候，某县官带着本地的知名人士在土里挖一个坑，然后把羽毛等轻物放在坑里，等到了某个时辰，坑里的羽毛会从坑里飘上来，这个时刻就是立春时辰，大家开始放鞭炮庆祝，预祝明年风调雨顺、五谷丰登。

2019年春节，我应陈荣川老人邀请观摩原丹徒巨村村龙会（现金坛区直溪镇巨村村），感受到了立春迎春、纳春、守春、颂春在这里延续的场面。

走进巨村到处红红火火的景象，红对联、红灯笼、红长龙……整个村子成了红色海洋。从早上七点到晚上七点，各种迎春活动一个接着一个，文化广场成了欢乐的海洋。舞龙是该村的特色，已经列入江苏省非物质文化遗产项目。巨龙腾飞，广场成了图案，天堂和人间连在一起。舞龙队员喊，众人齐回答。

“今日立春，三龙报喜讯。”“好啊！”
“春回大地，复始万象新。”“好啊！”
“迎春接福，巨村三阳泰。”“好啊！”
“春神护佑，福祉惠万民。”“好啊！”

…………

村民随着节奏和音乐，唱着迎春喝彩谣进行传统的迎春活动。

这里还流传着一个美丽的传说。元末明初，刘伯温在巨村村时引导村民“兴龙会”，朱元璋登基后巨村的舞龙队进京表演，朱元璋看后龙颜大悦钦赐玉笔。“巨龙，巨也！”于是巨村村一直兴“龙会”至今。

数千年来，中国人把龙视为行云布雨、消灾降幅的圣物，炎黄子孙称自己是“龙的传人”，久旱不雨，舞之求之；疾病肆虐，舞之驱之。龙成了中国人的信仰，舞龙舞狮、拜神祭祖、祈福攘灾、放爆竹、烧烟花、游神、押舟、庙会、游锣鼓、游标旗、上灯酒、赏花灯等习俗，集中体现了中华民族的思想信仰、理想愿望、凝聚着中华传统文化的精华。

“律回岁晚冰霜少，春到人间草木知”这首诗句已经传唱了三千年。它的精神已经融进我们的呼吸里，它的神韵充盈在我们的血液里。这一中国文化国粹为我们重新走向世界，研究和打开中华传统文化大门提供了一把亮晶晶的金钥匙。每一个在农历的天空下有过生命体验的中国人都会接受天地恩赐，迎接春天走向明天。

春分，唤起花开千百万

我又一次见证了自然的奇迹。春分前一个晚上，感觉有无数棵树在悄悄加班干活。第二天的早晨发现山上原本光溜溜的树有不少突然就长满了嫩叶，枯黄的瘦山也有了零零星星的绿色，有的地方还呈现出一小片绿色。原来今天是春分，季节真准、特神。春分一到唤起花开千百万，驱赶枯黄不留情。仔细一想，这就是几千年来中国劳动人民从实践中总结出来的智慧结晶。

2020 年 1 月我就开始关注广玉兰的花期，直到 3 月 11 日广玉兰才全身玫瑰紫色装扮华丽登场。花蕾伸出紫色小脑袋，全身穿着淡绿的毛茸茸的花托。令我吃惊的是隔壁的枇杷树叶上昨晚一下也冒出了无数的帽樱，像一只只小灯笼挂满了树叶。花不想发春催开可季节没商量，春分到了一夜过后晨晓天明，广玉兰一下就变成了淡紫色的棉花形壮，朵朵绽开。我满地仔细寻找它身子上淡绿的毛茸茸的花托，去哪儿了？找啊，找啊一片花叶也没见，原来花衣全部化为外紫内嫩白的花瓣了，自然就是这样不可思议。我感叹道：真让我佩服！季节随心获芳花，唤起春烟千万家。李花刚谢梨花又开，樟树增芽，枇杷挂花。枇杷花我是第一次看到，远远望去像挂着鹅黄色的灯笼，花被深绿色枇杷叶衬托成满天星，均匀、淡雅，层层叠叠，实在惹人。有一枝长在树干上的短枝，上有斜叶，看上去特别像墙上的壁灯，底部绿色座子上面淡鹅黄色的罩，荷花造型。我看了半天，不忍离去。进入立春，我曾被红梅绽放、柳树冒芽所吸引，却没想到春分到，唤起花开千百万，应惭落地梅花识却作漫天柳絮飞。

春分也是节日和祭祀庆典举办的时节，古代帝王有春天祭日，秋天祭月的礼制。周礼天子日坛祭日此俗历代相传。“春分祭日，秋分祭月，乃国之大典，士民不得擅祀。”清代春分前后，宫中祠庙皆有大臣致祭，世家士族亦于是日致祭宗祠。《月令七十二候集解》中有记载：“二月中，分者半也，此当九十日之半，故谓之分。”另《春秋繁露·阴阳出入上下篇》中说：“春分者，阴阳相半也，故昼夜均而寒暑平。”我们现在重温这些文字记载，古人对自然的尊重、敬畏就像老师在不厌其烦地向我们讲述。

农谚道：“二月惊蛰又春分，种树施肥耕地深。”春分也是植树造林的极好时机，古诗就有“夜半饭牛呼妇起，明朝种树是春分”之句。“春分日，酿酒拌醋，移花接木。”这些天，镇江花鸟市场买花买树苗的人排起了长队，周围停满了车子。南山景区，也有不少人从家里像小鸟一样飞了出来，算做踏青的正式开始看春花，放风筝并在风筝上写祝福，希望新冠疫情早日结束。市内各大菜市场，春卷、春饺更不少。俗话说：“春分麦起身，肥水要紧跟”。一场春雨一场暖，春雨过后忙耕田。江南镇江，春季大忙季节就要开始了春管、春耕、春种即将进入繁忙阶段。春分过后，越冬作物进入生长阶段，所以党中央、国务院反复强调一手抓防疫一手促春耕。由于气温回升快，需水量相对较大，各级水利部门更要加强蓄水保墒。欧阳修曾对春分也曾有过一段精彩的描述：“南园春半踏青时，风和闻马嘶，青梅如豆柳如眉，日长蝴蝶飞。”无论南方北方春分节气都是春意融融的大好时节，我国的台湾省更是兰花盛开的时候，迎春、立春、争春、爱春、守春成就了我们的文化生活。

春分春天过半，千炬花间，我想作意留春住。一候海棠、二候梨花、三候木兰，醉心花海画不如，泼绿千山学春风。春分一过春欲去，珍爱春光，认真工作，用心生活，一曲清歌一片情。留春馀韵归何处：尽纳春天归心海，剩看走笔挥风雨。

惊蛰，生命春潮大江涌

惊蛰快到了总觉得春天还远，看到一楼老李把花从家中搬出，才知道真正的春天开始了。昨夜银线雨花重酥土地，唤醒了酣眠的桃花，吹起了征程的号角。你看光滑的树枝上长出来“豆豆”像小鸟的眼睛，广玉兰花苞笑开了嘴，外面的苞衣也敞开了门襟。不经历山寒水瘦的凛冽，哪有这芽露枝青，怎能感受到春暖花开的明媚。没有走过疫瘴弥漫的早春，就根本不能体会疫魔渐退后的天清气朗。趟过坎坷，历尽苦难，才更知道健康的生命如春天一样珍贵。春天啊！多么令人向往。老李把花从家中搬出，告诉我是让花接地气，说白了就是接受地底下的阳气。可这几天夜雨晨息，早晚清寒。春来得张扬，在世人的一片赞美声中，恨不能一夜繁花似锦。然草木有时令，并不应人情而变。花需一树一树地开，草要一寸一寸地长，春一天比一天深，好消息肯定一天比一天多。

二十四节气之一的惊蛰，标志着仲春时节的开始。惊蛰古称启蛰，是二十四节气中的第三个节气，太阳到达黄经 345° 时春雷始响。冬眠的蛰虫被雷惊醒，万物开始复苏唤醒了春天的梦，迎来了繁花似锦。《月令七十二候集解》中说道：“二月节……万物出乎震，震为雷，故曰惊蛰。是蛰虫惊而出走矣。”万物以荣到了“阳和启蛰，品物皆春”的时节，越来越多的地方迎来“可耕之候”。花出户，接阳气，人战疫，暖年华。

惊蛰之前昆虫入冬藏伏土中不饮不食。到了惊蛰这一天，春雷惊醒蛰居的动物，都出来活动了。当然，这主要得益于春天的阳光，阳气萌动。冬天即使雷声再大，也惊不醒蛰居的动物。

惊蛰有三候。一候桃始华。

桃花的花芽在严冬时蛰伏，于惊蛰之际开始开花。阳和发生，自此渐盛“红杏深花，菖蒲浅芽，春畴渐暖年华”。

二候鸧鹒鸣。

鸧鹒即黄鹂，黄鹂鸣叫，动物开始求偶。小区内的樟树上，各色鸟儿像幼儿园放学时的小朋友，叽叽喳喳，有时能见到树枝上挤满了蓝喜鹊。在早晨会听到各种鸟鸣，如音乐会为防疫战士唱赞歌。

三候鹰化为鸠。

鹰每年二三月飞返北方繁殖只有斑鸠飞出来，古人以为春天的斑鸠是由秋天的老鹰变化出来的，意为春气温和，连鹰都变得像斑鸠一样温柔了，我就把它表达成生命涅槃、浴火重生中的希望。

唐诗云：“微雨众卉新，一雷惊蛰始。田家几日闲，耕种从此起。”惊蛰是春耕备耕的关键时期。我们国家是农业大国，农事误一季，庄稼荒一年，在新冠疫情期间也必须一手抓防疫，一手忙春耕。镇江土地肥沃，雨水充足，麦穗已经拔节，油菜开始见花，对水、肥的要求均很高，不误季节，不失农事，适时追肥、治虫对我们提出了很高的要求。农谚说得好：“过了惊蛰节，春耕不能歇”“九尽杨花开，农活一齐来”“二月惊蛰又春分，种树施肥耕地深”。

惊蛰唤醒了春天的梦，也荡起了我们心中的船。迎着繁花似锦的未来，画出我们心中美妙的画卷，重拾青春年少的心，把宅在家中设计的图，朝着人生的路快速复工实施，直到理想的彼岸！生命春潮战疫中，越过险阻满山红。

回眸 2020 年不平凡的春节，陪伴的是至美至深简静的无言，邂逅到了一份真实的白衣天使优雅美丽，诠释出了一种惊天动地的春暖花开。把一首关于惊蛰的诗送给大家。

陆游《春晴泛舟》

儿童莫笑是陈人，湖海春回发兴新。

雷动风行惊蛰户，天开地辟转鸿钧。

鳞鳞江色涨石黛，嫋嫋柳丝摇麴尘。

欲上兰亭却回棹，笑谈终觉愧清真。

尝尝春茶

三月底离清明还有几天，朋友小谭得知我去凌塘水库巡河，打电话给我说抽空去他家尝尝春茶。说实话很想去，清明前春茶是茶中极品，能尝到可以说是享受了岁月馈赠的最好恩赐。但心中也知道清明前茶贵似金，一个冬季冒出点嫩芽，茶树“十月怀胎”，奋斗数九，一日奉献，做茶确实非常不容易，四斤茶芽才能做一斤春茶，一想到茶园春色忘掉了尝茶，抽休息时间迈开了自己的脚步。

小谭家的茶场是上党镇茶特色小镇的中心，在凌塘水库的西边。春在山水中演奏得淋漓尽致。曹付茶场沿路的树木一身醉人的翠绿，五彩的花朵带雨绽开，十里长山虽然很远，但海燕水库伴着远山近绿十分醉人。路两旁叮咚的声响非常微弱，原来是溪水的呢喃。春水林生茶绿山矮，溪边的草木在微风中与春天说着情话，不是因为工作，真想在这里住上两天。穿着红色上衣的采茶人在田间非常显眼，春天采茶抽茶芽，快趁时光掐细茶。风吹茶树香千里，身在茶丛春光撒。

很快到了朋友小谭家，采茶女高嗓门喊着，手不停地在茶树尖上采摘，爽朗的声音穿过春意盎然的田野飘到我的耳际，我的心此刻已经驻足在春意中，被他家茶园的景色拖住迈不开腿。

他家的茶地就在小路的旁边，有家人和好多采茶人。前面的茶树定是上午已经采摘过了，附近的山大大小小十几座都是春意盎然的绿色茶园，家家户户都在忙着采茶。离我最近的一个采茶人是一个年轻小伙，他一边拿着眼睛疑惑地看着我，一边又想跟我说什么。“老板，我们这里茶不卖，已经跟人家订好了而且是不够销。”小伙子不像旁的采茶人忙活不停。他时而看看远方，时而看看我，时而看看说话的采茶女。我笑着说：“我不是老板，也不是买茶的，我是小谭的朋友，来看看怎么做春茶的，体验做茶的艰辛。现在是清明前，采的茶是明前茶，清明节后采摘的茶就叫雨前茶了，对吗？”他见我这么诚恳，似乎很懂茶，也不客气就介绍起来：“是的，你说得太对了。明前茶指的是清明前的茶，是春天的第一茬新茶，也是一年只有一次的茶。为了保证品质我们一年只采一次，保证有最鲜嫩的口感和最饱满的精气。你想茶树经过了一个冬天的蕴藏，生出的茶尖得了季节之神髓，有着时节之精华特别是全身都蕴藏着阳气，是养阳的时令精华，所以特别少，自然也就特别难采。”我看了一下他手中的篮子里，确实没有多少的茶片。其他人也采摘了半篮嫩芽。“今年线上生意比较好，我们这里的茶特别好卖，加工也就特别小心。”他连用了四个“特别”提醒我，还邀请我去他家品一口他家的新茶，他说：“这里所有的茶都是按照上面统一高标准要求进行种植、采摘、加工、销售。”他指着前面不远处的一座房屋接着说，“那就是我的家，下次过来到我家，我们好好聊聊。”原以为只是一句客套话，没想到他把自己的电话号码告诉了我，让我下次再到村里时早点打电话给他，一定去迎接我。

几个采茶人一直没停下，茶田旁边是一片油菜地，金黄色的油菜花开得左一层，右一波，我顺着视线望过去，采茶女、村庄、茶园、山水掩映在一片春色中，极像画卷中的山水田园。常言道：“春尝一口鲜，人回草木间。”细嫩的明前茶看上去犹如婴儿的皮肤，是光滑的嫩绿那么纯真。我抓了一把篮子里的细尖芽叶轻嗅，清香。深吸，透心入骨。

回到家中，我把小谭送的一小包春茶泡上一杯。茶香四溢，我感到了春茶用生命清净明透了我的心，让我看到了生活本质的另一面，疫情后看到了不一般的春天，让我感到人间的春天是那么清新和生动美丽。

春天博爱恩赐众生，只要春风吹到的地方到处都是生机盎然，“枯木逢春”四个字包涵着多大的爱啊！人间的爱也是博大的，人间平常事最抚凡人心，一撮茶凝聚着一年的生命努力。

我仔细端详着采茶小伙子送给我的一小包明前茶，且将新火试新茶，守住春意趁年华。我把春天所有的忧思在一壶新茶面前煎煮，盛出一瓢春汁，满嘴留着春天的味道，让春茶的清纯煮掉我们太多浮躁和期待，拥有祥和和平静。我往杯子加上了水，尝尝春天，守住春天，从喝一口春茶开始。

谁说野百合没有春天

“书是人类进步的阶梯。”“书犹药也，善读之可以医愚。”书是人类最有力的武器。闻书香使人心暖、心宽、心坚，浸润在书香中内心舒展开阔，自身的格局也慢慢变大。央视《朗读者》栏目主持人董卿会邀请社会不同的人物，讲述他们的人生故事并朗诵心灵成长的文章，让人收获感动，懂得读书的力量，明白自己真正想要的人生。

早上上班“天将小雨交春半，谁见枝头花历乱。”路见南徐大道两旁，市树广玉兰含苞日久突然怒放，这是春的力量，信念的展示。我很感动。刚刚读过的台湾作家林清玄写的散文《百合花开》在我耳边回响：

在一个偏僻遥远的山谷里有一个高达数千尺的断崖。不知道什么时候，断崖边上长出了一株小小的百合。百合刚刚诞生的时候，长得和杂草一模一样。但是，它心里知道自己并不是一株野草。它的内心深处，有一个内在的纯洁的念头：“我是一株百合，不是一株野草。唯一能证明我是百合的办法，就是开出美丽的花朵。”

公开的场合，附近的杂草讥笑百合；偶尔也有飞过的蜂蝶鸟雀，它们也会劝百合不用那么努力开花：“在这断崖边上，纵然开出世界上最美的花，也不会有人来欣赏呀！”

百合说：“我要开花，是因为我知道自己有美丽的花；我要开花，是为了完成作为一株花的庄严生命；我要开花，是由于自己喜欢以花来证明自己的存在。

不管有没有人欣赏，不管你们怎么看我，我都要开花！”

在野草和蜂蝶的鄙夷下，野百合努力地释放着内心的能量。有一天，它终于开花了，它那灵性的洁白和秀挺的风姿，成为断崖上最美丽的颜色。这时候，野草与蜂蝶，再也不敢嘲笑它了。

年年春天，野百合努力地开花、结籽。它的种子随着风，落在山谷、草原和悬崖边上，到处都开满洁白的野百合。

几十年后，远在千百里外的人，从城市、从乡村，千里迢迢赶来欣赏百合花。许多孩童跪下来，闻嗅百合花的芬芳；许多情侣互相拥抱，许下了“百年好合”的誓言；无数的人看到这从未有过的美，感动得落泪，触动内心那纯洁温柔的一角。

那里，被人们称为“百合谷地”。

不管别人怎么欣赏，满山的百合都谨记着第一株百合的教导：“我们要全心全意默默地开花，以花来证明自己的存在。”散文中的百合花和广玉兰何其相似。

1985年3月，镇江市人民政府第八届第三次人代会通过了广玉兰为镇江市市树的决定。疑是经冬雪未消，花开花笑春几天。看到南徐大道上广玉兰孕育整整一年，含笑怒放只有几十天甚至几天。花期虽短从未敷衍了事，全心全意默默地开花，我觉得以此来象征镇江人的精神再恰当不过了，真可谓天人合一，人花相同。这又让我想起了时代楷模赵亚夫，奋斗一生只为农民致富。“我有一个梦想，就是让农民富起来。”这就是赵亚夫，这就是“亚夫精神”。

其实我们每一天的工作何尝不是这样。机关工作千头万绪，分工不同，岗位不一，要想做好，绝非易事。可以说，机关工作正是施展才华、磨炼意志的广阔舞台。弯下腰来、沉下心来、脚踏实地，像“百合花”一样，全心全意默默地开花，以花来证明自己的存在。像赵亚夫样一生追逐一个崇高的梦想，不管你以后身处怎样的逆境，都能于罅隙中看见远方。若始终保持政治定律，持有百合花、广玉兰应有的境界和情怀，在镇江的事业发展中，一定会有你盛开怒放的地方。

绿浸延陵槐花香

这是谷雨后的一天绿开始变老，把江苏丹阳市延陵季子庙包围的严严实实。一条香草河从江苏句容茅山方向游过来，从延陵季子庙前走过，走了近千年，一路穿行到现在，像贺知章从长安归老会稽，想起了小时候的温柔，祖辈的嘱托？丹阳香草河从洛阳河、通济河那边窜过来时，经过季子庙门前，抑或缘于野地风情太多，像那时常向往旷世姻缘的女子，终于明白了丹阳延陵九里万顷洋畔土地的浪漫？鱼塘的潇洒？芦苇的诗意？

九里北边，旧县东面，长江三角洲平原从这里起步，丘陵离开母亲的胸怀与平原出行，行宫街道做了公证，吴楚在延陵这里交汇，香草河选择了它心中的最爱——丹阳延陵。

这是一片用深绿色漆刷过的土地，每一棵草，每一穗麦都绿得发亮，退去翠绿浇上墨绿，一切显得虎头虎脑。麦浪翻滚的绿波，按着我的胸脯做按摩扑通扑通……绿色牵着我的目光越过庄湖碧绿的水面，翻过河边刚刚长出修长的绿叶芦苇，撒到九里身边的胜利河边。我被满目绿色吓住了迈不开步，走不动路，用手机东、西、南、北拍个不停向它们投降，绿占满了手机的内存。

小雨打湿青瓦人家，祥和润透九里新村。此时正好暮春，延陵春绿的气息早已高高悬在香草河的两岸上，只需心里轻轻一个哆嗦露珠就会从草上滚落。大吕村旁的一棵大树表达自身的散漫和不经意，毫不理睬九里季子庙的巍峨，但那独特的绿色树叶犹如小伙子的平头，一看就是血气方刚，神气十足。季子桥边，洋槐树对着季子像端上刚刚酿好的洋槐蜜，轻盈迈过桥面。当胜利河从行宫重重地走近香草河，树叶树枝和裸露在地表外的树根，全都怔住了！深感惊诧季子的威望以及2000年来上下左右，摇摆不定最终还是汇入太湖水系，走进大海。

山水有情处，天地对饮时。沸腾的井水也是水，来之哪里，将去何方，挂剑的一棵树为什么要将那尊沧桑柄剑独拥怀中？做了丹阳、丹徒千年才炼铸的文化、文明依靠！一如长江一泻千里，饮尽天地酿的酒，与千千万万人一起凝结在延陵九里，让在渴求中的有志之士，再铸琴心剑胆。

麦苗深绿，河水碧绿，村庄透绿。绿的还有那泉、那水、那云、那雾、那湖……

所谓绿水、绿苗正是那种绿浸入了骨头，不留一份红颜招摇于市，把大地全盘收购。香草河只是做了一条河，便也一步三摇，撞上地平线的远端，再三弯九绕，越过金坛连接丹徒、句容倾情一泄，直入太湖。狂放过后是沉潜，激越之下有灵动。在天性的挥霍之下，忽然有了庄湖大片大片的绿，九里上下翻滚的绿浪，还有那一棵开满了洁白香入魂魄的槐花树静静地独立河边。所谓绿浪，无外乎将人生陶醉，将大地酣睡。这样的绿浪，看得见茅山，看得见麦穗，年复一年，与天同醉，千万年不离不弃相伴的还有季子那剑。

水是太湖水，河是香草河。河水殊途同归，水与绿是天作之合，注定要成就一场人间美妙。谁能解得这使人心醉的万种风情，一场醉绿？为何那一棵开满洁白槐花的树静静地独立河边？

第四篇
心透阳光

百花盛开，因为阳光才灿烂；上善若水，因为拥有博大的胸怀，天地辽阔大有作为。因为党的阳光照耀心田。

四月，心在延安

2017年4月中旬，我和镇江市水利局的部分党员干部告别充满诗意的江南，来到秦川大地，追寻巍巍宝塔山、滚滚延河水；品味杨家岭的早晨、枣园的灯光；感受那羊肚子手巾、信天游的韵律……

4月14日早上，我们早早来到杨家岭，接受教育学习延安精神，进行党性锻炼。从外表上看，杨家岭革命旧址和普通的农家小院并无区别，但当年这里却是党中央的中枢。我们看到山坡下有一块菜地，那是革命领导人在大生产运动中亲自开垦的。回想起小学语文课本中《杨家岭的早晨》，这篇文章这样描写到：杨家岭的早晨，一片金色的阳光……那时，我那稚嫩的心中早已埋下对革命圣地的思慕与向往，毛主席浇灌着小禾苗，一位小战士站在他的身边，宛如清泉滋润了我幼小的心灵。

站在黄土窑洞前，仍能从那些粗糙的门窗、简陋的桌椅中感受到平凡中蕴藏的伟大，感受到革命先驱“谈笑间，樯橹灰飞烟灭”的从容。悠悠岁月能涤荡尽“千古风流人物”，但却不能消减革命先驱在宝塔山、延河水的丰功伟业。

1938年11月至1947年3月，毛泽东等中央领导和中共中央机关所在地。这期间，中共中央继续指挥抗日战争敌后战场，并领导了解放战争，领导了大生产运动和整风运动，召开了党的七大和延安文艺座谈会，1942年在此建成中央大礼堂，闻名中外的歌剧《白毛女》的首场演出就是在这里进行的。

那时的延安，金戈铁马，战火连绵，有鱼水情深，更有艰苦朴素。那些剥落了油漆的木门，那些老一辈革命家用了许久的桌椅，以及那些经过风吹雨打的窑洞上的窗格子，都是历史留给我们后人感知那个烽火年代艰苦和创业精神最好的佐证。

这次学习中我们观看了《延安保育院》这部红色历史舞台剧。剧中讲述了在 1937 年，延安局势变得越来越严峻 ，紧急情况下，为了保护孩子的安全，保育院所有人员必须立即转移。就在转移当天，又有一个孩子被送到保育院，可保育院再也没有能力多带走一个孩子，院长妈妈陷入了两难的境地，就在这时，院长的孩子跑到妈妈身边说："妈妈我留下。"孩子稚嫩的声音像刀一样刺入我的胸膛，我哽噎了……哽咽了许久。在转移的过程中，院长妈妈为救落水的孩子，被滔滔河水卷走，保育院的孩子们声嘶力竭地喊出：妈妈……

那时，我想说点什么，可却说不出来，视线模糊……院长和她的孩子把生的希望让给别人，把死的危险留给自己，究竟为什么？他们为什么要这样做？给我留下了不尽的思考。我坐在位子上站不起来，久久不能自已。它不仅是党史教育的一部教科书，也是新形势下弘扬延安精神的生动教材，让我对延安精神从感性认识上升到了精神文化的感悟，同行的党员干部在感性的体验中，传承和弘扬了红色基因和时代精神。

生命的意义究竟是什么？延安岁月留下的清晰记忆，镌刻了生命的不朽誓言。

那个时代许多人向往延安的根本原因，不是为了自己，而是为了劳苦大众翻身得解放，他们想要自由！生命在这片土地，绽放出的是生命和人性的光芒，展现出的是一种生命的永恒之态。

其实，我们并不是缺少幸福，只是幸福需要一个对照。曾经被保育院安全转移抵达西柏坡的孩子们，在时光的穿梭中，也已垂垂老矣，与当年亲身经历了那段岁月的老人们的真实合影，交汇出一幅意味深长的画卷。中国几代人为之奋斗的红色延安精神，将随着孩子们幸福的笑声代代相传。

宝塔山，清凉山，凤凰山，延河水；八百里秦川莽大地，黄河奔流不复回；吼一嗓信天游把情歌扬，永远不忘咱共产党。

走戴庄道寻亚夫路

我对赵亚夫的敬佩完全来源于耳濡目染。我的家乡丹徒区上会村和句容白兔镇仅一村之隔，在远近闻名的草莓示范基地解塘村，就有我们村人的亲戚。1985年后，关于栽植草莓的话题几乎天天可以听到，亲戚们传来最多的话就是“没时间跟你们聊，我要跟赵亚夫学栽种草莓。”没过两年，草莓种植地从赵亚夫的0.9亩试验田开始一下就增加到了7000亩。整个白兔镇农民的收入就像面粉发酵似的快速增长，大家开始动心了。人们提到最多的名字就是赵亚夫。“做给农民看，带着农民干”成了当地人们的口头禅，连春节拜年，亲戚饭碗一丢就要回家，说要弄草莓，卖草莓。

赵亚夫，一个普通的农技员，一位共产党员，后来成了全国时代楷模，秘诀在哪里呢？我反复读他的事迹寻找答案。

“我始终有个梦想，就是让农民富起来！”这就是源，这就是本。为此，我实地走访了解塘村和丁庄老方葡萄园，当地农民出于对赵亚夫的信任、感激、夸奖像热浪一样向我的全身袭来，对赵亚夫的赞扬像金子一样闪光。采访中有人曾对我说：“没有赵亚夫，我儿子恐怕连老婆都娶不到”。

2020年国庆，我又一次来到戴庄，沿着赵亚夫走过的小道，用脚丈量原先赵亚夫走过的小道，再次寻找“亚夫精神”的所在。在渠道旁遇到了一位村民，他热情地带我看了种有大片有机稻的农田。稻谷金黄，白鹭飞翔，果树爬岗，茶树上山，好一派丰收在望的秋色田野。不用多问，眼前的实景告诉我，有机农业就是尊重自然、顺应自然、保护自然。把山、水、湖、林、田作为生命的共同体，均衡空间发展，最终达到“绿水青山就是金山银山”的终极目标，这也是赵亚夫在收获草莓种植成功后在戴庄创立的又一新模式。

随后我又来到了戴庄行政村的白沙自然村，它是戴庄模式现代化农业的样本。在这片土地上浸润着赵亚夫十多年的汗水，这里到处都有赵亚夫的身影和田埂上留下的脚印。有机果树、蔬菜、茶叶物种丰富，养鸡、养鹅等专业户都在忙碌。印证了“要致富，找亚夫，找到亚夫准能富。”这句顺口溜。

1982年，赵亚夫去日本进修，带回了日本专家和农户送给他的20株“宝交早生草莓苗”。这一率先栽植在白兔大地上的原种脱青草莓苗，像春风一样吹遍了祖国大地，有力推动了中国草莓种植技术的向前发展。他为了买一本《中英日农业大辞典》花去了10个月的工资，回国时入海关，14个行李箱只有一个装有衣服和行李，其他全部都是农业科技书籍和各种资料。安检工作人员对他说：“人家从日本回来带的都是家用电器，而你却全是书籍，真令人敬佩！”1982年那种狂热追求日本家用电器的画面浮现在我的眼前，记得当年曾有人玩笑道：有了“一台‘三洋’收录机准能找个好姑娘。”那个年代有一台“三洋”收录机，绝不亚于现在有一栋豪华别墅。可赵亚夫从没有想过这些。他从没有豪言壮语，也没有什么惊天动地的大事。他也从未考虑过什么成功，只是默默无闻地带着农民干，只有一个农业技术员最初的心愿“让农民富起来”。什么是初心？为农民着想，替农民做事，从来不考虑自己就是他的初心！

当我站在赵亚夫事迹馆前，立即就明白了他的“我为农民服务一辈子”这句话的深刻含义。“高山仰止，景行行止”“为人民服务”才应该是我们的初心。

一句震撼人心的话

2019年8月的一天，阳光像火球一样围着人燃烧，仿佛要让你的骨髓里冒出气味，我左手一把汗，右手一串汗珠。“哎！早知这么热，就不来巡河了！”心中嘀嘀咕咕不知不觉来到了78岁的蔡荣召老人家，了解1956年和1972年香草河发大水的历史。

他向我介绍完香草河的过去，喝了一口水，又向我讲了蒋庄村家喻户晓的抗日英雄邓平的革命事迹。邓平是蒋庄村的抗日英雄，任九宝区区长，指导党员群众进行抗日活动，一家四口惨遭敌人杀害。尽管如此，他革命的决心丝毫没有动摇，至今在当地还流传着他不少动人的事迹。由于他的抗日事迹闻名于茅东地区，日本鬼子到处抓他，他就经常在树上睡觉，在水田里走路。用蔡老的话说，他是把头扣在裤带上的。我永远记得蔡荣召讲的邓平常说的那一句话：“谁反对我革命，我就一枪崩掉他。”多么震撼人心的一句话啊！在我的请求下，蔡老带我去邓平住过的地方看看。

普通的民居和村上其他住户没有差别，但他说的话却始终在我耳边萦绕，钻到了我的心里。就这么一位普通的革命者，对革命却充满信心，说出这样对党、对人民绝对忠诚的话，让人为之动容世代不忘。蔡老略有所觉又把“谁反对我革命，我就一枪崩掉他。”说了一遍。

这句大白话，给了我无比的力量，我再也不觉得天热了。来到老香草河边，竭力在脑中还原湖水中蒋庄村的原貌，感受当年抗日岁月的艰辛，体会今天的幸福所在。回家的路上，我反复思考，对现在而言历史不可能再现，但我们可以做同样价值的其他事，按照“生态河湖，水美乡村”要求，沿香草河修建骑行车道、湿地公园等基础设施，以满足人民日益增长的物质文化需求。我坚信不久的将来这里会成为丹阳境内最负盛名的九里文化旅游区、度假地、慢生活湿地公园、红色教育的圣地。

人民群众是党的力量源泉

踏着伟人走过的脚步，新走红色的圣地。2019 年 4 月 22 日我来到了瑞金，参加镇江市机关工委党务干部培训班。红色瑞金唤起初心，这片神圣的土地触动了我的心灵，洗涤了我的五脏六腑。我聆听了中央苏区史与苏区精神的专题讲座，参观了瑞金革命史博物馆、叶坪革命旧址群、沙洲坝革命旧址群、红井，以及福建长汀的福建苏维埃政府旧址等地。实地感受了苏区精神：坚定信心、求真务实、一心为民、清正廉洁、艰苦奋斗、争创一流、无私奉献。当讲解员讲述当年苏区送子参军，送郎当兵的“八子参军”和“发姑寻夫”的故事，我感动得流下了眼泪，深深体会到了中国共产党和人民群众之间的血肉之情。我常常思考中国共产党为什么能得到群众的拥护？这次总算找到了自己满意的答案，时刻把群众的冷暖放在心上，真心实意为老百姓办实事、解难题。

中国革命是汪洋大海，人民群众是力量之源。只有发动群众、依靠群众、相信群众才能取得胜利。只有坚持群众路线，才能百战百胜。世界上没有任何力量可以代替群众力量的。

1933 年 4 月，中共中央临时政府机关从叶坪迁到了沙坪坝。一天，毛泽东办完公事回来，看到乡亲们在又洗菜又洗衣服的池塘挑水吃，深感百姓用水困难。他决心帮助老百姓挖口井。毛泽东亲自勘察水源，选择井位，带领战士们一起挖井。几天后一口直径 85 厘米，深约 5 米的水井便挖好了，沙洲坝人从此吃上了干净的井水。在这里我们看到了熟悉的红井，红井位于前水塘边，井水清澈透亮，井边立有一座石碑，上刻14个大字“吃水不忘挖井人，时刻想念毛主席”看着红井，我们能够深切地感受到百姓对毛主席的爱戴，对共产党、对红军的拥护。毛主席为群众挖的红井，老百姓立碑纪念，用生命去保护。党员干部为兴国县长冈乡村民刘长秀送粮食，治好她女儿的疥疮，她由衷地说：“共产党真正好，什么事情都替我们想到了。”由此可见，我们共产党员只有为群众付出真心，才能赢得民心。

纵览历史，很少有执政者像中国共产党这样，始终以人民至上的情怀砥砺奋进。环视世界，也没有哪个政党像中国共产党这样，始终以打铁还需自身硬的决心管党治党。这不由得让我联想起去年“暖企惠民”大走访。自开展大走访活动以来，我“住农户、拉家常、办实事”，带着感情去倾听、了解百姓的困难，争做百姓的贴心人。我大走访的村是句容市马埂村，依据句容茅山风景区管理委员会的规划，首先帮助马埂村制定了以水为平台的马埂村治理方案。该方案涵盖农田灌溉、山洪防治、河流堤坝治理等内容。给荒山披上绿装，使旅游插上翅膀，让百姓感受党的温暖。用专业技术队伍把马埂村的山山水水进行测量，用园林设计的理念对马埂村进行设计包装，统筹山水林果田草的栽植，促使马埂村早日融入九龙山旅游度假区、茅山风景区、赤山湖湿地旅游休闲中，努力使其成为句容市全域旅游的不可不去的度假胜地。

我们在大走访中仅仅出了点力，做了点小事，村党支部书记周凯却对我说：“马埂村2523名群众感谢你们。你们做实事，送政策，党给的温暖让群众获得了幸福感，他们不是感谢水利局，是感激党！”参加大走访活动的同志也都觉得脸上有了光，值得！在离开马埂村时总有说不出的难舍之情。

记得走访到徐德芳家中，问到她有什么诉求时，老人笑着说：“如果村子里再增加一些娱乐设施，跟城里人一样，让老年人也能跳跳广场舞，请我到城里去我也不去。”我们将这一诉求详细记录下来，及时反馈给村党支部和茅山风景区管委会。后经多方努力，平地广场很快建了起来，晚上跳舞的群众也越来越多，徐德芳及平地村民高兴得合不拢嘴。徐德芳见人就说，现在党对农村、农民的政策越来越好，干部对我们的小事都放在心上，真好！

有一天办公室电话铃响了，我拿起听筒就听到：“谢书记，我是老沈，有困难想请你帮忙……”老沈叫沈光喜已经70岁了，是我这次大走访马埂村的农户，家住下平地。这次大走访，他提到了他的烦心事。20世纪70年代盖的老房子，现在老是漏雨，他想屋顶重盖。对于他的诉求，我们梳理后向村委会

作了反映，希望村委会在他翻建房屋时帮助他解决审批程序上的一些困难，少跑路，少找人。按照大走访要求，我连忙向老沈做了详尽解释：虽然不能给你什么物质帮助，但你的诉求是对的，我们已经和村委会联系好，你尽管去办理，只要有困难，党和政府都会关心你，你就放心吧！有事你还是打电话给我。老沈很满意，村干部主动上门访问，事情进展也顺利。群众的每件事看上去都是鸡毛蒜皮的小事，但处处都和我们党的事业密切相连，为人民服务就是做好每件小事。

水往低处流。因为低处的接纳、关爱、欢迎和博大是它的乐趣，是河流最后的梦想，这也是我们共产党员的情怀。到群众中去，向人民学习，为人民服务才是我们共产党员应有的本色，只有这样才能得到群众的拥护和赞扬。

这次的学习培训让我思想有了新的认识，只有走出办公室，到群众中去，到基层去，才能让干部受教育、群众得实惠、基层能满意、社会真欢迎，这样党的执政基础才更稳固。这次的学习培训更使我懂得，人民群众才是我们党的工作的力量源泉。

镇江，拿什么吸引人才？

众所周知，深圳GDP从1979年的1.96亿元增长到2019年的2.69万亿元，增长的奇迹关键在人才。据报道，2020年前7个月，杭州已引进35岁以下大学生落户234072人。余杭区2018年就招聘了8位清华、北大研究生担任基层岗位工作。西湖大学更是令人咂舌，134位博导、608名博士、177名博士后，100多个世界一流的实验室尽在其中。各大城市纷纷出手抢人。西安、杭州、广州、青岛等地奇招频出，从高达百万的现金补贴，到子女安排入读公办学校等附加性政策，人才大战硝烟四起。镇江怎么办？要么退，要么进。我认为：扬我之长，拥抱南京，“工笔”山水，“三箭”齐发，“镇江很有前途”就一定能变成美好现实。

第一，创建“一流”产业引入高端人才。江苏大学农业工程专业，江苏科技大学海洋装备专业，是国际有名、国内一流的好专业。大全集团、沃得集团、恒神公司、金斯瑞生物、鱼跃集团、好未来等一批本土知名企业，犹如当年华为、腾讯一样出现了。若围绕原创着力、依托研发聚才，就能吸引一批高端人才。如果在“312创新带”建立农机装备、海洋装备新的研发机构和创新创业集聚小镇，瞄准国际一流、国内唯一设立创业团队，引进、聘用高端人才，鼓励以技术、管理要素参与效益分配，结合专家成立机构、政府入股、公司运作就可以释放人才磁场效应。不妨再把鱼跃集团、大全集团等研发机构、研究院聚集到“312创新带”，建立一整套人才招聘、管理信息共享公共平台，就一定能形成“产才融合”的育人机制，产生高端人才聚集效应。

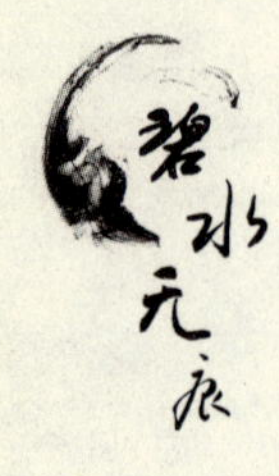

第二，主动融入南京，吸引各类人才。历史事实证明，每一次人类文明的跨越式发展都发生在各种资源聚集的城市。产业的聚集化、基础设施的便利化、文化精神产业的丰富化，是人才干事创业不可或缺的要素。镇江无法与上海竞争金融，科技创新也比不过南京，但镇江有空间优势“借东风、烧赤壁”的基因，完全可以像东莞一样，不被深圳、广州虹吸，形成自有独特的产业结构和产业链。只要从心理上、行动中积极主动融入南京，构建宁镇扬三国联盟，“火烧赤壁”的答卷必将指日可待。南京有985高校2所；211高校8所，“独角兽”企业15家，“瞪羚”企业312家，各种必备要素、有效资源聚集度远远高于镇江。只要放弃小码头意识，摈弃地域界限，让“镇江南京是一家，镇江就是南京的家”成为现实，就能共享南京的各类优势和资源外溢。当前首要任务就是使宁句轨道交通尽快延伸至镇江市区，特别要加快“312创新带”与南京无缝对接，用超过南京的便捷和舒适吸引更多的人才来镇江创新创业。

第三，工笔山水花园，落户八方人才。镇江山水花园，令每个时代非镇江籍的英才痴迷。镇江房价沪宁线上最低，生态孕育新型生产力一触即发。宜商、宜居、宜游、宜业、宜文，无可争辩。未来的经济增长将更多地依赖于人力资源，人口及资本的集中度。长沙凭房价低、产业厚，每年吸引24万～25万人来创业，镇江同样具备这一优势。镇江是沪宁线上花园的核心区，从城市回归乡村、从工业文明回归自然文明、健康生活是一种趋势。长三角生态一体化，颜值在镇江，八方人才安顿灵魂、健康生活必选镇江。买得起房、娶得到妻、养得好孩是中国人最朴素的感情，我们必须抓住这一历史性机遇，念好“山字经”，唱响“水之歌”、写好“康养字”，建好“廉价房”，人才蜂拥而至，必成现实。特别值得着力的是：山水花园承载着生态新经济、新动能、新产业。镇江可以整合、聚集茅山、九龙山、宝华山、南山等区域生态资源，统一运作健康康养和养老康养平台，深耕高端中药康养、体育康养等品牌、产业。大幅提升镇江在长三角地区康养首位度，强力推进世业洲、江心洲生态康养价值孕育，引进泰康高端养老等、建立健全机构养老、创新江岛康养大社区新体系，使镇江成为社会康养、中药康养、体育康养产业一体化、长链化运作，用绿色食品、地标产品、旅游产业、壮大康养社区产业链。长三角一流，全国闻名是镇江康养产业的终极目标。

第四，紧扣创新引领，广纳创新人才。创新是发展的第一动力。抓创新就是抓发展，谋创新就是谋未来。城市创新产业一旦登上塔尖成为顶流，和第二梯队拉开的差距不是1千米，而是一光年。谁都清楚，谁的高端服务业更发达，谁的跨国公司总部更多，谁的国际知名度更高，谁就能获得市场、人才的更多青睐，而这一切都得来源于创新。目前实体经济发生了根本性结构改变，轻化、科技化催生的新产业是大趋势。阿里、腾讯终将老去，美团、拼多多、好未来等企业必将崛起。镇江有“哪里有我，哪里就有学区房”的好未来。扬中籍的董事长兼CEO张邦鑫在2019年福布斯全球亿万富豪榜第303位是新业界的骄子。他创办的好未来镇江新区基地，还未产生飓风效应，但镇江可以倾力打造“宝华万城青年人才创业园”，铸就“312”创新人才蓄水池，主导创建“好未来”镇江国家高新区总部和人才培训基地，同时引入鱼跃生命健康等企业研究院，全力推进睿泰数字产业园产业效应，抢占数据、数字服务先机，形成镇江新的经济中心、创新地标和创业高地，让“只要年轻人想做的事，就来镇江”的口号成为现实，让新生活、新消费、新产业在镇江起飞。

我们知道，聚天下人才致天下之治是浩大工程。导向目标定力，求贤若渴定法，恒久努力定势。只要“三箭”齐发，镇江“创新创业福地，山水花园城市”的愿景就一定能实现。

岁月似河 初心如炬

坐在江苏镇江市谏壁苏南运河入口处，身边的江水一浪高过一浪，不远处谏壁电厂 9 号和 10 号机组吐着的白烟，徐徐飘向远方。大江的浪花，最能唤醒遥远的记忆，许多故事、许多回忆、许多渴望、许多情感，一齐涌上心头。柔软的内心，很快把许多杂乱的情绪收拢成一根心尖上的弦，并且与之融为一体，沉入水中。

1985 年，我以农民合同工的身份，来到了江苏省电力建设三公司，参加谏壁电厂 9 号和 10 号机组的建设。进厂第一天，当看到谏壁电厂的大烟囱时，一种奋发图强、改变命运的信念油然而生。我做工人了，不怕苦、不怕累、不怕脏，我的付出在烟囱上留下了辛勤的汗水。付出终有回报，我很快担任了锅炉起重班组长，所带青年突击队两次受到团省委的表彰，自己也被评为江苏省电力重点工程建设功臣和江苏省“新长征突击手”。

时代是上涨的江水，我们是两岸行走的人。要想航行得远，必须提高自己的文化水平，于是我参加了自学考试辅导。辅导班在市内，当时从谏壁电厂到镇江市区，只有 3 路公交车，主要为谏壁电厂职工服务。电厂下班是乘车高峰，人挤人，人推人，最困难的是 10 点以后公交车就没有了，最后我选择骑自行车解决交通问题。下班后，我匆匆忙忙吃点儿东西，骑上自行车拼命地赶往市区杨家门职业学校参加自学辅导，下课后再骑自行车回来。当时镇江到谏壁一路上都是石子路，坑坑洼洼，没有路灯，一来一去几十公里。长岗和丹徒路段陡坡险生，骑车非常吃力。工地上学习条件极差，一个宿舍住四个人，三个老师傅是1958年参加工作的。那时的老师傅很威严，晚上9点准时睡觉，我不敢影响他们休息，只好在厕所外的路灯下看书。好多人看到我这样觉得好笑，有的在背后说我是“神经病”。就这样，我顶着种种压力和困难，不仅自学了电力、锅炉、起重等相关专业的课程，而且取得了汉语言文学专业大专文凭。正如作家丁玲所说：“人，只要有一种信念，有所追求，什么苦都能忍受，什么环境也能适应”。

一条河是另一条河的未完待续，它们在远处别离，在更远的地方相聚。1995年，我从工地调到了公司机关政治工作部负责宣传，编辑厂报《先行者报》。有一件事改变了我的生活轨迹。江苏省火电施工安全现场会要在扬州第二发电厂（以下简称“扬二厂”）召开，开会的前一天晚上，公司老总找到我说：“你把这个稿子修改一下，明天开会我要用。”接到任务，我突然想起《解放日报》三版头条的大标题“制度化 标准化 规范化——黄浦区社区管理经验”。眼前一亮，突然有了灵感想到在工地上的所见所闻和自己的思考，我把它概括为“四化”管理模式，即：管理制度化、设施标准化、行为规范化、物品定置化。当江苏电建三公司推行安全文明施工“四化管理”模式的报道在《中国电力报》头版头条报道后，时任电力部分管领导作批示，并建议把全国火电施工现场会放在扬二厂召开。不久，时任电力部领导视察扬二厂工地并为三公司题词：“争创全国电力建设排头兵”江苏电建三公司受到了极大的鼓舞，公司综合实力、竞争能力、企业信誉度由此不断上升。这件事也给了我巨大鼓舞，它告诉我们，生活要接地气，工作需熟悉情况，人要有坚定的信念，奋斗不止的精神。后来我陆续在省市以上报刊上发表了各类文章300多篇。《新华日报》也头版头条刊登了我写的长篇通讯，《中国电力报》连载我的报告文学，经组织推荐，我到中国人民大学新闻学院学习了三年。

2002年，我决定报考公务员。当时，我的年收入已经10多万元，而机关公务员收入不足2万元。许多人不解地问我：为什么呢？我答道：“曾国藩曾说‘公门之内好积德’。老子说‘上善若水，水利万物而不争’”。水利是农业的命脉，我是农民的后代，对水利有着特殊的感情，我当然要选择水利。

我在35周岁才考进机关，从工人到公务员，从企业到机关，跨度之大，难度之高，超乎我的想象。刚开始，连公文都看不过来，坐在办公桌前，不知所措，陷入了本能的恐慌，印证了一句老话：隔行如隔山。但领导和同事们的关心，给了我鼓舞，初心给了我奋斗的勇气，让我很快融入了新的工作。

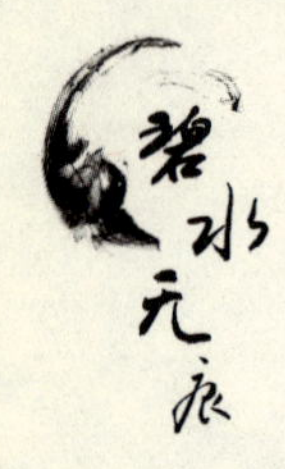

2011年，我们报送了“关于镇江城市水利建设经验的启发”调研信息，这条信息经江苏省水利厅办公室转报水利部，时任水利部领导看后作出批示并安排《中国水利报》记者赴镇江进行实地采访。《中国水利报》连续刊登水利改革发展之镇江样本系列报道，镇江水利工作得到了充分肯定，把镇江城市水利建设的经验称之为“镇江模式”。在福州、丽江召开的两次全国水利工作会议上，邀请镇江市政府代表发言，“镇江模式”在水利系统内引起了强烈反响。这件事它大大提高了镇江水利的知名度，有力地推动了镇江水利以及各项事业的发展。这件事也给我和办公室的同事们很大的触动，大家觉得：信息和宣传不仅能够提升单位的知名度，而且直接影响到当地的社会发展，把信息和宣传每件事做好，做精，做细，就是“初心”最好的体现。

近年来，虽工作岗位不断变动，但我宣传水利、以宣传推动水利事业全面发展的初心始终不变。做好宣传工作要以事实为依据，为全面了解水利工作落实情况。每逢节假日和双休日，我总是自驾调查河流、水库、移民库区、美丽乡村建设情况，仅2017年一年就写出走访日记30多篇，调研报告3篇，其中30余篇稿件被中国水利报、扬子晚报、镇江日报、京江晚报和创新杂志等刊物发表，不仅使我本人负责的工作更有针对性和实效性，也为镇江水利高质量发展的规划设计提供了基本素材和参考依据。

岁月无声，像是身边穿过的风，参加水利工作一晃十几年了，青春流逝一刹那，百年万事弹指间。我时常思考这样一个问题：怎样不忘初心？这虽然是一个宏大命题，但我回首自己走过的岁月，慢慢悟出一句话：那就是不要忘记自己的过去。在成长中除了自己的努力，还有谁教育过自己，帮助过自己？工作是不是尽职，有没有一名党员的责任和担当。正像保尔·柯察金所说的：“不会因为虚度年华而悔恨，也不会因为碌碌无为而羞愧。”我给自己写道：人生五十知天命，职业无涯应有涯，岁月无悔亦完美，只留初心在人间。习近平总书记反复强调全体党员要“不忘初心”，要求我们每一个党员不要忘记中国共产党人的信仰、信念，“理想因其远大而为理想，信念因其执着而为信念。”今年是改革开放40周年，在这40年宏伟历史进程中，我也从一个孩童步入中年，对这40年翻天覆地的巨大变化有着切身的体会。在学习习总书记系列讲话的过程中，我从自身的人生经历，解读出了“初心”的内涵。

十年面壁苦运河『史记』成

——向《中国三千年运河史》作者嵇果煌老人致敬

20世纪50年代参加水利工作的嵇果煌老先生退休后，把自己长期工作中的积累变成了文字，为社会做出贡献。

他数十年如一日，坚持广泛收集历史文献、古诗词及自己能接触到的大运河第一手资料，实际调查研究大运河的台前幕后，系统全面梳理整理大运河的相关资料。退休后他一心扑在写作上，面壁十年终于在中国大百科全书出版社出版了他的成果——《中国三千年运河史》。这部百万余字的学术专著，可以称之为运河的“史记”，大运河的活词典。黄河、济水、淮河、长江古代称之为四渎。四渎中的济水、淮河流域以及黄河、长江的中下游流域，自古以来就是中华民族人烟聚集之地。一部运河史就是古代运输粮食和大宗货物水运史。在遥远的过去，东西向的水运交通可以利用自然江河，但是南北向的水运交通因没有河道而无法进行，于是勤劳智慧的中华儿女，就设法在相邻的自然河道之间开挖人工河道，使两条自然河道相通，这条人工河道就是运河。

这本书介绍了上起商朝下迄清末各朝代开凿和治理运河，以及我国运河开凿技术不断发展的历史。历史上曾经存在过业已湮废的运河以及至今尚存在的运河，书中基本囊括在内。我国开凿运河的历史，学术界一向认为起始于春秋时代，约有2000多年的历史。嵇老突破这一传统观点，用翔实而可信的第一手资料介绍并论证了，我国早在商朝后期和西周时代就已经开始开凿运河。在古今中外已经出版的运河史专著中，

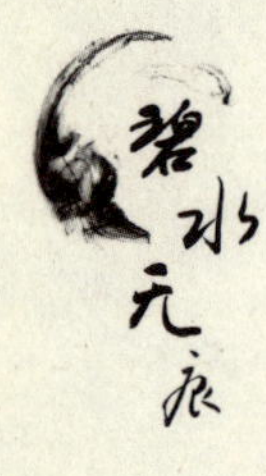

他还是明确提出我国具有3000年运河历史的第一位。一位退休老人，要完成这样一部巨著，困难可想而知。

20世纪90年代，嵇果煌老人退休后曾向亲朋好友征求意见，无一人赞成，几乎众口一词：你应该正视年老体衰的事实。什么叫退休？就是要休息为主，以健康为重，凡此种种一度使他陷于彷徨、犹豫之中，迟迟没有动笔。后来，还是在老伴的鼓励下，他才狠下决心。老伴对他说："人家说的都很在理，但是读书、写书是知识分子的本分，你既然早有写书的志向，过去忙于上班没有时间写，现在则是最好也是最后的机会。如果要写的话应该趁早写，时不我待，我会帮助你的。"从此他发誓一定要完成夙愿。整整10年，每天起早贪黑，不分寒暑，伏案达12小时以上，有时半夜2、3点就起床写作。

他老伴是一名普通的医务工作者，平时勤劳朴实，乐于助人。果然，她说到做到，在嵇老漫长的写书过程中，她一手揽下了全部家务，当看到嵇老为写书增加不少开支（如买书、复印、跑图书馆，以及去外地进行实地调查和收集资料等）时，就主动一再减轻甚至完全免去嵇老对家庭经济的负担，而以她有限的退休工资长期独立支撑全家的开支。就在她不幸罹患上晚期癌症时，即使躺在医院病床上她还是不时地询问写书进程，并担心能否出版。在她自知在世时间不久时，竟还拖着极度衰弱的病躯，为老嵇和女儿安排好生活。就在停止呼吸的前两天，还嘱咐嵇老说："如果这本书出版了，在焚香扫墓时别忘记告诉我。"读到这儿，我想每个读者都会落泪。

精诚所至，金石为开。嵇老带着悲痛，以"十年磨一剑"的决心和十二分的毅力，终于完成了这部百万余字的学术专著，才使我们今天一饱眼福。

书的价值，我无法评价，但他退休后的生活态度，价值取向却令人敬仰、向往。他犹如高高的火烛照我的道路、温暖我的心。我想所有退休的老人都应为之敬重，也为我退休后树立了生活的榜样。

临渊羡鱼不如退而结网，见贤思齐则立即行动。于是给我自己定下向他看齐的目标，只争朝夕，不负韶华，把工作当做学问来做。尽可能地广泛收集全市水系、河流湖泊、水库相关文化的第一手资料，特别是村镇老人的口述，为推进大运河文化带建设，发挥自己对水利工作熟悉的优势，像嵇果煌老人一样放弃节假日休息，抛开饿了、渴了、累了这些生活小事，以自己的实际行动践行水利工作者的初心。

沿着诗歌寻远方

——寻找遗落千年的文明光辉

北固湾，清波吟唱，苇白荷香；北固山，雄峙滨江，满眼风光；北固楼，千年历史、百诗颂赞。

我多次寻访北固山。沿着东吴古道拾级而上，道旁樟桂遮日，沿途林木苍翠。江南特有的气候赋予了北固山春绿、夏紫、秋红、冬黄独特的景色。往山上走遇到一个岔路口，登左边而上就看到一座画梁飞檐的楼阁，正是北固山风景的最佳处——甘露寺后面的多景楼。多景楼又称春秋楼、相婿楼、梳妆楼，是古代“万里长江三大名楼”之一，与洞庭湖畔的岳阳楼、武汉市的黄鹤楼齐名。登上多景楼凭栏远眺，北固山山光水色，奇景异姿，尽入眼帘。这座楼因米芾题书“天下江山第一楼”匾额而闻名。相传吴国太曾在此相看刘备，孙尚香出嫁前曾在此梳妆，所以又叫相婿楼、梳妆楼，但实际上，这出自于人们美好的想象。多景楼始建于唐代，楼名取自李德裕《临江亭》中“多景悬窗牖”这句诗。回廊四通，滔滔江水映入眼帘。

史书记载，北固山著名的北固楼始建于东晋初期，一直为朝廷兵家重楼。544 年，梁武帝萧衍御驾北固楼，亲笔题字“天下第一江山”，北固山这个天下第一遂成定论。此后，它渐由军事重楼成为游览胜地及文人赛诗题词之名楼。现在我们看到的北固楼为 2010 年所复建，是一座三层的宋式仿古十字脊阁楼式建筑。它按宋代《营造法式》的规制营建，屋顶采用琉璃瓦，很有江南楼阁特色。

古往今来，多少文人墨客都曾登临北固山览胜，留下了千古

传诵的佳句。其中为后世广为传诵的要数唐代李白的“丹阳北固是吴关，画出楼台云水间”和王湾的“潮平两岸阔，风正一帆悬”。诗句优雅，意境隽永，极富艺术感染力。沿着诗意寻找，千年的文明光辉遗落满地。事实上，北固山上现存的诸多文化古迹，栩栩如生地再现了那段古老的历史。有东吴大将太史慈和鲁肃的陵墓，有北宋著名词人柳永的坟墓，有南宋民族英雄文天祥虎口脱险遗址。往事越千年，神秘而味久。

一首词，一座城。辛弃疾的“何处望神州？满眼风光北固楼。”使北固楼家喻户晓，名扬天下。《永遇乐·京口北固亭怀古》则是千古绝唱。800多年前，辛弃疾伫立于长江之滨，站在北固山巅，感慨万千。那一刻，他看到了什么？他所感怀的历史在这里又有着怎样的传奇呢？

在北固山后峰的最高处是祭江亭。祭江亭的由来，更具有浓郁的神秘色彩。北固山上的甘露寺始建于东吴时期，相传是孙权为其母吴国太所建，专供吴国太烧香拜佛之用。《三国演义》中描写了“吴国太佛寺看新郎，刘皇叔洞房续佳偶”的故事，其中的佛寺指的就是这里。周瑜的美人计被诸葛亮识破，将计就计，孙刘联姻的事弄假成真“周郎妙计安天下，赔了夫人又折兵”。刘备病死白帝城，孙夫人闻听噩耗，请求母亲同意到北固山顶祭奠刘备。摆上供品，向西遥祭后，她趁丫鬟不备纵身跳入滚滚长江。有一出京剧叫《三江祭》，讲的就是孙夫人祭亡夫的故事。

连接北固山前峰、中峰、后峰的一条山脊，因其形似一条昂首、拱背、翘尾的巨龙而得名为“龙埂”。当年孙权割据江东，他从前峰的铁瓮城到后峰的甘露寺，都要从这条路经过。辛弃疾到来此山或许也曾沿途追寻过先人的足迹。千百年过去，当年的脚步声渐行渐渺，看风景的人也已隐入历史波澜壮阔的背景中，但北固山上依然流传着他们的传说。

“黯淡了刀光剑影，远去了鼓角争鸣。”我行走在北固山间，一切似乎都还历历在目。其间800多年的更朝换代、内忧外患、百姓疾苦，北固山向我娓娓道来，其中的市井工商、文化艺术、战争风云、人心向背，这里是最见功力的地方。乾隆皇帝南游时曾作诗一首：“长江好似砚池波，提起金焦当墨磨，铁塔一支堪作笔，青天够写几行多”，以此赞美北固山的壮丽景色，而真正的历史在时间的黑洞中已消失远去，我们只能在这些物表的材料缝隙中，窥探过去的文明光辉。

让焦山文化绽放力量

近日央视《中国诗词大会》吸引了我，少年才女武亦姝，一名中学生，一鸣惊人，成功问鼎。当评委蒙曼讲到："海日生残夜，江春入旧年"时，我再次为家乡镇江的悠久历史文化而感到自豪，也再次对焦山产生了神往。

镇江焦山集历史、诗词、佛教、书法、地理、战争文化于一身，是书法山、文化山，也是镇江诗和远方的栖息地，它透露出的意境、情怀、神采都是镇江最富生命力独特气质的元素。"海上红日升"的壮景，唐朝诗人王湾在北固山下看到的情景，只是诗中无法实写焦山，但他为之心动不已。《次北固山下》是他的诗集中唯一被《唐诗三百首》选中的一首当喧嚣的现代社会与传统文化有了一次美丽的"邂逅"，蓦然回首，发现那些纯洁心灵、净化灵魂的传统文化，就在我们眼前，隐藏在心灵深处。

带着这种愿景，沿着李白、贾岛、王安石的视线，按照王湾观察的方法和友人来到了焦山。有文记载：长江面上，帆船点点，汽笛争鸣，飞天翱翔，名鱼跃水，俊鹘摩空，凫雁浮江，点缀其间，美不胜收。友人随口道："江天共一览，心迹喜双清。"我说道："砥柱镇中流，此处好穷千里目。海门吞夜月，何人领取大江秋。"焦山又因碧波环抱，林木蓊郁，绿草如茵，满山苍翠，宛然碧玉浮江，故又有浮玉山之美誉。游人身临其境，确有砥柱中流之感，若是这样的记忆，怎能不令人泪奔？若是这样的诗意，怎能不令人感动？可时代的变迁，地理位置的改变，那种唐诗中的美景只能通过诗意追寻，才能涌入心灵世界。

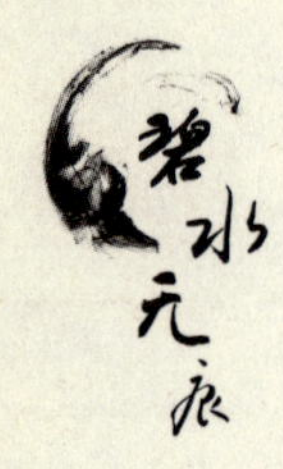

当我们坐上机动船，到达焦山胜景时，我再也找不回小时候妈妈牵着我的手，四周芦苇密布，江风轻轻，寺庙肃穆，钟磬声声，崇高、神秘，敬畏、神圣的那种感觉。2008年10月，水利系统参加打捞坠入江中的摩崖石刻作品《瘗鹤铭》时，河网交错，港汊纵横，扑朔迷离，我们坐着小划子船，穿梭在深深的芦苇荡中，惊起一滩鸥鹭。我不时朗诵到："蒹葭苍苍，白露为霜。所谓伊人，在水一方。"那种情怀，令人痴迷，现在到哪里去寻找这种诗意呢？哪里还有"海上红日升"的壮景呢？

拾级而上"十六景"不时引你驻足，站在吸江楼上，陆游在《入蜀记》中说："焦山旧有吸江亭最为佳处。"仿佛在耳边回响。清朝名士齐彦槐仿佛在读他写的诗赞："东望海漫漫，扶桑涌一丸。曾登岱岳顶，不及此楼观。水气连天白，霞光照壁舟。遥闻曙钟动，江阔万鹰盘。"若是能再现这样的场景，该有多么美啊！当我和友人回过神来，高楼大厦尽在眼底，中南世纪城最高建筑物估计已经超过焦山的万佛塔。向北眺望，渣土车连成长龙，湿地公园房车宿营地初具规模，一条柏油马路横穿东西，脑中那种诗情画意荡然无存。投资多多，古颜一去不复存在。我突然想到2014年12月18日，白岩松在厦门大学时所做的一场主题主题演讲。他说："中国人不做无用的事，什么是无用的事，什么叫有用的事？与升官有关的，与发财有关的，与出名有关的。"我们现在都知道，有些东西开始重新有用了。但是这个世界上最贵的东西往往是无用的东西，这个世界上最无用的东西是什么？请问画家有什么用？诗人有什么用？没用啊，著名的《富春山居图》是黄公望900多年前到富阳之后被边缘化，六七十岁才在边缘的山里画出这幅《富春山居图》，城中心都是领导、企业家、达官贵人，黄公望用了六七年的时间把这幅图在寂寞中画完，画完给了一个僧人"无用"。一个寂寞文人感叹自己无用，恰恰遇到一个叫"无用"的僧人还喜欢这幅画，送了。

文化的力量是无形的，无可估值的。中世纪历史学家比德在他的著作中说："只要罗马大斗兽场还耸立着，罗马就岿然不动，一旦斗兽场颓圮了，罗马也就倒下，世界也就完了。"焦山东大门修建的不可谓不现代、时尚，房车宿营地不能不说是大手笔、大投资。但我觉得没有"瘗鹤铭""古炮台遗址"等有范，更有吸引力。因为人类不仅需要娱乐和现代化，更需要民族文化的浸润，心灵的安抚。一座城市的魅力确确实实跟它无法复制的文化有着密切的关系。

如果没有天上的雨水

雨水是二十四节气中的第二个节气，最是一年春好处。东风解冻，吹起了春天颤动的角音，在料峭的风中一个湿漉漉的哨音吹响了无数山南水北。远山含烟吐雾，泥土松软如酥，河水悄悄爬升，种子从胎音中慢慢醒来，青菜去黄添绿。“山朗润起来了，水涨起来了，太阳的脸红起来了。”

一滴雨水，一滴江南的早春，开始把干枯的大地变得湿润。正月初四是雨水，它给山洗了个澡，尽管是淋浴，山没有泡够，但山的皮肤立刻明亮了许多，树枝也跟着精神起来、光亮起来，再也没有萎靡不振、昏昏欲睡的样子，梳了梳头，揉了揉眼睛，重整行装，再度启程。

我站在田野里留一颗素心，静静地接受雨水的点滴，雨水流入土地，亦留在时间深处，落入世间万里山川，亦落入我的半亩心田。

雨水润物细无声土地慢慢湿润，菜叶渐渐透亮，小葱一下从睡梦中爬了起来，站的笔直像开战的士兵，路边的蚕豆叶的黄边不见了，桥的栏杆上挂满了晶莹，而我的花格伞也开始潮湿。春天蒙蒙的细雨，人间最温暖的轻言细语，柔情深重。它多像我的母亲，让我在这细雨之中，弱小的芽，细嫩的叶，矮小的花，顺时而生，遂令而长。又像我的父亲，默默不语，只做不说，难怪孟子说“君子之所以教者五。有如时雨化之者，有成德者，有达财者，有答问者，有淑艾者，此五者，君子之所以教也。”

“沙沙，沙沙”雨水滴在花布伞上，如同母亲的絮语在耳畔回响，仿佛在呼唤我的乳名。世间唯有霏霏细语，才是春天时万物的爱意，唯有妈妈的絮语才似给儿女的霏霏细雨。

春天的雨水滴在伞上，落入我的掌心，我握住了一片希望的海洋。雪莱在《西风颂》中有一句名诗：“冬天来了，春天还会远吗？”现在我把它改成“春天已经来了，你还在等待什么？”如果立春对我而言是谋划是动员，那“雨水”就是着装、启程。因为新的希望在心中氤氲，升腾，苦难、严冬已成为过去。农谚说得好：

> 雨水雨增温度升，大江南北土解冻。
> 抓紧划锄冬小麦，化一层来锄一层。
> 七九八九雨水节，种田老汉不能歇。
> 雨水到来大雁回，化一层来耕一层。

春天既然已给我种下了新年的种子，雨水又带来了滋润心田的希望，不断催生着我的梦想发芽、茁壮生长。现在万事俱备，只等我的行动，用脚丈量，用心书画。“天将化雨舒清景，萌动生机待绿田”。春天珍贵的雨水，滋养着人声鼎沸的城镇，同时也养育着生活恬静的乡村，更滋润着我曾干涸的心田，萌动着我追逐的心愿。

我收起伞，看到田野已有许多人在劳作，一位60多岁的老汉，脱掉羽绒服，高高举起钉耙翻地在破土。远处一对老夫妻穿着草绿色的雨衣，坐在小凳子上剪青草，旁边的蛇布袋已经堆满了剪好的两大袋干净青草。雨水沾叶绿，农夫贮丰收，2020年因为闰月，雨水在大年初四，年味还未散去，新的一年播种就要征程，新的一轮忙碌已经开始，随着劳动的召唤，新的希望向四处弥漫开来。

有目标，有事做，便有事业。春雨孕育着秋实，和风昭示着万事平安和顺，春风化雨勤作画，江山助我“百年梦”。我的远方就在眼前并很快就要到达，我的心灵明亮且很快得到安抚和归宿，我还等什么？“如果没有天上的雨水，海棠花不会自己开……”

我收好伞，摘下口罩，套起手套，向远方走去！

第五篇

泥土芬芳

生命在河流上演绎，生生不息。土地在水中滋养，万物共荣。一方水土，一台大戏，中华文明连续剧在此精彩上演。

雨打荷叶连江潮

我在江心洲大坝上看百之味农场，潮水拥抱它慢慢向上举起，农历六月初四后，悄悄地又把它放下，潮水退走了。江心洲北岸，江水茫茫，风起水响，船过浪飞，草默潮涌。百之味农场，树深荫重，芦苇长长。在这里，观江水，习水性，且听江潮赶朝暮，唯见江水背船过。

2020年的夏天，雨实在太过于眷念江心洲了。长江每隔22年左右总得发泄一下，向江心洲发起挑衅。7月21日那天长江镇江段水位高达8.82米，五墩村二组前沿江大堤上有渗漏、西缘地带上裂缝、管涌偶有发生。我反复奔走在十几千米的江堤上，行走于六套路、五墩村、水利路之间，渴望江水、江心洲各自安稳，岁月静好。

窗外响起了下雨声，声音急促，清晰入耳。砸在水泥地上的雨点用力弹起，声音浑厚。对面发龙橘园、福华橘园中橘树茂盛，树叶上的雨水声如大部队行军，沙沙地响个不停，没有激越骇人之意，倒像是催眠曲。不过我还是担心雨会越下越大，水位上涨。我急忙推开西窗，仔细倾听御隆河中的雨声。荷叶上、菱片中、芦苇旁，发出了不同的声响。荷叶沉闷，菱片激越，水面清脆。像击鼓，如敲石，似演奏，给人感觉不是紧张而是笃定。想起白天五墩村二组63岁韩正祥老人说的话："我每年都参加防汛，也算是老兵了。我们江心人不怕水位高，有党和政府，有党员干部带头，笃定得很呢！"

此时汛期，正值瓜果飘香，玉米吐穗，番茄挂红。为守护家园，江心人智斗“水龙”，村民个个信心百倍，霸气十足。

唐宋以来，长江水在此停留，形成湿地、滩涂、农田，江心洲人民建成了果园花廊，这里处处鸟语花香，时时瓜果挂梁，境内的御隆河贯穿东西，成了橘江里风景区。这条从西北向东南流去的通江河把我的心锁住，让我的肺一尘不染。橘树、柿子、石榴、银杏……争着前来投胎，茄子、黄瓜、番茄一个比一个争强，一个比一个长得精神。明镜般的水面，舒适的住宅，伴着鸡鸣和着汽笛在翡翠上做梦，碧玉上逗玩，快乐从此扎根，生活在这里开始。果园场的老杜对我说：“这么好的地方，我相信党和政府一定会让它平安度汛。”

雨点大了起来，我开始担心，雨水的倾泻会影响到防汛效果。江心洲流传着一句谚语：“初三前，十八后，二十还有奶奶凑。”意思是农历初三和十八左右，潮水上涨最快，村民们都会自觉上洲堤观察水情，到了农历二十还有不放心的奶奶们来凑热闹，看看潮水退了没有，以便安排农活和补苗。江心洲水利站站长梁锦安是当地水利的活词典，他自愿给村民们提供科学防汛指导，告诉大家：“今年长江水有点怪，既不‘涨三’，也不‘退四’（涨得慢，退得快）。”所以很多人都自愿加入巡防队伍，仔细查看大堤的各个地方，每个部位，防止渗漏、裂缝、管涌。那天五墩村一组的陈吉龙和蒋成林主动担任夜间巡逻任务，我见到他们时，腿上被蚊虫咬起了大包，脸上晒的黑乎乎的，一脸的汗水还没洗，他们只是笑笑而已。我估计此时他们一定在雨声中打着手电筒，和风雨同舞，用脚写诗，谱奏雨中巡堤新曲。有这么美的地方，才有江心人，有了江心人，才有了这么美的江心洲。

“滴答、滴答”雨点开始变大，打在雨棚上，敲在玻璃瓦间，似刀剑声，如马蹄声。我推开大门，听雨声从何处走来。我举起双手，托住苍天，希望就此而停。苏东坡为民求雨而作《喜雨亭记》，我愿带着同样愿望求天止雨，期盼眼前的三孔桥水位下降，桥上的红灯笼更红，更加明亮。我穿上雨衣、胶鞋，向百之味农场方向的堤岸走去。

江心洲的雨

江心洲的雨是长江追逐云彩时跌落的，像一个壮实的民兵，在十里大堤上尽情地挥洒防汛热汗，满足着一种酣畅淋漓的痛快。

那天，我被银杏树上的雨滴声唤醒“谁家银杏送雨声”。推开西窗，益平河水上已经起了烟雾，感觉雨是风和云商量好的，按时下在江心洲上。我撑起伞，到河边看雨点儿高兴时是什么状态。今年夏天，雨水太多了，江心洲有点烦，有点忙。但这次不期而遇的雨，让我有点小惊喜，因为防汛已经进入尾声即将离开江心洲。

我喜欢下雨，下雨的时候总感觉舒畅，自己与天空接近了许多，仿佛自己也变成小雨点儿，自由地飞舞，想到哪里就落到哪里。心是雨中的雨朵，根部是泥土的芬芳，花朵里盛放着思想。

江心洲的雨，总喜欢用风来扩大它的地盘和网络。风先给树点儿好处，让它带头摇晃起来，竹子随大流也扭了起来，这时雨点儿才出场，像大咖亮相，周围气氛非常热烈，风猛烈地吼叫，云拼命狂奔。雨点儿像是一根根细密的线把天空编制成一张烟雾蒙蒙的网，网住了江心洲所有的过往，讲述着防汛的故事。水面有点奇特，白茫茫一片，一阵阵潮水，一个个波浪。水杉轻悠悠晃动，杨柳频频点头，荷叶紧紧抱住头颅，芦苇任风抚摸。我打量着这个婆娑的江心洲，任凭自己的贫瘠思绪做无端猜测。

我向天空仰望，能看到云和风的缠绵，眼神和雨点触碰，不是落在伞上，似乎是不小心掉到河中，天地间，谏壁电厂的烟囱上。雨做的箭头从空中射下，在江心洲上翻滚，即使溅起细碎的尘埃都沾着快乐的气息。我觉得世间万物，雨才是精灵，才是上苍最温柔的恩赐。

这场雨，似乎就是秋天派出的使者，通知我，江心洲的防汛可以告一段落，让我的心情做个放飞的姿态。下雨、云飞，大堤吟风；秋来、夏退，潮涨潮落；时光走笔，江心防汛都成了美好回忆。走过的路，做过的事，挂在江心洲的风景里，一直停留在心底，形成生命的链接。

其实，在江心洲最喜欢做的事还是听雨。雨打荷叶连江潮，万里长风万里飘。独出门前望野田，荷花如火圆山的微笑。有人说，最美的雨都敲打在梧桐树上芭蕉叶上了，作为住在江心洲的我，自然享受不到“梧桐叶上潇潇雨”“梧桐更兼细雨”的诗意与柔软，听到的全是波涛汹涌，汽笛声声，熟果掉地。我觉得，最美的雨都落在六套路、益平河、荷叶、芦苇丛中和十里防汛大堤上了，我还能听到江心洲的心跳声。

雨在风的助推下显得匆忙、急促，甚至有几分慌乱，到处乱撞。屋顶起雾，薄膜生烟，树木穿上雾衣，玉米、葡萄一声不吭，水草爬着聆听，芦苇东躲西藏，只有水中的鱼，尽情享受；只有雨，才是江心洲的主人。

向丹徒区江心洲生态农业园区管委会走去，站在江心洲的雨中，看到群众欢送消防队员，在锣鼓声中，消防队员手拿锦旗，胸佩红花，兴高采烈地离开江心实验学校驻地，他们一定会把江心洲那些绚烂的色彩打包带回，用防汛的激情涂抹自己一个又一个寂寥的冬天。

下雨也让我想起了小时候，一场大雨落在故乡的田野里，落在通往小学读书的路上。那条4斤多的大黑鱼，安闲地躺在路边的小沟中。我抓住它捧在手心，“啪”的一声，鱼又掉了下去，兴奋、紧张好几次，最终还是成为美味，让我回味到现在。我似乎再也找不回那种幸福，只有眼前江心洲的秋天，仿佛才是我的童年记忆。

雨越下越大，雨丝越来越密，除了雨声就是寂静，感觉江心洲就是一座安放雨魂的地方，“不知有汉，无论魏晋”的美感全被雨声淹没。雨声仿佛也成了妈妈的呼唤，像是母亲把生命刚刚赋予给我，原始而纯净、沉默而旺盛，总给人一种安静踏实的感觉。

我在雨中站立接受大雨的洗礼，感觉内心变得轻盈，雨似乎趁着这次机会，给我一个送别的吻，让我跟这次防汛工作道别。江心的这场雨，又似乎让我把秋天带走，内心涌动着一种窃喜。能把江心洲湿漉漉的秋天带回家，多美啊！城市里的秋天也就多了几分清凉。

南山的冬天

早上起来打开手机，显示天气晴天 -2 ～ 8℃，真正的冬天来了。

仰望那一棵棵高耸入云的樟树，不知名的树，趁着天晴，走到了南山绿道。虽然没有风，那种渗透到骨头的凉，令人瑟瑟发抖。那种阴沉沉的灰，感觉心情也像蒙上了一层灰霾，挥之不去。

路上人很少。道路两边的绿草染上了白色的霜，尽管薄薄的，但杀气很重把小草弄得喘不过气来。不少小草已经萎靡不振、无精打采，有的绿叶边也泛出了黄斑。高大的香樟树头顶像染了发，由深绿变黄，成了花白的老头、老奶奶。倒是远处一小片红色让我心情好了许多。到面前一看是枫香树，可能是红枫的家族，但比红枫高了许多，却没有红枫那么婆娑。沙杉被冬熏得满身通红，像火炬，似烈焰。周围的青桐叶片早已掉尽，楝树只剩下挂在上面的楝树果，光着身子。银杏树也身无片叶，枝枝向上，露出茅刺。最让我心痛的是紫薇树，当时红花开，曾照彩云归。今日一身光，只剩黑枝头。白居易有诗云："小园新种红樱树，闲绕花枝便当游。"这种情绪完全被冬天赶跑了！

放眼四周，重阳木比较高大，皮肤上布满了皱纹。树叶虽然没有落尽，树顶上的叶子还在努力坚持，但南山的冬毫不客气，不时让叶片翻转而下。桃树、梨树不用说，繁华已尽只剩躯干。核桃树连皮都给冬扒掉只剩下肌肤，马褂木也不例外，片片枯叶欲坠。就连黑松也见不少松针由绿变成枯黄，只有雪松、杨梅树、鸡爪藤、冬青树、绿竹还是一片绿色。在萧索的冬日里尽显它们的绿色身影。

南山的冬默然而来没有一点声响，没有一丝彷徨，却带着傲骨、凄凉，带着茫茫的忧伤，带着繁华落尽的萧索，从遥远而来，从心底而来。很少有人喜欢看到这种场面。四时之冬，一切沉寂，一切落寞。冬天来了，春天也就不远了。如何度过波澜不惊的冬夜都是不简单的心路。

从小到大就是从春暖花开的灿烂到冷寂肃杀的萧然，一路走来被时间推着走，被世俗绑着走，个中滋味冷暖自知。洗尽铅华，繁华落尽，不免感慨许久，唯有原本、初心依旧。

走着走着，来到了拐弯处，南山的西入口就在脚下。金色的阳光洒满树叶，溪流潺潺，只见影子不见流动。高楼林立“镇江南站”几个大字在蓝天下依稀可见，心情豁然明朗起来。七彩的光抚摸着万物，树木披着红、绿、黄、褐、蓝之彩，万物尽染金色之光，无声无息，或繁盛或萎谢，饮醉日月精华，不惧光阴仓促，无谓生命长短，兀自旖旎，兀自凋零。

有人说，每个人的一生都有几次劫数，唯有历尽万劫，才可以远离大千世界，免受沉沦之苦，树叶是这样，树木更是这样，经受严冬，春天就会生机盎然。自然之道，顿时释然。时间不是流水，时间是熔炉，它是在锻造万物中的精品。不同的心境看冬天就会有不同的心情，或岭或峰，全在横看侧看。

冬到上沟满地黄

一棵乌柏树站在围墙外，倚在大门前，不断地向远处的高骊山眺望。二丛腊梅花，咯吱咯吱地笑着，不厌其烦地转头调脸。园子里的深井，一刻也不闲。没有轱辘，只有用塑料绳吊着的铁桶，不断地往旁边的大盆里加水，倒水、洗菜、冲地。

一条不到两米宽的水泥路，拼命地向仑山方向延伸，一个弯一转就不见了。站在旁边的一棵大槐树，一万八千元已经卖给树贩子，像出嫁的闺女，满是眼泪地站在狭窄的路口等待迎接它出嫁的队伍。高郦山脚下，大山深处有几户人家，这里是老刘的家——上沟村。

新年第一天，我要去看望我的朋友刘志华。冬到上沟村，像仑山水库的水漫过田野、村庄，把绿色赶跑，把生气消尽。有诗云：“冬栽西风山留雾，地积黄叶田原酥。”田野大地一律被染成黄色，枯黄、褐黄、泥土黄、淡黄为主，仑山水库也无幸免。水库大坝里面的扶坡原先被碧水掩藏，绿草点缀，根本不知它原来的样子。现在水位下降了十几米，把它粗糙、褐黄的身躯裸露了出来。石块上和石头间，厚厚的黄泥巴粘成一层黄色的护肤霜，整个斜坡像几个月没有洗过澡的老黄牛，皱皱巴巴，脏兮兮的。远处被淹没的土地，随着水的退去，还原了本来黄色土壤的面目，只留下当时水漫过的痕迹。旁边的稻田，留下的稻根桩，颠覆了原先碧波万顷，稻浪滚滚的景象，像黄色的地毯铺向无尽的远方。站在那里的没有叶子、光着黄色身子的树，让你也能清晰地看到远处，一片浩浩的淡黄，纵横交错，这就是冬季的农村，田野、上沟村、仑山水库。

我突然感到被骗了，水库原来是这样，田野原来是这样，当春水融融，花开满枝时，那种兴奋，那种欢快，都是源于水而不是水库本身。

“鱼！鱼！”小女孩对着她爸爸大叫起来。一条“路亚”标志的钓鱼船上，钓到了一条一斤多重的鲫鱼。我仔细一看，一家三口两女一男，男的穿着红色冲锋衣，小女孩穿着红色的羽绒服，夫人在那边做鱼饵，我不禁感叹：仑山藏雾中，碧水写朦胧。童稚上渔船，新年乐融融。我被这新年的欢乐所感染，猛的一踩油门来到了老刘家。

冬到上沟，没有留给我秋天来时的痕迹，当时我曾引用清代学者查学礼的诗来形容这里“碧水迢迢漾浅沙，几丛修竹野人家。最怜秋满疏蓠外，待雨斜开扁豆花。”眼前，乌桕树枝像一柄柄鱼叉，硬邦邦的站着，腊梅开满了花枝枝争俏，深井依旧一刻不闲。倒是满地的黄色树叶像个大毡子软绵绵的，走在上面很惬意。大地像被黄色蜡染过，芦苇在水边变成淡黄色，草丛像黄色的乱头发，田地暗黄，田埂褐黄，织成了黄色的拼图。又像黄色加黑蜡染的地毯铺在老刘家四周，后面不高的山峰是咖啡色，前面的高山加了伴侣，颜色稍微浅了一些，如不是老刘家白墙红瓦银色铝金窗，会觉得到了黄色的海洋中，树黄、草黄、土地黄、山黄、水黄整个上沟村全是黄色，你仿佛走在金光大道上，一种富贵、高尚、幸福之感油然而生。

老刘对我说：“很快就要春天了。春天的早上，上沟看高郦山不得了的好看。”我笑着说：“现在黄色的上沟也很美，上沟四季不一样，这才有看头。”嫂子接过话：“冬季上沟也不差，看上沟、看高郦山，光看春天也没意思。就像烧菜也要不断换换口味，你今天就去爬爬高郦山，怎么样？”

朴实的话语让我想起《左传·昭公二十年》记载晏婴的一段话：“若以水济水，谁能食之？若琴瑟之专一，谁能听之？同之不可也如是。”上沟村好就好在，让我认清了这里的四季颜色主基调，看到了春夏秋冬的特色美。否则真的会很乏味，自然必须多样性，方显人间之大美。人为什么会有男女老少，一年为什么会有四季，可能就是这个道理，我招呼也没有跟老刘打就朝高骊山上走去。

如果冬天没有雪

下午2点多钟天气开始变阴了，没有多长时间天空就开始飘起了雪花。冬天如果没有下雪，就好像白过了一样。木心先生的一句话套用在雪身上再合适不过："不知原谅什么，诚觉世事尽可原谅。"

雪花不大，漫不经心很悠闲似的，几乎没有感觉到是下雪，但明显感觉外面冷多了。气温显示 -2～2℃，手指一会儿就变得冰冷。我反复搓着手指，才感到稍微有点暖和。风吹在手上、脸上觉得疼有刀割的感觉。冷的是风，穷的是债。冬天的风不仅冷还刺骨，令皮肤疼痛甚至发僵。更何况是下雪天，天作有雪，人作有祸，一点儿不错。天空阴沉、冷风不断，硬把好好的晴天变成了人们心中挥之不去的阴天。

吃过晚饭站在门口一看，水泥路边已经有薄薄的积雪。忘记拿回来的扫把上也有积雪，变得雪白毛茸茸的。再举头看房屋，黑色的洋瓦上也已经堆起了薄薄的积雪。站在我身边的女儿悄悄地跟我说："旧灰瓦、乱砖堆、脏地方都特别容易积雪。不信，你看看。"我转眼四周一看，果然如此。草地上没有积雪，去年刚做的水泥地上都没有湿。斜坡不易积雪、平地不积雪，平的矮墙却更容易积雪。矮房子的斜面，为什么易积雪呢？窝风的地方容易积雪，而坡面又不容易积雪。看来雪除了喜旧厌新，是不是还有别的喜好呢？就像坐在你身边的你天天喂养的猫。你在打字时，上网时，它不会干扰你。当你休息或者你停下来时，它会两眼注视着你，亲亲你，跳到你身上。目的是在你身上留下它的气味，表达它的亲热。一旦你要工作，它会很乖顺地离开你。自然和动物都通人性，只是你没注意而已。

雪花静静地飘，悄然无声。我推开窗，花坛上的泥土已积起了两三厘米厚的薄雪，像吹落在地上弹棉花的棉花絮。花坛水泥边上均匀的堆起了薄薄的积雪，水泥场上画出了各种各样的图案。天气预报真准，今晚有中到大雪。

土地是我们的神，我们都是大地母亲的孩子，那雪花是苍天的孩子降临到大地上。它的目的就是让我们看到纯白美，把丑恶掩埋。当大地一片白茫茫时，让人感到纯洁、纯净、纯美，这也是很多人喜欢天苍苍、地茫茫，晶莹洁白童话乡的原因。大家都成了一个白茫茫世界的大家庭的一员，千家万户的房舍就像孩子在家里等候上天的圣诞老人来临。雪，似乎也有着这样一种慈悲、素然的大胸怀。初雪已至，还有什么好担忧和急躁的呢？“雪下得越大，人和人之间的距离就越小，它似乎盖住了敌意、急躁和愤怒，使人与人更加接近。”帕慕克这样描述过雪。

雪不停地下着，想把土地变成一张无边的白纸。让我们把不满意的生活推倒重来，就像打牌重新洗牌开始。这不，田野只露出轮廓，让农民猜想明年的收成，大山像用石灰水画出界限，让诗人遐想，给画家线条。风裹着雪，雪夹着风，风雪满天地。蒙住了大山的眼睛，盖上了道路的箱盖，止住了水的欢腾，切断了行人的路径，让整个世界安静下来。倾听它的絮语，欣赏它的美姿。自然真是妙不可言，告诫人类，此刻停下脚步，精心休息，给你喘气，让你反思，开春以后，请你重新着装再征程。

哦！雪，此刻我才明白了你！

马埂村的枣树

马埂水库弯出了一片果园，弯出了旖旎的风光。如今马山、马埂村苹果枣、牛奶枣、大蜜枣、冬枣、酸枣到处都是。枣树娓娓道来，在讲述着许多故事。几百年来，家前屋后总有那么几颗、十几颗枣树向人们展示马埂村的前世今生。

我从村委会出来向东走去，迎面就是枣树站在那里欢迎我。我纳闷这村子怎么和枣树有缘。首先想到了鲁迅先生的《秋夜》：在我的后园，可以看见墙外有两株树，一株是枣树还有一株也是枣树。又联想到2020年4月去延安看到的红枣“大红枣儿甜又香，送给亲人尝一尝。”我又想到在马埂村见过的两位种枣能手祝行礼和程华超。

马埂村村民祝行礼和程华超都是近60岁的人了。他们当年在无水、无路、无电的情况下开荒劈山，种植枣树及其他果品，也许是枣蕴含着早的昭示。

“滴滴”转弯处电瓶车的喇叭声打断了我的思绪。矮屋门口又是一颗大枣树，看上去这棵枣树有点年纪，树径粗壮，树皮开裂豁口很大，枣树散叉七八枝枝丫蓬开，每隔几厘米就有节疤。树有五六米高，细碎的叶子遮不住虬黑的树干，但从树叶的疏漏中看到了蓝天的云彩，加上房屋粉红色的映衬，形成了一幅构思奇特的画面。枣树叶子看上去小得可怜，只有拇指般大小，单薄没有肥美感，和马埂村其他的树实相比，实在太不美观。枣树树皮也丑不可言，满布深深的裂纹，即使一棵小树，也仿若全然是一位满身皱纹上了年纪的沧桑老者。并且枝上密集的节疤令人生厌。正值深秋，那密布满枝的枣果已经变成了只剩枝枝丫丫的裸着身子的树干，零星地挂着几颗暗红未掉的枣子吊在枝上，与漫山遍野长满树的马埂村形成了强烈的对比，成为树林中的独特风景线。

马埂村这几年树木品种繁多却盛产枣树，或许这枣树生来就是为了马埂村而产生，减少了马埂村的荒凉与萧瑟。在马埂以外的地方，我很少注意到有这种树。我问起原因，很多人无法说清这一问题。有的说是祖上从外省带过来的，有的说是土质问题，马埂的枣甜好吃，还有的说能卖掉，种的人家就多，更有人说马埂人种枣，只要种上不需花费很大精力就有很多收获。

马埂村几乎家家户户院子里，院子外都会长有几棵枣树。你会发现在秋天收获的季节，村子里人们的农家小院里常有青红的枣果一枝枝伸出墙外，引得路人想要摘几颗来解馋。除了几棵杨树、香樟树，枣树是院中最高的树。梨树、杏树的高度都只不过刚刚超过它们的腰部，桃树显得更矮。在一片绿色的果树世界里，枣树将它们的绿叶举得最高，超出了院墙、院门，超出了房顶，直耸蓝天。仿若绽放在空中的一簇绿色花朵。从外面走过，这院子里最引人注意的就是它们了。一团绿在眼前，秋天的时候还点缀着满树青色夹杂着红色的枣果，飘出阵阵清香。现在，乡村的院子已不同于以往，几乎绝大多数院子的主体已只剩房屋和院墙。在建筑的海洋里，绿色显得多么稀缺而珍贵。特别是如果还能遇到一团穿破建筑、高高举起到高空的枣树的绿，院子顿时有了生机。

江苏省劳动模范祝行礼是个种果树高手。他研究发现，枣树是一个坚实的硬汉，土地干燥，空气干燥。缺水的土地，山坡地上，许多地方长不出别的植物来，枣树却能从地下钻出来。他在南唐湾去开荒种果树，克服无电、无路、荒山石头多等困难，奋斗 17 年建果园 700 余亩。目前他自己拥有果园 150 余亩，侧重采摘、观赏、体验。在他的带动下，南塘村民建起了有机果园旅游小区，开办了 5 家农家乐饭店。没有春风起，哪有秋果落。一到秋季，南塘丛林密布，高耸的树冠绽放出大团的绿来，枣树也不服输，千万枚叶片组成绿色。虽然每一枚绿只有拇指般大，但千万枚组合一起，便形成大团的绿了。枣子甜得诱人，孩子们最喜欢牛奶枣树。牛奶枣树挂果的季节，男孩子们常常一跃而上，攀爬上去，顾不得那利刺扎在身上的疼痛，摘几颗香甜的椭圆形的枣塞到嘴里一咬，甜汁溢满嘴，高兴得笑没了眼。我有时忍不住摘几粒放在手上，没有水洗，也顾不了这些，直接往嘴里塞，享受这甜美的时刻。

当我见到祝行礼时他激动地说：“过去种植枣树是为了充饥卖钱，现在种

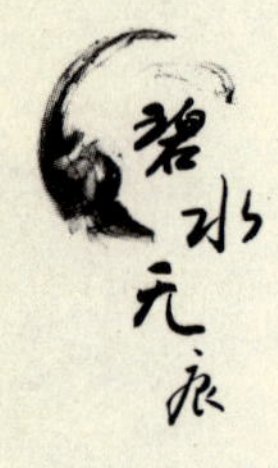

枣是为了改变生态，营造景观，给人体验，枣树也没以前高了，主要是为了多结枣。”程华超说得更好：“现在国家强大，民族昌盛，人民富裕，环境成了资本，青山就是美丽、蓝天就是幸福。哪里生态富集，哪里拥有绿水青山，哪里就是未来的发展高地。”我连连点头表示赞许，伸出手邀请他和我站在枣树下合影。

远处“茅山风景区马埂人民欢迎您”定格在我和他那张照片中。

秋染董咀村

从马埂村村委会向西行走，经过红旗村就到了董咀村口。这3.2千米的水泥路就是树木展览馆的红地毯。道路两旁枣树、梨树、杏树、石榴、桃树、柿子树、榉树、楠树、朴树、广玉兰，还有不少我不认识的树，整齐有序，疏密有间，大大小小，高高矮矮，有粗有细是一个不大不小的树木展览会。

马埂村已不是绿树村边合，而是屋掩树林中。房屋成了树林的点缀，红瓦透露出生机，白墙提醒我这里有村庄。家家鸡鸣狗吠，处处果树花卉，不自不觉行走在茫茫林海中，除了听鸟叫，剩下的就是寂静。在这密林中行走会觉得五脏六腑像清洗过一遍，各种思绪暗流涌动。台湾商人齐先生受林清玄的启发，把这种感受放在瓦屋山旁、丫髻山下的陈庄，搞了一个大项目叫“听鸟村”。他想让所有的游客住在陈庄的民宿家中，听鸟宛转悠扬歌唱、与鸟对话思绪飞扬。新鲜、时尚、绿色、自然让游客彻底接受心灵的洗礼。

人们走进了新时代，心灵必须跟进新时代。所有的幸福已不再是吃饱穿暖这么简单，而是更加渴求水清天蓝，向往心灵寂静、纯清、简单、抱朴、守拙、归真。随着优质的生态产品和优美的生态环境不断发展创新，人们必将追求绿色的心灵和纯净的精神世界。

到了董咀村拦水坝，我决定坐下休息一下，刚坐下就被董咀村旁一片秋天树林的色彩所吸引。枫树叶红、银杏叶黄、朴树褐红、楠树红白相间，冬青树，松树，柏树绿色为主，不知名的树

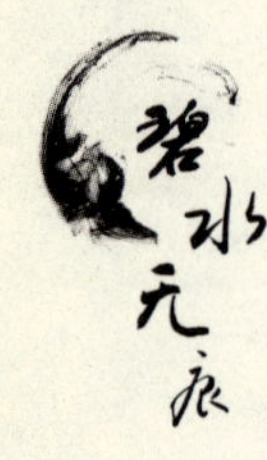

中间还间杂着灰、黑和各种枯叶的颜色，斑驳陆离，色差层出不穷。颜色该深的地方它就深，该淡一些的地方立马就淡下了。深色面积和浅色的面积比例恰到好处，多一份嫌多，少一点儿不足，而且变幻无穷，不得不佩服自然调色的本领，人类在它面前真是相形见绌。不仅如此，塘坝中的清水把这一美丽景色倒映在绿水中，形成一幅静态的油画。一声鸟叫打破寂静，鸟儿猛地一下栽入水中，衔起一条小鱼往树林飞去，静态的油画立刻变成动态的动物世界，宁静、和谐、自然。那鸟轻盈的身影，羽毛闪出来的自由、快乐。无论怎么看，无论从哪个角度欣赏，看上去都非常养眼、舒服。除了惊叹就是佩服，天地的本领太高明了。敬天地到这一刻我才稍微明白，人在天地之间，算什么？能和它比什么？这个问题以前从未认真思考过。人不尊天时，不会有地利，更不用说“巧夺天工”了。眼前的蔬菜不管哪种菜叶，那绿色绿得快要流淌下来，我不由得从心中推翻了“巧夺天工”的可能。违背了天时，会惨遭报应。一阵风能把一年的辛苦刮走，一场雨能把一年的劳作泡汤，一阵冰雹能把一秋的果实打落在地，一场干旱能让一个国家的人背井离乡，一场洪水能把一生的积蓄掠尽，一场地震能把一群人掩埋在地下。在大自然面前，人类永远是渺小可笑，微不足道。人生活在天地间，永远摆脱不了天地的掌控，人只是自然界中的小生物，踩着节气的脉搏起伏停息，随着昼夜晨昏的运转而作息。谁违背天时，谁就会受到严厉的惩罚，谁不遵守地利就会被大地抛弃。这一刻我真正懂得了为什么要敬畏天地了，为什么要和自然和谐相处。

坐在这里，眼前的景象会让你别样的享受。看黄色稻谷波浪千层，听鸟儿欢叫虫鸣草惊，那阳光下的芦苇，翩翩飞翔的白鹭、风中的红叶会点燃起心中升腾的希冀，这就是绿水青山的力量。记得我们家乡新人结婚时有“三拜”的习俗。一拜天地，再拜父母，三是夫妻对拜，这一刻那场面在我脑海再现。我深深地感悟到古人、上辈、父老乡亲的智慧，对天地的感恩以及它们在我心中的分量。史怀泽的《敬畏生命》彻底地让我从生活体验走向生命体验、心灵与精神体验，从那时起我就有了万物与人共荣一体的意识。马山，瓦屋山不语，那是大山的谦让。马埂水库清澈、透绿，那是天地的恩泽。世界的精神实质是神秘的，我们不能认识它，我只能怀着敬畏之心爱它、相信它，一切生命都源自它。

关注人与自然、人与生命的关系，关注人类精神家园的建立和探索，在这里，在这寂静的氛围中我似乎有了答案的眉目。

天之高在于它有日月星辰，地之厚在于它能藏污纳垢，在天与地之间充满着草木、动物，人也在其之中。一方面是人产生着巨大的创造力，另一方面人性的恶也集中爆发。究其根本原因主要在人类的自我膨胀、自以为是。当看到眼前的一切，你或许就会明白其中的一切，就会自觉敬畏天地、敬畏自然、爱护环境，重视绿水青山。

山菊花

沉默的山丘是本词典，山菊花就是一个成语。马埂水库对面的小山坡上就有许许多多的成语故事。

只见山菊花，不闻人语声。秋天时节来到句容市马埂村，适逢山菊花最灿烂的时节，山上到处都是盛开的野菊花。向上攀登情不自禁地被道旁的山菊花拴住心，迈不开步，忍不住随手摘下一朵。嫩黄色的秋菊拴在手心，向日葵般的花朵，像抱住自己心爱的女儿一样，忍不住深情地望了又望，看了又看。山菊花在深秋中绽放，在野外自由自在地生长，招来了四周狗溜溜草的嫉妒。狗溜溜草如今在地面上一片衰败，只好成了沙丘枯黄色的底色。只有山菊花鲜艳夺目，显得格外耀眼，引人注目，仿佛在讲述它自己的故事。你看，狗溜溜草已经枯黄发黑，虽然有的叶子争得脸色发紫，拼命追赶山菊花，但山菊花就是山菊花，叶子绿得发亮，花朵透亮逼眼，生机勃勃，春光无限。和山上的乱石、枯枝、败叶形成了强力的对比。一朵朵、一簇簇，一丛丛，一片片给人生机，给人希望、给人力量。

马埂水库北面是轿子顶，山上盛开的山菊花就像花帽子戴在长湾村头上。长湾之所以叫长湾，是两座山丘中间夹着几千米长，几十米宽的水面，水面的东边连着马山，西面是乡村公路，弯的尽头是长湾村。村庄日夜对着马埂水库，就像山菊花对着太阳一样。这种前有照，后有靠的地理位置，非常符合中国人的风水文化。这里没有四合院，少见二层楼，以平房见多，房子周围除了树就是秋菊花。秋天时节，可以说是山菊花的海洋。秋菊彰显山美，鸡鸣唱出生气。这种建筑格局、生活方式至今还保留着不少祖先从外地带来的文化，从家家户户门口的枣树就可以略见一斑。一两百年前，祖先从山东避难于此，荒山野岭之中，大山深处以下是最好的选择。搭一间草屋，到山上开荒，山脚下种菜，维持生计。就像这野菊花一样，一年又一年，一代又一代，自然生长。祖祖辈辈，日出而作，日落而息，顽强地生活着。大山有大山的魅力，小树有小树的长法，山菊花有山菊花的活法。自然之道，各得其所。山菊花只是遵守天地之道，顺应自然之时，倔强地生存、生长。长湾村的人只是顺应时事，应天地而生活，随日月而运作，直到如今幸福、快乐。

"咯咯咯……啾啾啾……"随着喂鸡的吆喝声，鸡群围弄到场圃中间，老妇人把米向水泥地上撒去，场圃一片欢腾，鸡鸣鸭飞，四周的野花在风中晃动。一派田园生活的情趣，宁静、安详。"钓鱼的，吃饭了！"随着这一喊声，把我们的目光引向水库岸边。绿水碧波荡漾，钓鱼的人头扎花巾，像山坡上的野菊花一样在风中飘动。座位旁边是一堆玉米面，他在这里已经两天两夜了。山坡上停放着他的小轿车，他的老伴还在睡觉。一天三餐他就在这长湾房东家代火。用他的话说，钓鱼一半时间是在修性，一半时间是在享受马埂水库的自然环境。大王山、瓦屋山、马山森林茂密，空气新鲜，马埂水库绿水见底，秀色可餐。马埂村好多人不理解，说这些城里人古怪。他笑笑说："马埂村年轻时吃过苦，现在要享清福了！"

房东不明白，就问他："我在享福？"

他回答说："对啊！你住在绿水青山之中，听鸟儿欢叫，看碧水蓝天，一天一天就不知不觉地过去了，你到了城里，为什么觉得时间长，你不知道，山菊花知道。"

"是吗！"房东哈哈大笑起来。我是身在最美自然中，居然不知福。

一阵微风吹过，山菊花形成了一片金黄色的海洋。

千年银杏树

没有树的村庄就是一条干涸的河床。句容市边城镇青山村不仅有树，而且有棵千年银杏树。第一次许九如老人带我来的时候特别震撼，一棵树长千年，那该有多少故事啊！经过多年尘嚣侵扰的心灵，久居都市的马路霓虹灯，陡然回归到这少有的乡村宁静之中，而又知道周围有一棵千年银杏树，心里似乎也注满了一汪清涟之水，轻盈盈的，如半山塘里绽放着的一朵睡莲。

第二次见到许九如老人是在千年银杏树下，他正在给这棵神树保洁。看到我自然而然就谈到了银杏树。这棵树高 26 米、根 1.7 米、胸径 1.5 米、围长 4.7 米，要三个粗壮男人才能合抱起来。银杏树究竟多大年龄，至今没有确切的定论，后来请来专家审定，才确认在千年左右。许老虽然天天和它打交道也感到奇怪，千岁之树，干旱旱不死它，浇水浇半天甚至一整天也无明显的积水。整个树身无明显伤痕，枝丫修长，四面散开，但从未遭过雷劈，特别是一件事让人惊叹。2010 年为了保护古树，句容市政府动员住在离古树不足一米的巫明宝家搬迁，一是保护古树，二是保护巫明宝家生命财产安全。巫明宝搬迁的第二年，千年银杏树一颗大枝就轰然落下。如巫明宝不搬迁，后果不堪设想。这件事难道是巧合，还是天意，令人遐想。

千百年来，十里八乡的百姓都觉得这棵树是神树。有不少群众，逢年过节就来到银杏树下祈福求愿。就在这时，树上的银杏果掉了下来。我弯下腰虔诚地捡了一粒，形状和其他看到的银杏果大有不同，滚圆，没有椭圆形的。许老说：“因这棵神树也可以说是长寿树、圣树，古村落青山村沾上了仙气，被誉为‘全国生态文化村’。前来观光旅游的人也越来越多，最远的有从黑龙江来的人。”我慨叹到，一个村庄因为一棵树而打开了一个崭新的精神天地，这是万万没想到的。在中国大地上，中国人的精神家园中，因一棵树的膜拜而定格在历史的河床上，那是历史盛宴中的特色菜。纪伯伦说：“假如一棵树来写自传，那也会像一个民族的历史。”

没有树，土地会失去灵魂。青山村千年银杏树，从时空来看，见证了中国农村发展的荣辱和浮沉。从地理位置上讲，一棵树有说不清、道不明的奥秘，理想的思索、心灵的关乎、文化的探索自然而然在心中升腾。天无私覆也，地无私载也，日月无私烛也，四时无私行也，行其德而万物得遂长也。一棵树承自然之精华，日月的光辉，守着美好时光和岁月，又年复一年见证死亡，见证美的消亡，像金色流沙从指间流逝，年复一年，日复一日。更让人惊奇的还可以在这里寻根问祖，握着中国文脉的跳动，踏遍千山万水的思绪追寻。

青山村的歌是一支清远的笛，总在有记忆符号的地方响起。世上村庄无数，青山因银杏树而独立于世，受人称道，引人思索，诱人参观。假设每个乡村都有一棵树，一棵可区别于其他村庄的树，或者有记忆符号的植物，就像隔壁村高家边一样。高家边有棵 800 年左右的木瓜树，引起无数的人去探究。乡愁、乡思、乡魂，有土、有根，有实物可追寻，有东西可触摸、可探究、可寄托。乡村的个性和特色，生态文化、历史文化、民俗文化等元素都可以通过斑驳的树叶，皱巴巴的树纹，找到村落文化的独特气质与性格，让人欣慰的是那种质朴、醇厚、久远的说不清的乡情。

乡愁是一种没有年龄的树，永不老去，牵着思念，温暖回忆。一棵树就是文化之根，一扇打开乡村文化之门，门里就是博物馆。家谱、家训、民俗等你都可以在各个展室中找到你所要的精神寄托。

现实中生活多姿多彩，痛苦和欢乐相互转换。很多的记忆和每天的日出日落通过树的褶皱，树叶的色差可以窥见沧桑的生活喘息和吐纳。岁岁如此，年年不同。有了这棵树仿佛就是守家，守住内心关于家园的方寸。看到这棵树，就像奥运会上获奖冠军看到了升起国旗，心安不惧就能流淌着希望。新的年景，新的境遇，新的春天。一年一年，总是更好。社会发展迅速。生活越是丰富多彩，人似乎越追不上好日子的脚步。树又像承载着上苍的期许，成为强大的精神寄托，是将生活苟且度向诗和远方中转的温情大巴。

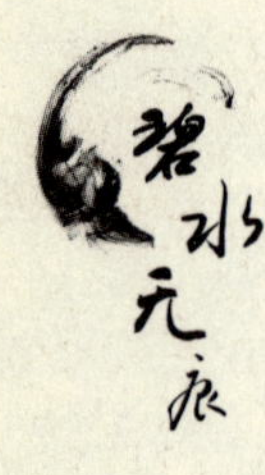

一棵树如同一个民族的文字。成为这个村村民认同感的媒介，一旦这个标志性的东西再也找不到，人在家乡就完全成了陌生人。每个人的生命里都会有些难以割舍的人和事，青山的银杏树总能让离开故土，远足他乡的人感到温情满满，成为游子望乡之时的归所，就像《乱世佳人》里陶乐庄园中的大树，总会让离乱中的孩子挂念，梦萦魂绕。

一棵树。总让我温情满满，思绪飞舞。守住树，就是守住土，就是保住了乡音的符号和文字，就会很快知道自己从哪里来，是哪个村的。让那些游离于城乡之间的尘土有了落脚之处。

我和许老又在千年银杏树下走了一圈，深情地望着银杏树，不知再说些什么才好。

令人着迷的银杏树

又是一个令人难忘的早晨。我来到了金山湖畔，参加体育锻炼。江苏最美水地标——引航道水利枢纽桥景观塔楼远远向我招手。身随风动，树伴我行。抬头望见一棵和我相伴许久的银杏树站在那里，我停下了脚步，仔细端详。深秋入冬，银杏树特有的美姿让我着迷。那叶片绿中夹着嫩黄、鹅黄、橘黄、金黄像花裙子。颜色有浅有深，妩媚动人，树干挺立，笑迎来客，令我感到亲切、宁静，韵律、张力、感染力融入其中。秋叶之静美，尽在其中。

相比青桐叶的凋零，银杏叶由绿到黄直至飘零至土，仿佛在演奏有生之年最美的纯粹笛声，满地的落叶无不浸透它金色的岁月沧桑。细雨倾诉的风掠过了喧嚣的浮华，青桐叶的枯黄袅袅地沉淀下沁人心脾的余香，多少梦想、多少忧伤，只有银杏树知道。

早在前几天，我在上班路上看到的银杏树还是满身披着绿装，朝气蓬勃，迎着朝阳。突然来了一阵冷空气，让银杏树全身变黄。最高处的树头像被金黄色染过的头发，身上的绿衣也开始慢慢褪色，接着一点一点地变黄、杏黄、金黄。银杏树一遇到冬天就会格外引人注目。让冬天在它的努力下色彩斑斓，七彩相间。厚积落叶听雨声，金秋圣境看银杏。

冬天来了，严寒就是树的厄运，所有的树都惧怕过冬。人们赞美松柏但那毕竟是树中的少数。季节变换，时光荏苒，自然规律，无可颠覆。众树树叶飞旋翻转、飘飘而落，铺满大地，化作色彩温暖人间。它们知道服从自然，尽心而为，为这世间美图着

色添彩是万物最大的愿望。众树知道，努力为世间装饰，那也了却了自己的一番心愿。看，一片片黄叶偏偏飞舞，化作流动的花雨。看着看着，我突然想起青山村的千年银杏树。是不是我联想过多，过于敏感。我不知青山村的那棵千年银杏树现在如何？它的叶黄了没有？带着这份担忧，抱着这份挂念，星期天我又再次来到了青山。

青山的千年银杏树巍巍站着，叶子少了很多，果实却不少。像老人站在那里，头发已经稀疏，精神却矍铄。银杏树守护者许九如老人告诉我：“上次你走后，已经有一段时间。其他银杏树的叶子都已发黄，唯独这棵银杏树叶子还带青，真是棵神树啊！”就在他讲话的同时，很多人在这棵树下捡银杏树果，祈福不断。我紧紧握着他的手，对他的努力表示崇高的敬意，半天说不出话来。他专心做这件事，努力让银杏树在乡情中潮起潮落，让农耕文化代代相传，就像银杏树旁的老井，即使千年却依然清澈甘美可以汲水，真的让我不知说什么才好。

这棵千年银杏树像一本书。让我着迷、拼命地读它。探究它的生命节律，掏出它胸中的故事，希望它把青山村的过往，对岁月的感悟告诉我。这棵银杏树会告诉我什么呢？这个句容东乡文明的见证者，满腹经纶。看着这个村庄的兴起，清楚这里的变迁。这个村的人从小长大，到老离世。那么平静，那么自然，就像银杏树上的银杏叶一般，由幼到大，由绿叶变黄，凋零离世，化作尘泥再护树。

世间，这无尽的大海，是由人间的无数的小岛把它装饰得生机盎然。村庄就是其中的小岛之一。有时小岛让人惊喜，有时候让人无奈、忧伤。时间就这么无声无息地走着，像银杏叶落地那么从容高贵。人生百年，沧海一粟。就像这银杏树叶，由绿变黄，短暂易逝。百年只是一瞬间，明白了就像银杏叶那样，为世间装饰一下美景吧！化作金黄色的身躯睡在大地上，那就成就了你的百年梦想。

金山寺的钟磬声从微风中传来，拉回了我的思绪。极目远望，寺庙前的广场铺满了金黄色的银杏叶，把微黑的大地变得金黄，整个世间浸润在圣美之中。我迈开双腿，迎着朝阳，伸开双手，迈开双腿向东方奔跑……

有文脉的柳茹村

一个村子要有文化、文脉，不是简单之事。人、故事、建筑还要有历史，最好再带有沧桑感。一般情况下，一个小小的村庄怎么也无法包罗这些内容的。柳茹村却是个例外。

过了香草河，走过九里桥，向北走了一会儿，就很快来到了柳茹村。柳茹村是丹阳市延陵镇的一个普通的村庄，外表上和别的村庄没有任何区别。进了村庄往里走，祠堂、老街、土地庙、书院，远远就可以看见它们的影子。旧时的砖瓦、石块、石磨每走一段都可以看到一些。就连60年代的老草房子，猪圈坯也时而能看到，整个村上旧房子多，老东西多，但很干净、整洁，这让我觉得很奇怪。特别令人骄傲的是至今村中还保存着几十米长的“中巷古街”。说是街有点儿夸张，因为只有两家理发店和一个小店，但村上有一条街很少见，着实让人惊讶。

村上居民绝大部分为贡姓，始祖是贡祖文，这支贡姓血脉在柳茹村繁衍子孙，兴村发家至今已有900年。900年前，贡祖文与抗金名将岳飞是刎颈之交。岳飞被害后，贡祖文救出岳飞年仅12岁的三子岳霖，为了安全，他三易其地，最终隐居到曲阿（丹阳）城南偏僻之地柳塘，由于柳茹沟塘相连，水利畅通，两岸垂柳成荫，遂成禽鸟栖息之地。他垦荒种地，凿沼养鱼，植柳盈岸，因周围是湖芦苇密生取名“柳芦村”，后不知什么原因改为“柳茹村”。这段独特历史成了这个村的骄傲，独特的文化元素，强大的文化力量。生于斯，长与此的村民倍感光荣，世代荣耀，从此有了不竭的文脉。

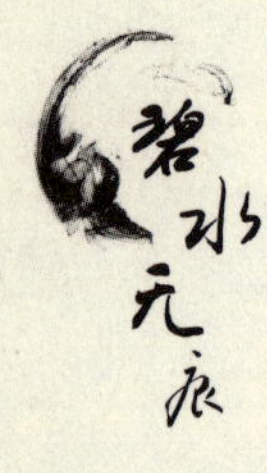

柳茹村的文脉还体现在村庄构建上，素有“柳茹九圈十三井”之说。近可以防盗拒匪，远用水系形成荷花地。村庄的构造和扩展非常讲究，以中巷古街为主轴，向两边发散成院落。这种村庄含街讲究祠堂、土地庙、书院的布局构造，把全村设计成安全文明，商业、文化并重，更楼放哨，宗教信仰融为一体的小世界，大家庭。可以说在镇江范围内极难得，极少见。村中现有眭氏节孝坊、贡氏宗祠、王公祠三处文保单位，也算是古建筑，村标志。一个小小的村庄，有那么多的旧货、古董，让我感到有点不可思议。细心的人一定可以猜想到，在近代历史上遭受最惨痛的大规模毁灭性破坏主要有 3 次。柳茹村在这 3 次大灾难中，是怎么避免让这些历史文化古建筑遭受灭顶之灾的。小小的柳茹村虽多次遭到破坏，却保留的如此完好，不能不说这是奇迹。据我所知，这个村庄里富有一种特色的地方文化：保护祖上留下的东西，保护历史，保护旧物品，就是保护自己的家。守护家园，义不容辞，人人有责。这种文化并不是一朝一夕产生的，它是中华民族家族史，经过了千百年的积累和涵养而形成的。特定的历史条件和自然条件承载着决定他们如何与之相处的命门。始祖贡祖文的气血让他们世世代代觉得这个村就是一个家，所有的村民都是一家人，而事实上也是同宗、同祖、同族、在选择、创造与发展中，使他们聚心凝力，形成了特定的生产与生活方式，包括了一整套的物质与精神的复杂形态。

文化力量来源于践行者。进入村子首先看到的是高耸矗立在村里的眭氏节孝坊。这座 300 多年前建立的古牌坊特别的显眼。眭氏节孝坊建于清乾隆九年（1744 年），是为了表彰贡荫三妻眭氏，故而称之为眭氏节孝坊。石灰岩质青石板上左右分别镌刻“贞明执操”“瑶池冰雪”。坊上额镌有“圣旨”二字，下方横额镌刻有“旌表处士贡荫三妻眭氏之坊”，这是当时专制社会的最高荣誉，眭氏节孝坊只是其中的代表和楷模。

柳茹村里的王公祠以前当地村民俗称土地庙。每年正月二十，柳茹村都举行隆重的供奉仪式，非常热闹。王公祠主人王志道，是明朝一代著名清官。明朝熹宗朱由校天启元年（公元 1621 年），时任丹阳知县的王志道，因为治杀丹阳蝗虫虫灾有功，当地民众为其建立王公祠作为纪念。作为明朝清廉高官，去世后 400 多年历经明朝、清朝、民国直至今天一直为当地民众所敬仰爱戴，一直敬如神明。公正对待，礼敬历史上曾经为民做过好事的清官大人，是中国农耕文化的直白表述。

中巷古街，建筑工人正在装修出新，两头的更楼也已经成型，基本可以看到仿古的面貌，恍若隔世仿佛进入桃花源。两家理发店连着，经营着村里的理发生意，每次理发三元，在市场化的今天，这个价格不敢想象。理发师傅十分好客，体现了民风古朴、醇厚。

这么一个小小村庄，有故事、能流传、立牌坊、造书院，简直就是一个900年来中国社会的小博物馆。它所承载的这么多的中华文化，是当事人所没有考虑的。当初贡祖文也根本没有思考那么多，他只是沿水植柳，为了生存保证岳霖能够活下来，但他血液里流淌的却是中华文明的天人合一、爱国主义、君子文化、礼仪文化、尚贤文化以及人道主义精神。这些精神资源为中华民族生生不息、发展壮大提供了丰厚滋养，孕育了一代代优秀的中华儿女。

眼前所见，我不得不惊叹这个村的民风和保护历史意识。静心思索，这些传统的文化如何与时俱进，该怎样继承，创新运用到中国特色社会主义新阶段，这些都必须在文化自信实践中找答案。

回首眺望，村口巨大的石块上写着两个大红字“柳茹”，我依依不舍地与柳茹古村告别。

聆听青石板诉说

从新四军四县抗敌总会纪念馆参观学习出来，门前就是丹徒区宝堰镇的古通济河。古通济河有1000多年历史，它犹如线装宝堰典籍的首页，告诉我们宝堰古镇历史的悠久与厚重。

“堰”字的意思是较低的挡水构筑物，作用是提高上游水位，便于灌溉和航运。可见这块土地与水俱生，同水共兴。一个“宝”字印证了1976年宝堰西南磨盘山的考古，3000年前先辈们就已经在此生活，并以此为宝地。兴于南宋通济河畔的丁角村镇，后因断流被宝堰取而代之。宝堰因通济河南接太湖，北通长江，东连丹阳逐渐成了镇江南乡的重要商埠，人称“小南京”。

通济河每天都在改写宝堰的历史。桥、码头、船只、街道、商铺、饭店、酒肆等应运而生，宝堰史书的页数随着通济河的兴衰也在一天天加页增厚。吴文化一天一天地沉淀在东大街、中大街、西大街的石板上，街道两边店铺中的香气弥散了整个宝堰镇。宝堰面、宝堰甲鱼、宝堰米酒也悄悄地端上了桌子。古镇是历史文化稳定而又变化的载体，从这里走出去的宝堰人，脸上都写满了吴文化的特殊符号，宝堰人就像超市货架上的商品，贴上了关于自己身世的条码，只要在出口处的收银台前扫描，“嘀”的一声，真相大白。

现存的三仙桥，亦称三圈桥、太平桥，是解读宝堰古镇的密码，也是“小南京”的标记。我去过很多古镇，走过许多老街，像宝堰铺着青石板这么长的老街，能较完整的保留着原来风貌的老街，镇江市很少，丹徒区没有。

我记得乔治·奥威尔说过：“摧毁人们最有效的办法是否定和抹去他们对自身历史的理解。”宝堰古镇却以新四军四县抗敌总会旧址和三仙桥（三圈桥）东、中、西大街的石板，老街两旁破旧甚至坍塌的店铺在人们大脑沟回中形成了挥之不去的图片，把人们精神上的家乡固定下来。特别是老街虽然被新、老镇荣公路切成两段，老通济河几近淤废像一个老人被斩断了手脚，但依旧能通过一块块青石板回忆起它当年英俊的模样。在卖水缸的店铺里，能回忆起清光绪二十五年（1899 年）宝堰商业巨子，铭记酒行老板李雨春带头捐款兴建三孔平桥的模样。在竹器、农具店旁，架子上的钉耙、锄头、铁器，分别让你看到打铁的场面：风箱“扑滋，扑滋”地响，一群打铁师傅围着汹汹炉火，赤着膊叮咚叮咚打个不停……一石一世界，每一块青石板都是宝堰历史书的一页，每一块青石板都是一幅通济河上的宝堰市民生活图。在中大街中营里碰到了住在这里的老魏，他指着一座老房子说：“山墙上的枪眼就是打日本鬼子，新四军作战时留下的。”脚底下的青石板又成了学习研究新四军茅山抗日根据地的钥匙。

恒久不变的城镇是不存在的，除了极少数的例外，变化才是永恒不变的模式。宝堰老街已经失去了往日“小南京”的骄傲，成了流过的时光故事。以居此地为傲的人们大都搬走，插上木板的两层带雕花的店铺要么建成贴瓷砖，装铝合金的新房，要么任其坍塌和毁坏。老街上的青石板偶有也被水泥补上，像生了牛皮癣，老街成了废街唯有青石板在诉说。我想，如果这样任其发展，这里就会像天穹里划过的彗星，一去不返，失去痕迹，失去轨迹，失去引力，直至真正的消失。如果真是这样，过去宝堰的影子被清扫一空，所有寻根者，归来者就成了旅游者。曾经血肉相连的家乡人，精神向往的家乡，自己一直坚持认为真实的东西就会演化成文字和想象。

我们固然可以通过其他途径重回历史长河中的那些时刻，但老街不能复制和再生。我们可以在变中求不变，“不搞大开发，共抓大保护”保护好宝堰老街，守护好老街的一砖、一瓦、一石、一屋，维护好老街的生存条件、生存环境。让这些不说话的建筑，成为一连串相互联系的空间，成为镇江南乡群众吴文化心理和生命情调的一种历史延续。

旧县见到马更生

水利系统的同志对丹阳市延陵镇的旧县村应该是耳熟能详的。特别对防汛抗旱一线的同志来说，旧县村可谓了如指掌。因为旧县村有个水文观测站，那里三叉河的水位数据牵动着每一位水利战士的心。至于这个村为什么叫旧县，一直是个谜，我决定探个究竟。

星期天，我沿着香草河北岸行走，九里季子庙正在大规模的复修，沸井旁的塘水也抽干了，一条岔路把我引向远方，2.5千米的路程一会儿就到了。

旧县水文站历史悠长，在这个村设水文观测站有特殊的地位。这个村位于丹阳，丹徒、金坛三市区交界口，又称三河口，是湖西地区水位的直观表，一张床睡三个县是村民们最形象的阐述。香草河，通济河，胜利河；山水，潮水，湖水在这里聚会，经常上演动人心弦的话剧。

我来到村委会，星期天没人上班。村委会西边一户人家卷闸门开着，一位七十多岁的老人在做篾匠活，这给了我意外的惊喜。他就是马更生。老人指甲间一道道绿色的瀑布飞流而下，一刀一刀地劈篾雕刻着时光的印记，我情不自禁地记录下了这流动的画面。老人见我在拍照，停下了手中的活看着我，问我为何要拍照。得知我的来意，老人拿了一本杂志给我看，“坚守正在消失的手艺”题目赫然醒目，他叫马更生今年72岁，做篾匠手艺已近50年。他一边给我倒水，一边告诉我。18岁那年，他看到做篾匠有点儿意思。不仅可以做用的竹器而且还可以编出花草，图文等。他慢慢地爱上了这一行，虽然深知学篾匠，要比学木匠，瓦匠难学得多，但他还是愿意学习这玩意。他笑着和我说，那时候白天生产队要工分，到田里去劳动，晚上就摸索着做，如果换在现在看电视、玩手机估计也难学成。有时候他琢磨琢磨着就做了一个通宵，到20岁时他正式拜师，跟当地一位老师傅进修直到现在。

“我和竹子打交道到现在，很有感情，舍不得丢弃。”马更生说，一看到这些工具，当年的情景就出现在眼前。他还说：“社会进步真快，空调一出现，凉席就不用了！日子过得真快，幸福走得也快啊！”话中流露出对岁月的感叹，但主要是成就感消逝了！任何事进入衰退期都是感伤的，就像稻田里不种庄稼，对一个世代种地的农民来说，怎么舍得呢？

过去，或者说20世纪90年代以前，家家户户都离不开竹篾匠，特别是有女儿出嫁的人家更是如此。女儿出嫁的第二年要“送夏”，即为女儿准备一条用竹篾织的凉席，怎么也得把师傅请到家中，好好为女儿织一条精致的凉席。生了外孙、外孙女，要为他们准备摇篮，坐车，女儿分家了娘家要为女儿家准备竹厨、竹篮、竹筷等物。家里要用的竹椅、竹凳、竹床以及菜篮、针线簸箕都得请篾匠师傅，因此篾匠师傅成了当地的红人，手艺好的师傅更是当地的焦点人物。俗话说：荒年饿不死手艺人，有了这一门手艺在身，男孩子的身价的更高，不愁没饭吃。如果手艺精湛，那就属于当地的大师傅，明星级的人物，走到哪儿都有人会老远地喊你：×× 师傅。到现在还看得出马更生的这份自豪之情。

我站起来环顾四周，三间棚屋，挂满了他的作品，最多的是竹篮、簸箕、竹篓、鱼篓及日常竹制用品；最精致的是放针线和放水果的匾，这种匾圆形平底，边框很浅，图案有鸟、花、凤凰等构成，色彩鲜艳、匀称。形状要求精美，鲜艳生动，如果嵌编上喜或福字，还要突出这两个字的颜色，一般要这里的竹子篾丝染成红色，编织进去，可以说是完美的手工艺品。据马老介绍，这一件至少要做五到六个工，还不包括做辅料和把篾煮热，成本和工钱就要七八百元，因此现在做出来的产品、日用品很多都是属于手工艺术品，说着他就把匾送到我的手中，让我欣赏。这只匾不是纯色的像漆过桐油似的，亮晃晃的，底部中间“囍”字匀称、醒目，匾的四周是“福禄满堂”四个小字，旧社会只有大户人家或条件好的人家才用得起，主要是放花线和各种各样的针线，蕴含着子孙吉祥富贵之意。看着看着，我越来越感受到他的艺术价值和历史的沧桑。马更

生老人见我爱不释手，爽快地说道："送给你吧！""这怎么行呢？"推了几次，我按市场价付了钱给马老，这才把这件艺术品归己所有。

即将消逝的手工匠，在工业化、城镇化化进程中，他们不得不退出市场阵地，就像人工抄报水位被自动化代替一样，最终进入历史博物馆。社会是进步的，又印着了"海日生残夜，江春入旧年"这句诗。如何保住农业文明的根？如何留住农耕文明的情？记住乡愁，倒是值得我们思考。

本来是探寻旧县村为什么叫旧县，现在却有了意外的收获。买下了正在消失的篾匠的手工艺作品，还原了上个世纪的生活，留下了探水的足印，还是蛮开心的。我继续朝旧县村水文站方向走去。

新乡贤——何昌义书记

这样静谧的夜晚，让我想起了在韦国强家碰到何昌义书记的一幕。那天，按照扶贫计划，我们来到丹徒区上党镇其一烈士村，见到了仰慕已久的老书记——何昌义。

久居都市的人们，内心希望到深山里去找一个地方安居。竹香的深处，松涛的深处，山谷里一条小径的拐弯处，山坡上一片平台的向阳处，这最好的选择。人生经历了太多繁杂世俗，总想找到心灵安顿的净地，停下自己心灵的脚步，弥补过去的缺失，做自己喜欢又对社会有益的事。事实上这几乎是大多数现代人的梦想。但做梦的人不少，实现的人不多。前者，一旦真正进入就很快会后悔。不要别的，过山车一般的山路盘旋就足以将满腔的热情冷却直到半途折返，不要别的，山蚊的叮咬就足以将绝大多数的人赶回城市的车水马龙之中。后者，茅山老区有一群人，一批茅山老区兴教助学协会的老干部、老同志，前赴后继，乐此不疲，一浪高过一浪。所以，我发自内心地钦佩那些能够在深山里安顿下来的人，毕竟他们已学会安详和云淡风轻。更敬佩那些安身立命，乐于助人的人，何昌义就是这样既有梦想又能实现的一位老者，他让我内心佩服。

何昌义今年 74 岁，和他见面时怎么也想不到他是七十多岁的人。20 世纪 70 年代，他担任上会乡其一村党支部书记，人称何书记。那个年代农田水利建设旌旗猎猎，热火朝天“小车不倒只管推，敢教日月换新天”。何书记是当时的一面旗帜，县里有名，府里有榜，每次大会战，县委史秀书记总是让他第一个登台表决

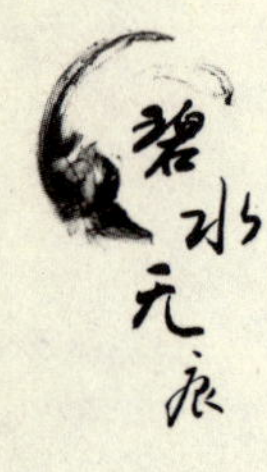

心，荣夺水利工程第一名。改革开放初期，他担任了上会仪表厂厂长，带领大家发展致富，始终在生命的道路上永不停步。

2018年春天，我来到烈士村扶贫，见到他时，给我的第一印象，就像我们爬山爬到半山腰的时候，看见山坡上新生草木所爆发出来的蓬勃饱满的热情，他仿佛要将群山都带动着挺拔起来，抽节往上长一样，在他周围的空气里泛着隐秘的甜、香，或者是他与生俱来的生命正能量的冲动。

何昌义在江苏省镇江市丹徒区上党镇其一村党支书的工作岗位上干了整整14年。2002年退休后，又把心血放在关心下一代工作上，至今已经干了15个年头。令何昌义感到欣慰的是，在他的倡导及组织下，村里的一群退离工作岗位热衷于社会公益事业的老干部、老党员、老教师们，组建起了留守儿童校外辅导站。在这群老人们的精心打造和呵护下，这个辅导站成了全区乃至镇江市的“示范校外辅导站”。其一村地处茅山老区，经济相对薄弱，两个自然村共452户，1500多口人。2002年，全村在外务工人达572人，其中夫妻双双外出256人，留守儿童58人，适龄儿童80%。当看到这些父母不在身边跟着祖母或是亲友生活的孩子，放学后不做作业、打架闹事、玩火戏水，甚至偷盗惹事等亲情缺失、家庭教育缺失和监护缺失带来的各方面问题，留守儿童的父母在外务工也忧心忡忡。何昌义心里十分着急，他和村干部及几位离退休老干部、老教师、老党员商量，打算建立留守儿童校外辅导站发挥余热，对村里的留守儿童进行校外教育管理。他的想法得到了上级关工委和党委的支持。2008年，村委会出资为辅导站租赁两间计50平方米的民房，并从镇江技工学校找来45套旧课桌椅，何昌义发动老同志中的能人，将旧课桌椅修理油漆一新并修缮粉刷房屋，其一留守儿童校外辅导站正式成立，从此孩子们有了自己的“家”。随着留守儿童的增多，现有两间民房越来越不适应需求。为此，何昌义于2011年筹资50多万元，建设了600多平方米的独门独院的校外辅导站。目前，辅导站内不仅设施齐全，而且建立了一支由16名老干部、老党员、老教师组成的稳定的，高素质的校外辅导站队伍，其中老教师11名，轮流为孩子们进行文化知识、思想道德、生活自理等方面的辅导教育，做好家政、学校、孩子三者间的协调交流工作，并照顾他们的日常生活，为老区的留守儿童打造了全市一流的校外辅导站，孩子们的健康乐园。2009年，其一村辅导站与江苏大学流体中心结对组建，江苏大学每月两次派大学生到辅导站，给孩子们进行道德、法制、科普知识、英语口语训练等辅导，让孩子关爱自然参与义务植树活动，暑寒假期也不间断。与此同时，他们还先后与江苏科技大学、镇江高等专科学校、江苏经贸职业技术学院、南京工程学院多所高校共建，使辅导站活力大增。

在何昌义的带领下，辅导站注重老区红色资源教育。以革命烈士何其一为首这里有着丰厚的红色资源，村旁的烈士陵园内 27 位烈士，有 8 位是本村人。每年清明节前，辅导站均组织孩子们扫墓，请烈士何其一的弟弟何其豪讲述烈士抗日故事，将本村 8 位烈士的革命斗争故事编印成册发给孩子们学习，还用故事会、演讲比赛等形式进行革命传统教育，让孩子们在红色村庄中健康成长。在何昌义的倡导下，辅导站充分利用双休日、节假日开展亲情活动。辅导站除了经常组织孩子们开展视频与父母通话、定期给爸爸妈妈写信，还利用端午、中秋、春节、元宵等传统节日，和孩子们一起包粽子、吃月饼、煮元宵、扎花灯，给孩子们的温馨。同时，在“五一”“十一”元旦等节日点，让孩子们给爸爸妈妈送一张贺卡、发一条短信、打一次电话，问候爸妈的辛苦，感恩爸妈的养育。

何昌义对其一村的留守儿童除了关心他们的学习与教育外，还在经济、物质、生活上给予体贴和照顾。2008 年的一场大雪阻隔了交通，很多在外打工的家长不能回家过年，何昌义和校外辅导员们就将留守儿童集中起来，吃年夜饭，看春晚，陪他们度过了一个温馨的春节。其一村里有个叫杨红叶的小女孩，小学三年级时爸爸外出打工，妈妈离家出走，她和奶奶相依为命。六年级时奶奶患了胃癌，她边上学边照顾奶奶。一年后奶奶病逝，破旧漏雨的屋子里小红叶孤苦伶仃。为了让孩子有一个良好的生活学习环境，何昌义向村委会反应，到慈善总会求助，向社会各界募捐，并自掏腰包 3 万元亲自为小红叶操办建房，添置生活用品，给了孩子一个安定的家。杨红叶学习很刻苦，后来考上了重点高中。据了解，近年来何昌义资助村贫困留守儿童达 25 人次。如今全村十几名贫困生，没有一个因贫而失学辍学。辅导站成立 10 年来，孩子换了一茬又一茬，在辅导站接受过辅导教育的孩子多达 400 余人，没有一个孩子违法犯罪和发生意外故事，孩子们的家长在外务工也十分安心。

何昌义在办好辅导站的同时，还想方设法参与党支部建设，与党支部一班人，把“两学一做”“万个支部结对帮扶万户特困家庭”创建五星级“双型支部”进行高度融合。去年与镇江市水利局结成“万个支部结对帮扶万户特困家庭”对子，帮扶特困家庭脱贫。一些民营企业在他的感召下，也慕名来到其一村帮

扶济困。他多方努力，得到了上级民政部门的大力支持，建立了其一村“村居家养老室”，同时组建了“老党员志愿者服务站”“党建工作室”和“留守儿童工作站”等公益场所。多方位的拓展延伸，取得了可喜的成绩，也得到了有关部门的表彰。何昌义就是这样既有梦想，又能安身立命，乐于助人，实现梦想的一位老者，他让我们内心佩服。

何昌义老人无私奉献，一心想着群众，经常琢磨怎样帮助贫困家庭脱贫，他的举动赢得了其一村广大干部群众的尊重和爱戴，也赢得了社会的充分肯定和赞誉。其一村关工委多次被江苏省、镇江市、丹徒区文明办、关工委授予“大爱之星”先进群体等荣誉称号，何昌义个人也获得了“和谐之星”“最具爱心行动楷模”等荣誉称号。

我所听到的、看到的，是我觉得何书记又一次进行了人生的吐纳，他的背后一定有许多的故事，放掉功名利禄，轻视富贵财产，献出难以置信的奉献，他仿佛是从轰轰烈烈的繁华都市，来到了不为人知的深山老林，做起脱俗静心，利在千秋的伟业，为上党文化输入新鲜空气，这股深山里的空气让人不自觉地想到一个词“崇高”。

到草木间采集灵气，和普通的老百姓在一起，在天地间吐纳，将整个宇宙往丹田里过滤一遍，这就是他的人生。这个时候，同行的几个人都想到了放下自己，多给社会，多给别人，多做自己能够帮助别人的事，想到了摆脱工作、生活里的一切不如意。仿佛自己的内心也越来越轻，越来越轻，终于在俗世的沉重里缓慢浮起。这就是吐纳，这就是党性锤炼。

上会『百页包』

北方的饺子南方人不感冒，广东的烧鸭东北朋友吃不着，江南小锅炖出来的红烧肉搁在西北都串起来烤。上会百页包就像番茄炒蛋，百页和肉馅或者用百页裹上鸡蛋、豆腐干馅，用线扎紧、方方正正，水中煮、锅上蒸，平平无奇，随手那么一切、一搅、一拌、一包，就通杀了东南西北男女老少。有人说：没有吃过百页包的，不叫上会人。我经常问妈妈是从哪里学会做百页包的，“你外婆那里。”妈妈一句话把我拉到了遥远的过去。舌尖上的味道源于人们的生存，外婆肯定又是从外婆的外婆那里学来的。你完全可以相信，每一道菜的味道里都深藏密码，很少有人去深思，看得懂的人一定会知道。

有一年夏天，我到外婆家没有吃到百页包。我认真地对外婆说：“外婆，怎么没有百页包吃。”外婆笑着对我说：“只有过年才有百页包吃，这个天百页包会馊掉的。”可我怎么也不相信，肯定是外婆舍不得给我吃。过年去阿姨家拜年，看到桌上有一碗百叶包，我一连吃了两个，小舅舅说：“多吃点，多吃点。”喊得声高，就是自己不动筷子。桌上的人也只是看看百叶包基本不动筷子，只有我一个人埋头吃。实在太好吃了！我又准备伸筷子，“啪！”妈妈重重地敲了我一下，“哇！”我立刻吓跑了！“这小孩一点都不懂事！”我只听到妈妈的吼声。后来我才知道，除了我吃了两只，碗里原来是多少还是多少，阿姨又将百页包端回厨房里，收到她那发黑的竹子做的碗橱中，陪着太阳日出日落。晚上，我为白天的事吓得不敢作声，害怕妈妈找我算账便假装不舒

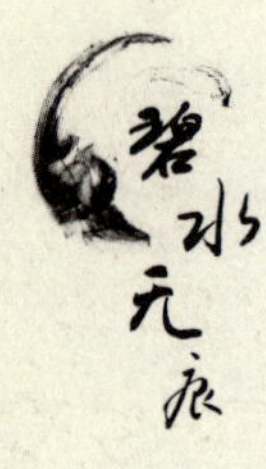

服，这可急坏了妈妈。妈妈用手摸着我的头说：“不发烧吧？是不是白天妈妈把你吓坏了！都怪妈。”我见妈妈态度变了，一把抱住妈妈连忙爬起来说：“妈妈，我好了！”妈妈开始给我上课：“我怎么跟你讲的，到了亲戚家要听话，筷子不能乱伸，肉、鱼、百页包不是给你一个人吃的，阿姨还要招待其他亲戚。吃点就行了，大人不夹给你筷子就不要伸，你吃光了大家吃什么。”幸亏妈妈脾气温顺，否则就是一贴手掌印。

长大后我才知道百页包的身世。过了腊月二十家家户户忙过年，杀猪、泡豆、磨豆腐既犒劳自己家人一年辛苦、又招待春节拜年的亲戚。冬天天气寒冷，那时没有电冰箱，豆腐、百页可以长时间放置。对于老百姓来说百页包既是用来过年，更是为了招待来拜年的亲戚。肉、鱼食物类少得可怜，又没有其他可以替代的荤菜食品，只好用百叶包来代替。我奶奶每次亲戚走后，总是用锅上的抹布，把盛百页包的碗左擦右抹，然后又用抹布在碗边转两下，恭恭敬敬地放到碗橱子的最上层，盖上一层纱布。等到新的拜年亲戚来了，又端出来加上几只，就这样端端放放，一直到正月十五左右。有一年，天气冷，她把百页包一直放到三月初十才舍得自己吃，我看上面已经快长毛了，她才把百叶包放点干菜一起重烧一下吃掉。每次我要是把剩粥剩饭倒掉，她总是说：“天上雷公公响了，不能作孽！”一边说，一边捡起米粒送到嘴里。

只有过年才有好的吃这成了我记忆中挥之不去的岁月。20 世纪七八十年代，猪肉尽管只有七毛四分钱一斤，可谁买得起呢！为了过年，只有到年三十晚上才能吃到肉。我常常听到父亲叹息，这年怎么过呢！过年就是“过钱”啊。劳动一年，盼到生产队分红结算，不超支还好，一超支又得借钱过年。平时都是记工分，只记账没现钱，哪有钱买肉吃？即使有钱也要肉票，到哪里去搞到肉票呢？因此，过年无猪可杀的亲戚，只能买点猪油过年或者在百页包中设法掺点豆腐，加点鸡蛋作为“包心”包在百页包中。

进城后，我始终感到城里卖豆腐的一点儿都不会做生意，做豆腐的技术实在太差。豆腐百叶一点也没有我家乡的好吃。好多同事朋友也觉得上会的百叶、豆腐是一绝。有一天，有位朋友来我家，点名要吃上会的百页包和上会的豆腐，鸡、鱼、肉他们一点儿也不感兴趣。我内心骄傲极了，家乡的豆腐、百页成了比鸡、鱼、肉还贵重更抢手的食品。自从公元前 164 年淮南王刘安在八公山上烧药炼丹的时候，偶尔以卤水煮豆汁而发明豆腐后，五代陶谷“为青阳丞，洁已勤民，肉味不拾，日市豆腐数个。”上会人也早已有了这种生活智慧。物质匮乏，肉不够，豆腐凑，现在肉嫌多，豆腐候。豆腐、百页优质蛋白，荤素搭配，百叶包心，爽口不腻、营养美味，每次吃到它都有发自肺腑的骄傲，似乎看到人间浮沉变化，看透过去如今，朋友临走时说要把没吃完的百叶包带走，我高兴他有和我一样的感受。

我跟外省的朋友讲丹徒上会是吴韵楚风。他们一定要我说个究竟，我只讲了我和百叶包的故事：楚地的豆皮，吴地的用情，他们就心诚悦服。我的心中每块百叶包都似天上云朵，俯瞰着上会水库、九里山、仙人山、伏牛山。每个上会人犹如黄豆下种、出苗、拔节、开花、结豆；一座座村庄犹如百叶包，扎得整整齐齐，大气匀称。每个远行在外人都带着百叶包的味道，像风筝在蓝天飞翔，不管飞多远，走多少路，闻到百叶包味或者看到百叶包，都会自觉地被它拽回到上会的过去、现在、未来，唱完老歌，唱新歌，说完故事，讲笑话……

上会的老时光

能给上会街道讲故事的只有上会供销社的老百货大楼，能像抖音一样放出画面的只有老银行。20 世纪 70 年代，上会老镇荣公路西边出现了供销社百货大楼，上会人有扬眉吐气的感觉，类似上海有了东方明珠塔，镇江有了国际饭店。上会百货大楼给丹徒县镇荣公路也添了景。从镇江汽车站上车，到了上会才可能看到三层大楼房。因为一路走来，看到的都是三四米高的平房，凭什么上会就有了三层大楼房?

说是三层大楼实际是二层，第三层是假山墙的砌法，只是把屋檐上用墙遮住瓦，用上会人的话说："骗骗人的！"可这创新的建筑方法为百货大楼增色许多，一时引来了丹阳司徒西部包括全州在内，句容白兔东南、行香、上党等大量的人到上会来。老百姓最会"打算盘"。到镇江去要花路费，还要两个工分日（在生产队干两天），时间需要一天，还得花钱吃午饭。到上会多方便，脚一抬就到了。再说大西路上的中百一店还没有上会百货大楼大，品种也不比上会多，城里人有时还笑话乡下人，因此到上会买东西的人像潮水一般。

上会百货大楼大门朝东，紫气东来。进门是小百货柜，迎面是漂亮得体的女营业员，左边是食品柜：京果，桃酥，蜜枣，桂圆，小芝麻饼，还有那让小孩迈不动步的大白兔糖，那橘子形状的糖，一瓣一瓣黄色上沾着白色的细颗粒，看了让人淌口水。橱窗、货柜上摆着一包包洋火，一堆堆各色酒瓶。"大铁桥""勇士""飞马""大前门"香烟挨个铺着，二两五一小瓶的"洋河"白酒站在香烟的两旁，像小葱长在那里，齐齐扎扎。右边是针织柜毛巾、毛线、小汗衫、小背心，小短裤，花花绿绿十分洋气，方巾、花蝴蝶吊在挂商品的铅丝上。上二楼要经过一米多宽的楼梯爬上去。到了二楼简直是花的海洋，淡色、深色、浅色、各色各样的洋布像小山一样堆满柜台。除了文具柜、医药柜、丝绸、白布、卡基布、蚊帐、纱布应有尽有。卖布营业员老夏是最佳营业员，他能根据你的身份、心理、经济条件向你推荐喜欢的布匹，让你没有理由拒绝。他按照顾客的需求量好尺寸，然后操着宝埝口音的普通话："看好！下剪刀了！下了剪刀就没法改了！"顾客点点头，他用剪刀剪下一道豁口，然后把布匹回折，"哗"地一下扯了下来，用黄纸包上纸绳扎牢，收下布票、钱钞，又"刷"地一下把夹子推向收银柜，整个过程麻利简洁，顾客接过找回的零钱、布票，布也买成了。

俯瞰土地的是聪明人，仰望星空的是圣人，把时间还给百姓的是王者。

老蒋，丹阳人，四十出头，因为会拍照而招来麻烦，说他是资产阶级生活因而成了游民。供销社觉得这个人有本事，大胆聘用，他选择了生产资料站南面，百货大楼对面的两间平房做门市，他用一大间做大门，另一大间做橱窗，一个穿旗袍的姑娘手捧鲜花站在橱窗里，朝路过的人频频微笑，老远就能把人的目光吸引过来，到面前一看才知道是模特，就连当时镇江市内两家最高档的"人民""京江"照相馆也比不过他。一时间上会照相馆出现了排队拍照的场面，后来他把照相馆移到对面理发店旁，搞起了假山真水园林布景，远远超过镇江的室内布景拍照，老蒋一下就成了当方四乡八邻的名人。

老齐面店至今还在唇齿留有美味。去社办厂上班到老齐面店吃面比较时尚，这里的面，外硬内软，味道特好。

"老齐多放点青菜。"

"好嘞！"老齐应声道。他掇起五指，歪着头朝顾客看了看，嘻嘻一笑，抓上几根青菜，然后再放些豆芽，加上荷包蛋，十分热心地问道："要不要加点面。"吃了他家的面条，感到了人间的温暖。上班来不及的人，匆匆买了两根油条骑车就走了。老齐面店从老夫妻俩也一下扩大到儿子，媳妇，女儿一齐上阵。面店里也开始夹杂了丹阳口音、苏北口音，常州、无锡口音也不少，上会的热闹繁华俨然成了"小香港"。

我不是回忆老时光，也不是回味老齐面店的味道，总觉得是一种文明在潜行。为别人创造有用的价值让别人喜欢，其实就是高一层的维度。上会老时光总能让我在生命里一次又一次地呼吸着它的博大和精深。

上会——传说中仙人下凡的地方

你若到丹徒区上会镇，上会人会告诉你：上会有座仙人山，是仙人下凡的地方；乘车路过上会黄土岗，上会人会告诉你，这里有座龙王庙，是龙王来过的地方；上会最南面有个村庄叫枫庄，千年古村落、吴韵歌唱。

不要忘了上会还有两条河，一条是枫庄、东滨前面的胜利河，一条是从上会水库出发，越过镇荣公路的洋桥，进入前上会，绕过黄土岗，穿过丹句路，最后流入五谷村前的光华河。我把上会称为三色上会：红色枫庄，黄色龙王庙，绿色仙人山。

相传千年前，枫庄村前屋后，田野高岗，到处长满了红枫绿柳；小河两旁，杨柳依依，迎风招展；田埂坡梁，红枫染空，遍地霞光。故名曰：枫庄。（《上会镇志》）

根据考古人员在宝堰磨盘山考证，3000 多年前，枫庄一带就留下了先辈的足迹。枫庄还和古代丹阳延陵近在咫尺，村风相近，村俗同源，语音相同，是典型的吴韵方言。

古代丹阳延陵是春秋时期吴国的邑地，著名的“至德圣人”季札（季子）就退隐在此劳动种地，去世时就埋在九里，活动范围从九里一直到万顷洋及枫庄周围，现在九里季子庙记载的非常详细。晋太康二年（281 年），今丹阳市延陵镇成了延陵县府，治所在现在的延陵镇北，可以想象万顷洋北岸的枫庄有多美。万顷洋面积非常大，一直到现在宝堰的丁角村。先辈们在枫庄围湖造田，沿岸栽枫植柳，木棍一搭就是梁，茅草一盖就是房，树枝一夹就是墙，竹子一编就是床。门前碧波万顷洋，门后黄坡和丘岗。

红枫遍田野，溪流淙淙响。鸡叫报晨晓，狗吠知人到。渔网挂墙头，床罐连着灶，好一派江南水乡的农耕风景画。古代诗人吴国昌曾描写到：溶溶春水涨荒田，一望苍茫万顷连。自是清波流不竭，廉顽激懦[1]几千年。

如今到枫庄已无法看到古时风貌，也找不到五六个孩子伸手勾起才能勉强抱着的那棵黑黝黝的高大的老枫树了，但吴语浓言依然十分可人，季札遗风时时可见。你是喔格？（你是谁？），小孩见到我叫贝贝（伯伯），他丫丫、卖卖不在裹（他爷爷、奶奶不在家）等等，不懂吴语基本词汇，根本不知道表达的什么意思，非闹出笑话不可。尽管宗庙、祠堂、宗谱不见，但乡风、乡情、乡俗浓郁，把枫庄的枫叶染得更红了。

出了枫庄村，走过亭子岗，后面就是黄土岗这块上会宗教的黄色圣地，东临脚下的光华河（下会砖瓦厂下面），南视亭子岗，后依九里山，过了马路就是东宝庄。东海龙王降临上会敲石鼓，“棍子打不响，灯草敲得咚咚响”为的是保上会百姓风调雨顺，国泰民安。

龙王庙建于唐朝末年，上会、下会、亭子岗，东宝庄等八个村每年在此行会。龙王庙建筑宏大，设施完备，前后三进三厢，雕龙画凤，飞檐斗拱，罗瓷砖铺地。第一进为龙王殿，前有王令官把门，左右有龟丞相、鲨将军。第二进是释迦牟尼殿，第三进连同两箱是雷公雷母、闪电娘娘、司风司雨、送子观音、八大金刚、十八罗汉等诸佛一百多尊，前后各有一方大塘。据记载，1934 年曾把这龙王庙附近八个村划为石鼓乡，属宝堰六区。之前每年行会，人山人海，从上会上到下会下，上会、下会由此而得名。1755 年乾隆皇帝曾兴高采烈地来到石鼓龙王庙，一时传为佳话。（《上会镇志》）

1956 年镇宝线通车，出了上会村远远就望见气势宏伟的龙王庙。有人告诉我，上会中学有一段时间曾在这里办过学。有一天，来了几位苏州大学（原江苏师院）的毕业生，上会人特别高兴，上会要兴旺了。因为那时的大学生是多么金贵啊。这以后上会中学前前后后、陆陆续续来了不少好老师，像张泽宏、方锦秋、陈家兴、陈向平、孟云中、周立强、张治理、李忠伟等一批老师就是那个时期来的。他们为上会兴教布学，教书育人，创造了前所未有的文化氛围和成果，很有当年季子的遗风。果然，20 世纪 70 年代末，80 年代初，在一所再普通不过的农村上会中学，就出现了少有的文化现象，张援农、钟荣在上会

[1] 廉顽激懦：使贪得无厌的人变得廉洁，使懦弱的人变得心澄志坚。

中学直接考取了南京大学，刘永坤等一批学子也考取了名牌大学。那段时间，元庄村也被人们称之为“状元村”。1986年又传来激动人心的好消息，上会中学学子陈建鹏、吴江红两人同时考取清华大学。可惜老龙王庙现在已经不存在了，现在旅游用品厂旁的新龙王庙占地也只有老龙王庙的50分之一，龙王庙成了一种文化象征。原先上会百姓精神的栖息地，现在也成了现代化的果园基地。曾经听惯了混合着“八沟九沟嗨吼！嗨吼、嗨吼嗨吼！嗨吼！”号子声和龙王庙钟磬声的光华河也倦怠了，再也听不到了这美妙的声音了。

沿着镇荣公路往北走，很快就到了薛村仙人山绿色板块。薛村向西，这里黑松翠柏，水杉修竹，眼看就到，手摸就触。孙家庄就像小鸟一样栖息在郁郁葱葱森林的树叶上，塔山水库、上会林场就在它的身边，仙人山朝它频频点头。每天看不完的是来来往往的车辆和无数不高的群山，享受不尽的却是“借来江南千叠山，流向上会万股泉”的诗意生活。据说沪宁高速当初一定要在仙人山设服务区，理由是仙人下凡的地方，人间仙境当然不可错过。有一首诗流传不衰：“日落山空翠欲流，仙人已去石床幽，长松黛色参天山，疑是蓬莱第一丘。”如此美妙蓬莱仙境，何处寻觅，仙人下凡之地，为何不停。有人说人间美景处处有，仙境之处不可得。上会仙人山是上会的定镇之宝，更是镇江的宝中之宝。

红色、黄色、绿色把上会定为三极，两条河流是上会的母亲河。在我的想象中，总有那么一天，从上会水库出发，光华河水清澈见底，白鹭鸟时飞时集，两岸的红枫随风飘荡，杨柳轻抚着我的脸。我坐在岸边看风景，沿河两岸，塑胶跑道旁，桃花盛开，梨花满地，腊梅傲雪，牡丹怒放，百花斗艳。童子面、映山红、茶花等各种花开遍河的两岸。我总觉得上会有山有谷，有丘有圩，有平原，有丘陵更有森林、山峰。这么好的地方，南面秀美北边雄奇，大家只是像坐高铁一样，还没来得及下车仔细品看就到了下一站。其实上会给人最深的感受是：三色土地两条河，沪宁、扬溧境内过，“吴头楚尾”今犹在，仙人下凡幸福多。

村庄的身份证——方言

我的家乡方言特别有趣："你干什么？"这样一句普通的话有不少种说法。丰城人说成"你做爹奥"，薛村人"你做哼年"，上会街上说成"你做实没"。"一山不同族，一地多民族；三里不同音，五里不同调"在家乡方言中得到了印证。这里面隐藏着多少秘密啊！

过了长江向镇江南行走25千米就是我的家乡江苏丹徒上会，这块丘陵伺候的土地，有传说，有故事，只是记忆的芯片丢了，打不开音频，看不到画面，但各村的方言可以了解上会的三生三世。

我把上会比作深圳，因为它汇集了不少全国各地的方言，融合了许多优秀的文化，形成了共同、共享、共生、开放、发展的局面。从地理位置上看，上会的东面是江苏丹阳市，吴文化的发源地之一；西边是江苏句容市，湖熟文化，秦淮的源头；南边是金坛区，丹阳市延陵，行宫，丹徒区宝埝镇；北面是丹徒上党和镇江市区。说它像深圳，主要因为有来自全国各地的移民，本地的方言、吴语、江淮官话和北方方言并存，同时互相渗透、交汇。把地理和历史一旦联系起来，方言就编译出一方水土一方人的基因编码。

据《史记》记载：太伯奔吴，季子就隐居在上会的最南端——延陵九里。晋太康元年（280年）孙灭吴，晋统一，置延陵县至北宋（1072年）长达754年，县治就在延陵镇北面。上会枫庄、东滨村的对面不远处有个旧县村，过去是延陵县下的一个小政府。不难推断上会枫庄、五谷附近村庄的方言和九里、延陵相差无几。事实果然如此，问"谁？"时方言说成"喔格？""母鸡"说成"鸡

婆”“母猪”说成“猪婆”。南乡的荣炳、宝埝也可以证明，因为他们同属吴方言区，很多发音的韵母都是相同的。从逻辑推理：上会土地上最早出现的村庄是枫庄、东滨那一带。

上会大部分村庄都始于唐宋以后。人口的迅速增长，村庄必然发展空前。高陵村村名的来历能得以佐证。高陵村的东侧是丹阳市的司徒和屯甸。三国时期，这里还荒无人烟，传说孙坚、孙尚香的墓修建在这一带，墓陵高达 20 米左右。从帝王墓穴的风水推断，这里应该风水俱佳，环境优雅，树木郁郁葱葱。当年孙权命令校尉陈勋屯田屯甸，足见高陵周围是树木参天，碧水白云，溪流潺潺之地，没有人烟。高陵方言和枫庄的方言差别很大，从方言中我们能检测到两村的基因差异。举一个例子，高陵人把“说鬼话”讲成“血”（血鬼话），枫庄人把“说鬼话”讲成“岗鬼我（wó）”。镇荣公路西边的夏庄村姓巫的宗谱记载，他们的先祖就是从句容市边城镇青山村迁徙定居于此的。司徒镇巫甲村是巫王二、巫王三兄弟俩从句容边镇青山村迁徙至此，他们的方言仍然和现在的青山村如出一辙，只有小部分受到了影响。我到青山村实地调研，青山村始于隋唐，照此推断夏庄村的出现应在唐以后、宋初期，和高陵村应属同一时期或更后一些。

根据郦庄、潘甲村的方言，包括合偶村及周边自然村的方言判断，这几个村庄发音都有共同的韵母和鼻音，“你”说成“泥”“哪里去了”说成“罗里开来”，由此可以推断，这些村庄的祖先大部分应该是吴言区域或延陵周围迁移过来的。当他们发现上会周围还有那么多的荒山野岭无人开种，他们用自己的双手，只要有力气就可将生田、生地变成熟田、熟地，将一家人肚皮吃饱。时间的堆积，子孙繁衍，村庄慢慢铺开。中国人的文化是“多子多福，大同一家”。当初祖上就只有一家几口人，后世世代代繁衍想象一下，如果十几代不分家将是什么情景，好多同姓十几代的人在一起，有更长历史的村庄。

历史上，人口大迁移规模最大的是永嘉南迁和宋时的靖康之乱。西晋灭亡后 307—313 年中原很多士庶地主举族南逃，宾客、部曲及同乡同里之人也随同逃亡，淮北流民相继过淮，这就是历史上的永嘉南迁或称永嘉之乱。326—334 年又出现了第二次南迁浪潮。根据记载，这次南迁有不少人迁居在丹徒京口，也就是现在的镇江市区。上会处于高郦山，十里长山南侧的宁镇丘陵常常洪水泛滥，洪水过后，泥浆满地，饮水灌溉在当时都是极其困难的事，加上荒岭野树，满地野兽，人们根本无法抵御自然灾害和野兽的侵害。我爷爷曾亲口说过，他小时候看到的上会：到处都是小萝（盛粮食的竹器，直径 1 米以上）那么粗的树。因此当时迁居上会的可能性几乎为零，从目前的史料记载也没有发现。南宋的靖康之乱，给人口迁移上会有了可能。丰城村的来历和陈姓家谱证明：陈姓源于河南颍川，南宋时从浙江临安金渊竹溪村徙居今日句容，传至六世择居丰城。丰城村的方言和丰城村的基因完全吻合。现在“干什么？”丰城人依旧说成“做爹奥”“喝茶”说成“喝琢”，这都是当时京城临安的“网红”词语。如果把丰城和薛村的方言比较，两者区别一听就明白。薛村把“什么”说成“哼年”而丰城却说成“爹奥”。

薛村的方言把它的出生基因暴露无遗，属江淮方言。随着社会的交流，交通的发展，江淮方言也不同程度上受到了影响。薛村人说“你们”称之为“你几”，东宝庄、西宝庄说成“能年夹”。元庄村发音为“能年”，这些方言说明他们受句容地域方言影响很大，或者可以说部分村名就是从句容那边迁移过来的。这是为什么？原因很简单。从西晋开始，丹徒、曲阿（丹阳）辖于扬州毗陵郡，句容辖于扬州丹阳郡，此丹阳非现在的丹阳，现在的丹阳过去称曲阿，这里的丹阳是指南京和安徽部分地区。句容方言明显属江淮方言，和吴方言完全不同。所以东宝庄、西宝庄、元庄在明朝后出现在上会地域最有可能。如果把薛村放到上党、西六、三山范围内比较，他们的方言有很多接近的地方，可以推断跟靖康之乱有密切的联系，更多是洛阳方言和金陵（南京）方言结合的产物。

上会的西山头，后山头，东、南、西新村，包括孙家庄一带，只有一百多年的村庄史，都是苏北迁移至此，他们北方方言丝毫没有任何变化，直接可以追溯到他们的祖先。

我常常思考家乡方言的独特性、唯一性。上会地区不同的方言看上去是丹徒区孤岛，但却比任何一个乡镇方言种类多得多，明显具有文化优势，就像祖国有 56 个民族，文化的多样性和丰富性撞击每个人的心灵。方言是村庄的基因，是村庄身份的外观，它让我们知道我从哪里来，它装在我们每个人的血液里，情感中。它是不见面的笑容，越嚼越有味道，它也是永远看不到的身份证，感情全都储存在这张卡中。

我始终坚信，方言越丰富的地方，各路英雄豪杰就越多。就像深圳一样，各地域的优秀文明交汇于上会，必将推动上会丘陵地区的文化进步和发展，创造盛世的明天。

大山深处有人家

和老刘相识纯属偶然。作为一名水利职工，喜欢研究水库那是很自然的事。句容市境内的仑山水库常常引起我的思考，能不能把它打造成生态水利、景观水利、旅游水利、智慧水利的典范。带着这些想法，有事没事我就喜欢去仑山水库走走。

仑山水库始建于1958年现又名“边城湖”，近年来这里发生了翻天覆地的变化，号称“镇江第一湾”也有“镇江夏威夷”“世外边城”之美誉，每每提到它我心中就充满骄傲，常有仑山水库是我家之意。它独特的地理位置让人充满幻想，背靠海拔400米的仑山，因为山体高耸挺拔，像昆仑山一样高大，故名仑山。仑山的北翼矗立着武岐山、空青山、香炉山等山峰，充满神奇色彩，虚幻缥缈。对面东西走向的海拔425米的是高骊山，山峰对峙，逶迤茫茫，云蒸霞蔚，心驰神往。

高骊山脚下，大山深处是边城湖畔：边城西岸，欧式庄园、日式别墅、园林建筑，犹如香港的维多利亚港湾、铜锣湾、浅水湾。别墅的出现点破了山的寂寞，增加了边城湖畔风景的内容，阳光、湖岸、游艇令人意荡神驰。蓄水、抗旱、水资源保护，仑山水库无所不能；提水，发电，登山，旅游、观光边城湖应有尽有。它犹如深藏闺中的文静少女，身在闺中待人识；它是句容水利，乡村水韵“美丽镇江，水利魅力”最具代表性的地方水库。

边城湖这个美丽的名字就赋予了无限的想象，让人不得不想起沈从文的名著《边城》。你能欣赏红日西沉，涛声拍岸；你能驾艇破浪，垂钓晨光；你能走长寿桥、万寿亭，看鳌鱼献寿、三阳启泰雕塑；你还能登高郦山，穿越仑山。住农家院，品有机菜，或许在这里可以祈得健康长寿，平安幸福。

“既来边城湖，何不去仑山。”同伴提议，我积极响应。进了高仑山村，一派田野牧歌映入眼帘，羊咪咪叫，母鸡咕咕喊好不欢快。继续向西北走是仑山道“向东是哪里？不知道！向东，向东看看。”友人提议，车子一下就开到了高骊山脚下，三两户人家，门牌上有“上沟”两个字，我猜测此地是上游的高处，故名上沟。驻车泊位，一棵古树耸立在我们面前，估摸这棵古树的年龄应在百年以上，它是村庄的价值，乡愁的化石，游子栖息灵魂的地方。记得庐山白鹿洞上有副对联：“傍百年树，读万卷书”。为了得到求证，我们目光四处搜索，家家大门敞开，只有第二家门口停着一辆车子，一位 60 多岁的老师傅在精心地擦车，车子雪亮像打过蜡一样。

他是刘师傅，名叫刘志华我们称他为老刘。六年前从外贸汽车修理厂退休，得知我们的来意，老刘详细介绍了古树、村落和他自己。

刘师傅一家现在常驻城里，小孩基本不回来，除了逢年过节的时候，刘师傅执意要守住乡愁，重新把祖屋翻修一新，陪 90 岁的老岳母享度晚年。老刘有自己的想法他告诉我们，童年的记忆，儿时的伙伴，是他的精神寄托；乡情、乡愁、乡音是他的快乐源泉，更重要的这里还可以怡情山水，垂钓时光。他说：“风景不是用眼睛看的。”他还告诉我们自己种菜，不用化肥不用农药，土灶烧饭，鸟语相伴，什么“三高”都与他无关，他这一说我立刻仔细端详了他一番：人瘦身高，脸色红润，精神矍铄，我们非常羡慕。

刘师傅很热情给我们泡茶，递烟，把我们带到他的菜田、茶叶地、树苗地里参观，他笑笑说：“现在生态太好了，野猪多，白天、晚上出入是常事，庄稼常常被破坏或毁掉。”朋友提议：“这么好的地方，那我们干脆就在这儿住一段时间，身靠大山，坐拥蓝天，品茶论道，读书写字，怎么样？”“好啊！”刘师傅非常爽快地答应道。大山深处有人家，处处感觉人间暖。我们互相交换了电话号码，加了微信。

虽然还没去过中国最美丽的乡村婺源，但走进了句容大山深处这段美丽的山水花田后，我相信它们之间一定有许多共性的东西，那就是自然景物中凝练出的至真至善至美吧！

太阳照在马埂村

句容市瓦屋山旁是马山，马山脚下是马埂村。站在马埂水库大坝上，看到朝阳是从丫髻山和马山相交的地方跳出来的。在马埂村阳光是跟着树林走的。越过彩虹桥，走过蚂蚁岗，马埂村的树林就不远了。追逐太阳，一路穿行，阳光洒在树的身上，玩着戏法，变着花样，一会儿把树叶变阴，一会儿又把树叶变晴，阴阳两面，浓淡分明。阳光拼着命往树林里钻，软磨硬泡，好不容易，树才大度的让阳光从树叶中钻进一丝丝、一点点的光亮，否则阳光是照不到树的根部的。

万物生长靠太阳，所有的植物都喜欢迎合太阳，唯独马埂村的太阳是跟着树跑的。马埂村的树有足够强大的底气，主要是树多、树高、树林面积广。它们不怕太阳的远离，原因全在于它们的根从来没有见过太阳。上面的树有多高，底下的根就有多长。是根在努力地抗争，把无以计数的脉须扎进石缝里、泥土间，牢牢抱着大地的身躯，在冻土层下面绕过沉睡的青蛙、休眠的虫蛇静静地吸吮养分。根即使永生见不到一丝光阴，依然执着在地下耕耘，为地表上的枝叶果实不停地劳作，就像马埂村那些一辈子没有走出村庄的老人，世世代代，勤劳耕作。仔细地观看，阳光为了追赶马埂村的树林，一大清早就爬起床来，拼命地驱赶地上的大雾，满头大汗，好不容易把雾从马埂水库赶走。村庄上的大雾又弥漫开来，一团一团的，理都不理太阳。没办法，太阳又只好跑到村庄，把雾请到别的地方。慢慢地房屋露出了脸，高树伸了伸懒腰，村上的人开始挖树、摘果，雾才像轻纱般披在树的身上。浓树淡纱水墨画，雾绕绿树有人家。这么好看的画面怎忍破坏掉。僵持了好长时间，树才让阳光跟着过来，阳光上气不接下气追赶着，狗叫了，树亮了、树美了，疏影婆娑、鸟声起伏。整个树林成了鸟的天堂。

树大多是和村庄、道路一起诞生成长，所以马埂村的老树有的要比村里最老的人年长几倍，要比原来的房屋高大许多。树把村庄装扮成一幅画，成为一首抒情诗。太阳为了表白自己，往往拼命追赶着树林。明白了这一点，就能知道马埂村树的价值。

其实让太阳更服帖的是马埂村的人。马山周围，轿子顶山上，无数连绵的山丘长着各式各样的树，像沙漠中的驼队不断努力前进。夕阳晚照，阳光拉开树的距离向前奔跑，那是马埂人逝去的青春。地无三尺平、锹挖三尺无泥土，全是滑溜溜的大小不一的石头。好不容易刨成有点像样的地，铺上两到三寸的土，一场大雨把黄金般的泥土连冲带裹冲下山去。好多村民当年把马灯挂在树上，有的还取松树枝搭成一米多高的小屋，用树枝编成床，让家人带饭上山，晚上就睡在山上不回去。何止披星戴月，简直就是不要命地开荒劈山，开弯了腰，扛驼了背。马埂村村民祖祖辈辈不服输，在做事中充满期待，他们坚信：树能从石堆中爬出来，有树长就充满希望，日子就一定幸福。一年一年地挖，一年一年地垒，在荒山野岭上栽树种枣、挖山芋、种花生，终于有了马埂村的今天。一株杏、一株李、一株柿、一株枣，一簇山栀、一片林，家家户户的周围树木成荫，红杏出墙，青枣绿道。不论大树小树还是地头崖畔的树或是近在眼前远在天边的树，如今都成了景观的树、吸氧的树、值钱的树。树像他们家中养的鸡，水里繁殖的鱼成了生态产品，既可以美化环境又可以卖钱，家家户户开始富裕了。马山静静地卧着，水库倒映着它的身影，告诉来来往往的过客，何必去四川，这里就是九寨沟。

自然不负有心人，生态成了美丽环境，生态变成金山银山，三十年河东四十年河西。过去物质困难时期，马埂村穷的出了名。村民为了生存，开荒种树，果腹解饥。现在，生态文明超过物质需求。马埂村的枣、马埂村的山芋、马埂村的西瓜都成了抢手货。因为保护生态，成就生态，生态给以回报。生态的丰厚回报还有看不到的，这里成了生态旅游的香饽饽，养生度假的好去处。马埂水库旁边，春茂湾旅游度假区目前正在规划之中。不久将以生态盛宴欢迎来者观赏、体验、享受。太阳眷顾马埂村，太阳照在马埂村，树、树林美化了马埂村，马埂村的未来不一般。

夏风吹进江心洲

防汛间隙，我来到了丹徒区江心洲橘江里栈桥近水台边，夏风浅浅，橘压枝头，荷叶田田。弯下腰用手掬起一捧清澈透亮的水，洒在脚尖上凉爽、通透，有露珠滚在荷叶上跌落到水中的体验，也有心直抵长江岸边的感觉。这是御隆河、通江河。

夏风吹过，水波泛起涟漪倒映着我的身影，一闪一亮地游向河的对面，碰撞白色、粉红色瓷娃娃般嫩的荷花。推开帷幕般的芦苇、蒲草、菱角的淡绿，招来杨柳在水中的倒影。岸边枣树的虬枝，橘树的沉甸，柿树的果硕，银杏的叶碎，石榴的火红，绿竹的倩影，尽被这一汪清水全部收纳。河边果园路农家乐桥边有游船，谁家银杏送浓荫，夏风猎猎醉蒲草。五艘玻璃钢造的蓝白色相间的小船停靠在岸，等你来坐，不是汛期，说不定还要预约。人们坐在上边，可以棹舟、采莲。雕龙画舫的大船只有一艘，若几个朋友坐在上面小憩，便可以观赏小河的全景。倒是小鸟篷式的船别有情致，可供单人、双人选择，在河中、桥边玩耍，赏景。

立在桥不远处的一座柱式牌坊，“橘江里”三字横在牌坊中间十分醒目，增添了游船的皇家气派，历史沧桑。长江水位涨，江花露为晞。江洲似翡翠，洁净肠和肺。这是我在夏风中内心的倾诉。有人说：美女是钱堆出来的，景观是人造出来的，江心洲都不是。它没有表面文化和装饰美。在这里，脚，量不尽生态；眼，看不完绿色；食，尝不够蔬鲜；心，沉浸在碧水中。江心洲用夏风让你享受缓慢、纯净、健康、安宁。

五墩路、六套路、北京路用柏油把江心洲画成棋盘式田野，通往每个村组的水泥路把绿色植物链接起来。番茄在道旁伸出脖子，点起燃烧的灯笼，橘子、柿子站到马路中间不成，就从铁丝网中钻出来，老远伸出绿色的脑袋。银杏果没辙，只好坠落满地，索性躺在地上不起来，丝瓜，南瓜，黄瓜，玉米，大椒，茄子、葡萄……到处都有，随手可摘。最恼的是鱼虾，看不到人，见不到车，每每走到水边吓人一跳，一见人就上蹿下跳把脸和身子露出水面，有时还做出腾飞的造型。水中野生长鱼飞蛾扑火地钻入当地村民投放的黄鳝笼中，甘心情愿地成就了“长鱼汤”。

在江堤上巡走，任夏风吹拂着我的脸，蚊虫叮咬，帐篷闷热，一会儿太阳露出羞涩的脸，一会又烟雨蒙蒙沾湿头发。但汽笛声声，江水茫茫，烟树笼烟，让人心欢，忘却一切。潮涨潮落，听雨声浅唱，观群鸟追逐，江洲的夏风泛出了醇厚的自由味道。

水鸟最为欢唱和夏风比赛谁跑得快。鸡叫、鹅鸣、鸭欢让它丧失了自我。误以为它可以傲视一切，成了江心洲的主人。于是它尽情放歌，无忌玩耍，逗笑打闹，还不时钻入鸡中、鹅群，鸭阵。它学鸡鸣不像，学鹅叫不会，学鸭闹缺乏勇气。只有知了一声高过一声，它们才清醒过来，黯然离去。

往返十几公里防洪大堤，任夏风抚摸自己的脸，胸似江水汹涌，心如潮水激越，一股豪气油然升起。坍江遗址化为防汛激情，滩涂、湿地恰是抹在脸上的清凉油。草色江水见，笛声两岸闻，坝上扎军营，万众共防汛。独自行走，无人打扰，只有帐篷展开、物资堆放，无闲人杂物；唯民兵、消防官兵，防汛志愿者和巡逻村民。走在大堤上，你可目向远方，心向太阳。那种内心的自信，自由陡然飙升。步履变得轻盈，眼神变得深邃，头脑不断清晰，人不知不觉年轻起来。

说起来很有趣，长江水离大堤有远有近，滩涂、湿地、树林给江水提供了休息驿站。有些江水走到这里，过于迷恋水杉、槐树、意杨、芦苇、水草等植物的各种美姿，江心洲的风情，一下就把那些不想再远行的江水留了下来，然后让它们心甘情愿地进入御隆河中，同荷花、菱藕、水公鸡、野鸭等结伴或成家，在江心洲创造新的事业和新的生命，与江心洲人一起做事，生活，呼吸。从此江心洲就有了庄稼，果园，村庄，还有树。

江水喜欢过着蝴蝶般的生活，它鼓起夏风吹拂着整个江心洲，抖动着夏风轻拍我的脸，自己感受江心洲的人间烟火、大地心跳。它把最美好的部分，最肥沃的泥沙送给江心洲，使江心洲成了丹徒的翡翠，镇江的碧玉，然后自己在

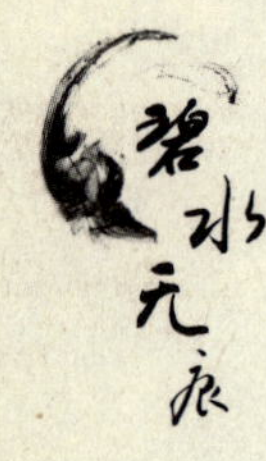

江心洲筑起绿色的梦。

夏风吹着它绿色的梦砸在我的脸上，给我以绿色的温馨，夏风吹过江心洲像绿色油漆刷过一样，风又把我吹起，然后重重地一摔，把我丢入了绿色的江心洲中。

第六篇
书吟光明

梁实秋说过：『最简便的修养方法就是读书。』读书的柔光，温暖书房，直抵心房。

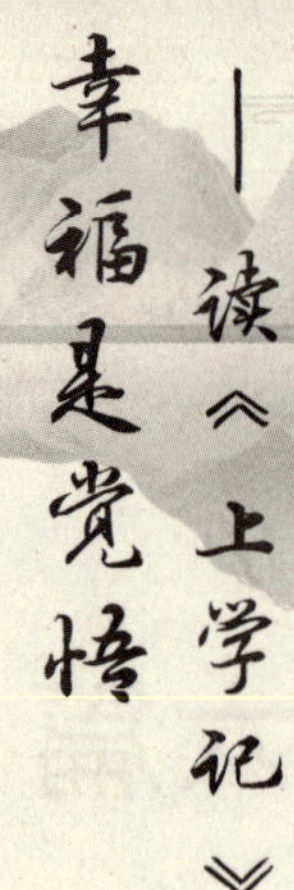

幸福是觉悟——读《上学记》

一提起《社会契约论》以及罗素的《西方哲学史》，很多人都会联想到著名历史学家、翻译家何兆武。何先生著作等身，学术翻译，以其数量之多、质量之高、范围之广、影响之大，成为推动当代中国思想演进和学术发展的重要因素之一。

翻开何兆武口述的著作《上学记》，那些当年他为之付出心血的宝贝慢慢走来。随着阅读深入，情感就像风筝一样被他扯得或高或低，或远或近。就像发现富矿的工程师一样幸福，兴奋，快乐和收获越来越多。我在读《上学记》的时候，不止一次惊讶我们怎么会有那样一个时代，而在那个时代，何先生居然做成了一个幸福的读书人。

何兆武先生的回忆始终都是平静的，反倒是我们这些读书的后辈一次次地感叹、诧异。何先生的回忆就像一缕阳光，慢慢撕开了一个历史的口子，让我们得窥一个时代的缩影。其中有些细节，就像黑暗中被按响的钢琴，让人惊退一步，不知所措。

何先生在西南联大先后读过土木、历史、中文、外文四个系，现在想来真是不可思议。何先生有言：“绝对的自由是不可能的，自己想干什么就干什么，那会侵犯到别人，但在这个范围之内，个人的自由越大越好，没有求知的自由，没有思想的自由，没有个性的发展，就没有个人的创造力。”由此言得之，西南联大之所以培养出杨振宁、钱三强、邓稼先、朱自清，闻一多等大批俊杰，学术自由的校园氛围是功不可没的。

幸福究竟为何物？这一问题一直缠绕和折磨着年轻的何先

生。这是一个永恒的主题，每一个时代的人都会有他们的答案。答案尽管可以不同，但是否去深刻地思考这个问题却可以看出一个时代的精神状态。在漫天烽火、战乱不止的民国时代，何先生和同学王浩热烈地讨论着什么是幸福。得出的结论是："幸福最重要的就在于对未来的美好希望。一是你觉得社会、整个世界会越来越好，二是你觉得自己的未来会越来越美好。"宗教的虔诚是不是幸福？简单的信仰也不能等同于幸福，因为它没有经历批判的洗练，不免流入一种盲目和自欺。幸福是圣洁，是日高日远的觉悟，是不断的拷问与弃扬，是一种通过苦恼的欢心，而不是简单的信仰。何先生的幸福观已经上升到了哲学的层面，这样严肃的思考和真诚的探求，同样值得后人感佩。自由和幸福这些抽象的概念，最后一定是要沉潜到人的内心的，最后一定是要人去体会的，离开了个人的体悟和验证，自由和幸福只会沦为宣传的工具和鼓动的标语。托尔斯泰说："凡是以追求自己的幸福为目标的人，是坏的；凡是以博得别人的好评为目标的人，是脆弱的；凡是以使他人幸福为目标的人，是有德行的。"何先生是幸福的，因为他是一个智者，即使在战乱频繁的时代里，即使是在颠沛流离的处境中，他都不忘回归自己的内心。

《上学记》是何先生风雨人生的记录，更是我们今日反省的对照。历史犹如火车过隧道，它终有冲出黑暗的时刻，我们是车上的乘客，要始终坚信火车是一直向前的，即使暂时行驶在暗无边际的涵洞里，也要坐直身体，因为隧道已经将到尽头，前面就是漫山遍野的阳光以及耀眼的通向自由与幸福人生的路标。

我们都是追风筝的人

对阿富汗的了解我很有限，对伊斯兰教知之甚少。阿富汗，一个曾经在我印象中只有战火纷飞的地方。而《追风筝的人》却为我呈现了一个真正的阿富汗——一个有欢乐，有情谊的国土。《追风筝的人》一本好评如潮的书，短短几年时间，该书已在全球销量超过800万册，一本好书不一定畅销，一本畅销的书也不一定是好书，但《追风筝的人》绝对是一本既畅销又极具思想性的书。该书讲述的是在阿富汗那片饱受战争摧残的土地上，两个小伙伴的故事，确切地说是两个兄弟间的故事。对于阿富汗，或许大多的中国人都是很陌生的，而作为出生在阿富汗，移民到美国的美国人来说，虽然美国人在阿富汗的战争中取得他们所谓的胜利，阿富汗的根依旧保留在他心中，血液里是割不断的阿富汗情节。写一本关于那片国土上的故事，对于作者来说更像是在讲述他或是他身边的人，随着故事脉络的发展，陪伴作者亲历阿富汗，去感受他们的故事。读完《追风筝的人》感触颇多，一部不是纯文学的作品，更偏向政治，民族，种族，阶级题材，读完之后心情浮浮沉沉，异常沉重。内心有千言万语，却不知该如何表达。一句话来总结就是通过大背景下的小人物的命运描写，映射阿富汗政治的动乱，种族歧视给人民带来了深重的灾难。

《追风筝的人》这本书是以风筝为主线，讲的是主人公阿米尔与他爸爸仆人的儿子哈桑的故事，他们俩一起长大，喝的是同一个母乳，彼此会说的第一个字就是彼此的名字。哈桑忠实坚强，勇敢真诚，阿米尔胆小懦弱，善良敏感。虽然表面上哈桑与阿米尔非常亲密，但是在阿米尔的内心并没有将哈桑作为他的朋友，其实这与他们俩的阶级身份有关，一主一仆，他们是不可能真正平等的。故事的发展围绕着放风筝展开，哈桑是追风筝的高手，他不需要抬头就知道风筝会落到哪里，并总能第一个拿到落下的风筝，小说中有一句最感人肺腑的话，为你，我愿意追千千万万次。哈桑是多么的忠诚，哈桑曾经说过，只要阿米尔让他去吃土，他就回去吃，不会有半句怨言。正是哈桑的如此真诚忠诚，使阿米尔感到羞愧，阿米尔胆小懦弱，遇事总是退缩，他渴望得到爸爸的爱，却又无法做到爸爸的要求，他最喜欢的事是写小说，可是爸爸却不支持。故事的转折点是一次风筝比赛，它改变了故事中很多人的一生。在这次比赛中，阿米尔没有让爸爸失望，他成功打败了其他的风筝，哈桑答应他去把最后掉下来的风筝追回来，对阿米尔来说，只有追到掉下来的风筝才算真正的胜利。可是，在哈桑拿到风筝后，却被阿瑟夫（怀有很深的种族歧视）等人拦住，哈桑因着对阿米尔的承诺，决定将风筝给阿瑟夫，结果被阿瑟夫性侵。这一幕被阿米尔看见了，可是他却选择了转身逃跑，因为他懦弱，不敢为了哈桑挺身而出。接下来的几天，阿米尔一直处于内疚中，他无法面对哈桑，最终他嫁祸哈桑偷盗，逼走了哈桑，那个对他无比忠诚的，敢于为他做任何牺牲的好朋友。又过了几年喀布尔被俄国占领，阿米尔与爸爸不得不逃亡美国，在那里艰难的开始了新生活。或许故事可以就这样结尾，生活将这样继续。可是一个电话，扰乱了平静的生活，也把阿米尔再次带回了故乡，从爸爸的好友口中得知，哈桑其实是爸爸的私生子，是阿米尔的亲弟弟。阿米尔一时无法接受，这么多年对于哈桑的愧疚一直萦绕心头，如今得知哈桑竟然是自己的亲弟弟，往事一点点浮上心头，爸爸每次都记得哈桑的生日，从来不哭泣的爸爸在哈桑离开时第一次流泪。可是，喀布尔已经不是曾经的喀布尔，现在民不聊生，处处都是死亡，到处都是流浪儿。而哈桑也在保卫阿米尔家房子时被打死，而哈桑的儿子也落到阿瑟夫的手中，成为被性侵的受害者。最终阿米尔与阿瑟夫打斗，在快被打死时，是索拉博（哈桑的儿子）用弹弓打瞎了阿瑟夫的眼睛，他们才得以逃脱。这时候阿米尔才真正的成长、成熟，他不再逃避，他用哈桑当年对待他的真诚对待索拉博。最终索拉博被带到美国与阿米尔一起生活，这将是一个美好的开始。

故事的最后，阿米尔为索拉博追着风筝。那风筝究竟是什么？到底谁才是追风筝的人？这两个问题一直伴随我到最后，我的眼泪终于夺眶而出。我知道，这问题阿米尔已经明白了，我也已经明白了。

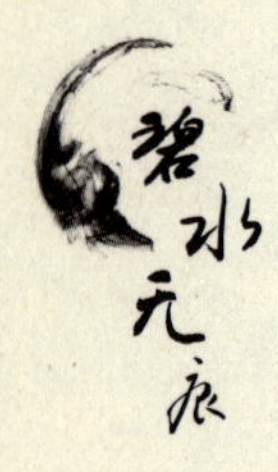

我们每一个人心中都有一个风筝，为着它我们不停追逐，在命运的安排下，我们义无反顾，或许遍体鳞伤，但却真实地领悟了生命的真谛。

生命就是那一片天空，或鲜红或湛蓝。望着远方的风筝，我们追寻，我们仰望，在追风筝的路途中，我们诠释一整个世界。这途中，有沟壑，有山坡；有彷徨，有疲乏。可是，没有人会停下前进的脚步，因为，我们都是追风筝的人。担起责任，鼓起勇气，翻过千山万水，跨越艰难险阻。我相信，我的风筝一定会在某座山的后面等着我。

睁开眼睛，身旁依然是碧绿的草地。放风筝的人越来越多，阳光在各种风筝下投下细碎的光斑。夏意正好，此时的我仰望苍穹，仰望天上的风筝，嘴角的弧度悄然上扬。哦！我们都是追风筝的人。

用读书抵抗孤独

惊蛰一过春天明显加快了步伐。哎！季节赶着岁月走，流年让人经不住“混”。因为疫情在家中的时间被拉长，在时间缝隙中用放大镜拾取有趣之事，还是读书。张元济先生有一句简单朴素的话：“天下第一好事，还是读书。”我也有此感。读书，应该算是最有趣的事情了。我概括为：人生十九不如意，能予快事唯有书。

在书中与山水相逢。一草一木尽在眼中，山峰之险峻，松柏之苍劲，牡丹之艳丽，芳草之清香，溪流之清澈，登高穷千里，每一处都能在书中寻找到它的痕迹，感受到生命的经历，得到超越身临其境的愉悦。每读一页，就已经和作者走了一遍他所走过的路，看了一遍他所看过的景。

在书中与故事中的人相遇。听他叙述故事和生活经历，生活中的矛盾与纠结，不安与彷徨，在自己现实生活中能得到共鸣，甚至可以让自己勾起往昔回忆，想起朋友，我常常感叹：我们接受过如此多的教育，可生活往往总是不是按照我们设想的那样。原来这就是生活，这才是生活，生活从来不打招呼，生活不可能总是春天，生活就是实实在在的一年四季。杨绛先生说：“读书如阅世，多读书可以变得更聪明更成熟，即使做不到宠辱不惊，也可学得失意勿灰心，得意勿忘形。”读苏轼一首词“竹杖芒鞋轻胜马，谁怕？一蓑烟雨任平生。……回首向来萧瑟处，归去，也无风雨也无晴。”从此清空自己，追求内心从容。

在书中浩然正气熏陶你，很多情感像飘动的音乐陶醉你，爱、

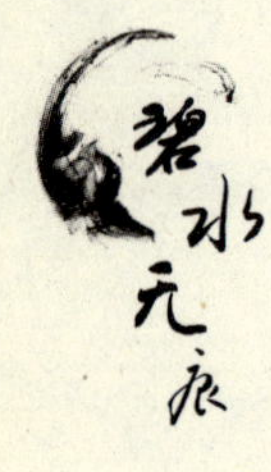

恨、死、生、未知的力量、感官世界，都能被调动起来，如听仙乐耳暂明，莫辞更坐看一页。

《四时读书乐》中写道：“读书之乐乐何如？绿满窗前草不除。”一句“绿满窗前草不除”把春天读书的生机盎然，其中的趣味淋漓尽显。2020 年，这个春天有点怪，“战疫情”成了读书关注点，知武汉牵动我的心。把武汉读厚，把“战疫”读活，读着读着，红梅已知武汉凛，让过桃花待雨酥，惊蛰更逢疫情缓，花带笑颜迎风舞。从立春到雨水再到惊蛰，心中的春天就要来了，一切阴霾都终将成为过去，平常很快成为正常，艳阳的春天可以日日陪伴我们。怎么不高兴呢？如何不快乐呢？也正因为读书，融化了思念，赶走了恐惧，思考着生命，明白了真理。

“读书之乐乐无穷，瑶琴一曲来熏风。”自然的清凉与幽静哪能和读书比。没想到口罩成了年货，心灵的安慰与惊醒更是头脑清凉。“时代的一粒灰尘，落在于人头上就是一座山。”“自然可以没有人来，但人类离不开自然。”“人生真是寂寞如雪啊！”这些话，让我们明白生命的终极意义是什么，这番忠告直指脊背，振聋发聩。这样读书，你还会觉得时间长吗？这样读书你会觉得生活无趣吗？杨绛说过：“我觉得读书好比串门儿——‘隐身’的串门儿。要参见钦佩的老师或拜谒有名的学者，不必事前打招呼求见，也不怕搅扰主人，翻开书面就闯进大门，翻过几页就登堂入室；而且可以经常去，时刻去，如果不得要领，还可以不辞而别，或另请高明，和他对质。”这次读“战疫情”使我想起了稻盛和夫的话：人生在世，直到咽气的那一天止，都是在体验各种各样的苦和乐。在幸福与不幸的浪潮冲刷中，不屈不挠地活着。这次疫情给我们力量、给我们温暖，读书就是最好的取暖器、去污粉。人类和动物的根本区别在于会思考，会创造，读书就是提高自己的人性，减少动物的原性，修炼灵魂带着比初到人世间有更高层次的灵魂离开这个世界，今天比昨天好，明天比今天更好，所以人的一生，从某种意义上来说又是读书的一生。

在书中我们还能击退无聊和孤独。现实中，结婚能够让我们摆脱生活中的孤独，但结婚不是解决孤独的唯一方法，更何况我们即便是结了婚，内心深处有时依旧会很孤独。就像当年徐志摩认为林徽因是他今生唯一的能够在灵魂深处有共鸣的女人，可林徽因并没有拒绝徐志摩的追求，徐志摩说：“得之，我幸；不得，我命。如此而已！”其实，生活中我们找不到唯一的灵魂伴侣，但却能找到另一种伴侣，那就是自己能执着一生的兴趣爱好。正如科比所言："就算世界抛弃了我，至少我还有篮球。"假如你嫁给了读书，你又愿意沉醉于文字海洋中，你想孤独都不可能，对着书本，春风拂面温暖来，自然就不会孤独了。

热爱书吧！它会让我们从低微走向高尚。多读书吧！任何时候，都能找到生命的趣味。

传统文化的深情呼唤

——读陈丹燕《令人着迷的岛屿》

一次偶然的机会，拿到了作家陈丹燕的《令人着迷的岛屿》一书。读来别有新意，仿佛在思维的墙上又开了一扇窗。每次阅读，总会给我惊喜和启迪。

这本书主要展示的是作者对凯尔特种族文化和凯尔特传统的文化剖析，作者自己内心世界的交流和凯尔特传统的文化带给爱尔兰这个民族的力量。因为爱尔兰复兴的凯尔特传统，现在是全世界的大时髦。正如作者所说："每当我走进一家爱尔兰酒馆，傍晚时分听到有人唱爱尔兰小调，都忍不住羡慕爱尔兰强大的遗传力。"事实上，即使是血统上的凯尔特人已不复存在，但古老的曲调仍悠扬地歌咏着人们内心的感情。原因在于爱尔兰作家描述的精神世界，不论用小说用戏剧还是用诗歌，都充满时间和历史冲刷后的弥坚和弥新，成了全世界精神生活的重要组成部分。

约公元前 14 纪初，法国东部塞纳河、罗亚尔河上游，德国西南部莱茵河、多瑙河上游地区首次出现凯尔特人。在漫长的历史时期，凯尔特人的活动范围由小到大，再渐次缩减。现爱尔兰人、盖尔人、威尔士人、布列塔尼人等都是古凯尔特人的遗裔。

苏格兰短裙和风笛，爱尔兰竖琴是凯尔特传统乐器的象征。竖琴是爱尔兰国徽的重要标志。就这样一个松散的帝国，其版图包括欧洲中部且不固定。但凯尔特文明留下的印迹，凯尔特文明的微光一直在爱尔兰大地上闪闪发光，就像一口古井总是不断地汩汩泛出清泉。为此我曾着迷地听着爱尔兰音乐家演奏的凯尔特古乐的唱片，收听爱尔兰民谣。正是这股文化的力量，曾有四位在爱尔兰生活过的作家获得了诺贝尔文学奖。

“没有对传统的厌烦，这是我难以理解的情感。”这是作者陈丹燕的感触也是对我的启发。这给我们今天如何“讲中国故事”“文化自信”上了生动的一课。

我们近距离走进一个人。他在20世纪70年代曾是研究语言学的博士。但毕业后他决定要从事更古老的凯尔特职业——说书人，这个人名字叫埃迪。他不光说书，也收集各种光怪陆离的故事，写成书出版，成千上万爱尔兰的五岁孩子都是他的听众。无数像埃迪一样的文化使者，让凯尔特文化的精神再次发出光芒。就像爱尔兰的腌三文鱼、苏打面包、爱尔兰黄油这些美食一样处处飘香。这样传承文明的崇高生活让埃迪从深棕色的大胡子变成了金棕色。漫长的时间漂白了他。

古老的小调已经超过百年，却犹如一种母子传统永远保护着这个国家和哺育人民，一代又一代。即使凯尔特人的血统已经混杂在其他的民族的血统中，文化的传统始终不断根，从诗人到语言学博士从来没有厌烦传统。

茴香花生米和油炸臭豆腐我们还能闻到，但我们好多优秀的传统难以见着。悠久的历史和文化已被众多的杀伐而离散。重塑文化信仰，把我们自己的传统当做信仰一般笃信，就能与传统一起获得全世界的尊敬与喜爱，这个重任就落在了我们的肩上。“讲好中国故事”让中国古老的曲调成为世界音乐的一种流行符号，中华文明盛世不久便可以见到。这是我读这本书最深的感悟

读书使人看见远方

2017年年底，我到镇江市水利局的直属单位镇江市长江河道管理处参加党员生活会，认识了赵娜。已是40岁高龄孕妇的赵娜，宝宝提前降临，殊不知27日、28日是周末，她还与测绘院同志一同加班，配合大家把监测成果完成。她说得最多的话就是："力求在平凡的岗位中，踏踏实实把工作做好，争做一名合格党员。"

晚上，打开林清玄的《百合花开》让我联想到了赵娜。百合说："我要开花，是因为我知道自己有美丽的花；我要开花，是为了完成作为一株花的庄严生命；我要开花，是由于自己喜欢以花来证明自己的存在。不管有没有人欣赏，不管你们怎么看我，我都要开花！"是啊！信念支撑行动，行动来源于动力。什么是共产党员？共产党员应该是关键时刻站得出来、危急关头冲得上去，自觉把信念的力量转化为关键时刻的坚守。"在职一天，尽职一日"正如梭罗《瓦尔登湖》书中所言："一个安心的人在哪都可以过自得其乐的生活，抱着振奋乐观的思想，如同居住在皇宫一般。"有了这样的心态，再回过头来看日常工作，便会有别样的感受。流过的汗水，意味着不负光阴，付出的努力，就如金黄的向日葵在孕育着的种子，富有生命的气息。负面情绪，随着"心暖"一扫而光。

最近，好奇心让我读了《上学记》。一句话就把你怔住：我的祖上没有名人。一件事让你心服：2001年，清华大学想要为何先生举办一个八十寿辰庆祝会，但到了当天早上，他的学生彭刚接他，他却把家门锁上，一人飘然离开。何兆武先生的回忆始终都是平静的，反倒是我们这些读书的后辈一次次地感叹、诧异。几年前，清华大学、北京大学在蓝旗营盖新楼，分给何先生一套三室两厅的房子，都被他婉言拒绝了，淡泊名利，不是每个人都能做到的。

通过阅读不断与先哲对话，就能拨开心中的迷雾，从狭窄的“一线天”钻出。很多在工作中的抱怨、吐槽、感慨，说到底不过是为自己想得太多，为群众想得太少，为名利纠结太多，为事业付出太少。试想心小了，眼中的世界怎能不变小？相反，让内心在书香浸润中舒展开，自身的格局就会变大，读书让人悄然“心宽”。

每每阅读历史，无数先贤英烈矢志追求理想的画面，总会让人热血沸腾。与在血雨腥风中坚守信念的李大钊、彭湃、瞿秋白，在困难面前上下求索的王进喜、邓稼先、焦裕禄，相比能不为无端的吐槽和抱怨而脸红？能不为信仰蒙尘所致的浅薄和自私而惭愧？托尔斯泰说：“凡是以追求自己的幸福为目标的人，是坏的；凡是以博得别人的好评为目标的人，是脆弱的；凡是以使他人幸福为目标的人，是有德行的。”明白了这一点，被物欲杂念稀释遮蔽的理想才能明晰坚定起来，摇摆的内心也才能坚韧起来。

其实，我们该做什么？何尝不是一部大书。弯下腰来、沉下心来、脚踏实地，读懂这本“无字之书”，不管以后身处怎样的逆境，都能于罅隙中看见远方，这或许是我们每个党员干部应有的境界和情怀。

读书使人心暖、心宽、心坚，让内心在书香浸润中舒展开，自身的格局便会慢慢变大。对于执念，每个人都是自己心灵的摆渡人，善恶都由自己摆渡，你选择做什么样的人，行动和意念的支配都由你。消极的情绪，萎靡的状态，自私、凶恶、冲动、没自信等负面的标签你可以往身上贴，最后变成一个糟糕的人这也是自己造成的。我们有权摆渡自己的心灵，充满自信、积极向上、友善、宽容、高情商做到这些并不难，关键看你对生活的态度，你执念于什么，你将得到什么。摆渡人的方向很广，你想要将自己的心灵摆渡到哪个河岸，你要做一个什么样的人，由你决定。

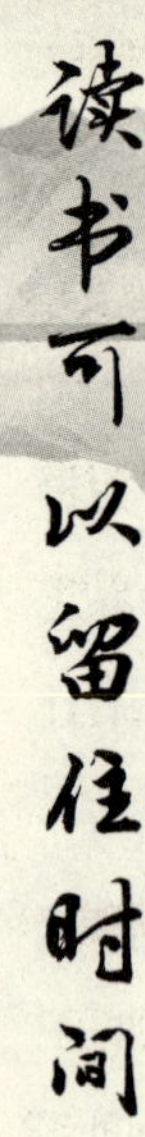

读书可以留住时间

读书，我很容易沉湎其中，找到某些遗失已久的情感——单纯、自然、善良、友爱、宽容以及朴素的信仰。当胸中有不愉快之感时，就像牙缝中的残渣，非得用牙签除掉才舒服，这时，最好的办法就是去江苏大学读书。

江苏大学新图书馆是我常去的地方，有自然之趣，拥山水之胜。南临百米广场，北靠小山，东濒湖水，整个图书馆被山水簇拥着、环绕着。绿地，池塘，湖泊，片林把这里装扮成绿岫吐翠、水生幻景、书香遍地的吴韵江南。

坐在这里读书，有婴儿回到母亲怀中的感觉；有一种去莫高窟找到藏经洞的那种喜悦和惊讶；有思接千载，目睹万里之享受。

坐在这里读书，身前身后，左邻右舍，均是江大年轻的学子。脸庞像一朵朵鲜花，求知的眼神如一团团燃烧的火球。看一位同学如接一缕阳光，见一位学子似捋一份温暖，和他们在一起，自己也年轻起来。读着看着，思绪这张网立马张开，把自己和他们同时段，被时光河流淀下来的石块一一打捞起来。

1985 年，因家庭困难，我只好辍学，来到了江苏省电力建设第三工程公司做农民制合同工。看着坐在现代化图书馆中读书的莘莘学子，除了羡慕还是羡慕，就像小孩看到别人吃好吃的美食，只能不知不觉流下口水。每次路过江苏大学（那时叫江苏工学院）时，总要停下脚步向里探望。“何时我也能坐在大学里读书”成了我的梦想。1987 年 8 月，终于有了自学考试的机会，我第一个报了名。

建设工地不是读书的地方，自学考试完全是八个小时以外的事情。由于我是起重工，劳动强度大，浑身油污，上下泥灰是我的本色。下班回来，去哪里读书？怎么读书？都是我无法解决的实际困难。集体宿舍里住的四个人，三个是 1958 年进三公司的老师傅，就我一个年轻人。为了不影响他们休息，我只能到厕所外的露灯下读书，为此有人给我起了个“二百五”的称号。参加考试辅导，晚上授课，必须下班后从谏壁赶到镇江杨家门 12 号的镇江职工学校学习。

20 世纪 80 年代中后期，镇江到谏壁电厂只有一趟 3 路公交车，晚上从迎江桥开出的最后一趟公交车是 9 点 30 分。由于追赶时间，吃饭、乘车都成了问题。下班后只能在谏壁影剧院旁买几块黄桥烧饼，乘公交车赶不上时间，只能改骑自行车。读书成了梦想，自然就有力量。来回近两个小时的自行车不是困难，最困难的是长岗骑车上下坡。上坡骑不上，站在脚踏上拼命地蹬，下坡更害怕，那时没有路灯的石子路，刹得急、刹不住就人仰车翻。就那么一条镇澄公路，交通事故接二连三，每次走到这里总是提心吊胆。可当一门门功课顺利通过，所有的汗水都变得又甜又香，所有的梦想都化为了可以看到的希望。烧饼和杨家门的小馄饨至今还唇齿留香。

往事被时间之风吹晾干，已封存在时光的记忆里。在江苏大学读书，可以把这些往事的真空包装一层层地撕掉，重新从记忆的仓库中取回。拿到大学文凭，我更加热爱读书，像工地上的工人饥饿时，见到面包一样，猛地扑上去。去南通到江阴利港，不管什么地方，我都与书为伍，与读为伴。

1998 年，我有幸获得去中国人民大学读书的机会。在全省只有两个名额且需省级劳模或省级先进个人的条件下，我被选上这是多么让人兴奋的事啊！我做梦都没想到我能到名闻遐迩的名牌大学读书。和名师握手，听大师授课，与教授对话。我如饥似渴地学习、读书，这为日后自己读书开辟了更广阔的道路。

“终朝采蓝，不盈一襜”一位坐在我前面同学的诵读声，打断了我的联想，把我切换到三年中央党校研究生班的读书岁月。独坐教室里，诵读复长吟。三年的研究生班，让我把读书理想嬗变在工作中、生活里，自然，淡远，安心。“万卷古今消永日，一窗昏晓送流年”成了我生活的日常。

20 多年过去了，时间泛着亚光，使盛着我生活、劳动、思想、感性的容器不再鲜亮。但读书这块抹布把容器拭擦的精亮，让我和逝去的过往久别重逢，

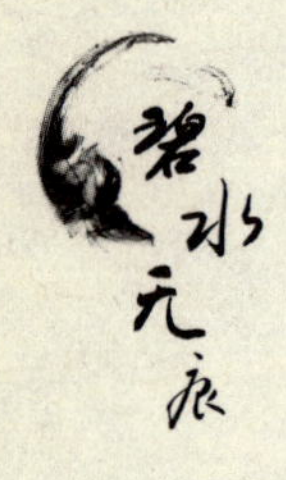

继而紧紧的拥抱甚至诉之笔端。这种感觉在江苏大学读书特别浓烈。我无法锁定时间，不让时间流淌，但我只要一读书，就仿佛把我人生历程，通过作者的作品体验一番。通过读书，我把自己的思想生成来体验作者的人生、心理、情感、思想；通过读书，感觉中过去只是暂时的离开，不经意间，往昔再回眼前，格外温暖。

想不通的时候，去医院走走

——读《生命最后的读书会》

看完 237 页的《生命最后的读书会》我把书悄悄合上，美国作者威尔·施瓦尔贝还原了作者心中“读书、爱与人性”的真意，走出了内心的孤岛。爱该爱的人，做要做到的事。

美国作者威尔·施瓦尔贝在书中讲述了他在母亲得了胰腺癌后，一直陪伴她到生命的尽头的故事。为了使母亲不悲伤，不沮丧，采用阅读讨论来庇护和救赎生命。虽然母亲最后还是离开了他，但走得很有尊严。就像书中所说“这些书伴随着母亲，也成了母亲的老师。它们是母亲的指引者。”正如余秋雨所言：那情景，就像站在峰顶俯视晚霞下一座座自己曾经翻越过的远山，充满着沁凉而又恢宏的诗意。除了“仁爱”教育以外，更多的让你获得生命意义的所在和生命的本质是什么？你自然而然地想到；所有重症就医的，活下去就成了当下唯一目标，生活质量就无从说起。

2007 年父亲因食道癌住在江滨医院，每天的陪护使我受到极大的教育，看到的是其他病人满载着的噩梦，听到的是接二连三的噩耗。痛苦挣扎的呻吟，让你恐惧、绝望，而我更多的是担心，但你必须每天给父亲力量。现在父亲很健康，让我们内心充满无限的喜悦。频繁进出医院的我，对幸福的感知反而更敏锐，对生命与生活的感悟与珍视也更深刻。因为医院连接生与死，在这里你最容易想明白一个人人都懂却难以贯彻实施的真理：世间事，除了生死，哪一桩不是小事？最近读了《生命最后的读书会》我的感悟更深。

别人忙着买车买房、结婚生子，可病人只想要痛痛快快喝一

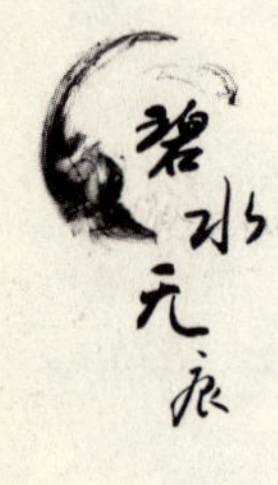

杯水，舒舒服服睡一觉。重症病房的人会常常对自己说：“如果能够再活一次，我一定会心平气和，认认真真地对待身体和生活，做个温柔善良的好人。”上苍听见了祈祷，它真的会给有些人一次机会。医生们把这称作重生。重生后的人，对周围的一切都充满感恩和感动。可以从一顿粗茶淡饭里吃出喜悦和幸福。一草一木皆是风景，一粥一饭也饱含深情。

海伦·凯勒在《假如给我三天光明里》写道：“在故事中，将死的主人公通常都在最后一刻因突降的幸运而获救，但他的价值观通常都会改变，他变得更加理解生命的意义及其永恒的精神价值。”

我们常常注意到，那些生活在或曾经生活在死亡阴影下的人无论做什么都会感到幸福。一旦你重新融入滚滚红尘，成为在功名利禄中摸爬滚打的凡人，各种各样的烦恼自然也就接踵而至。这些烦恼，几乎存在于我们每一个人的生活。生活就是一个不断折腾的过程，可那时的你还不明白怎样去化解这些消极和悲观。我觉得，安抚不了自己的时候，你真该去医院看看，想想他们！当你看到那里满载着的噩梦，使你不寒而栗时，会让你站在明媚的阳光下失声痛哭。手术室外，你始终不敢正视那道血淋淋的伤口。但很多时候，遗忘真的代表着背叛，忘了生命和生活的真正意义。其实，背叛生活的人何其多也。毕竟一帆风顺时，我们都很少去思索所谓的活在当下，究竟是什么意思。未曾失去，不懂珍惜。未曾深夜痛哭，还无法体会真正的人生百味。可是人的欲望连绵不绝，需求一波接着一波，当在同学聚会上发现自己一无所有，当我们遭遇这样那样的不如意，心里的小魔鬼便忍不住蠢蠢欲动，说好的淡定平和都不知所踪。每当这时，最好独自去医院门口坐坐。救护车来来往往，陪伴的家属红着眼眶；匆匆忙忙的人群，脸上都带着忧愁和悲伤。这个集合了大部分世间苦痛的地方，会让我们回忆起那些只想喝一杯水，睡个好觉的一群人。此时你会感到一种对生的珍视与热忱便瞬间腾起。等你回到家中，能看喜欢的电视剧，洗菜做饭，静下心来再写字看书，忙完了给父母打电话，漫无边际地聊完天，再转身给花浇点水。

万丈红尘里的慌乱无法避免，重要的是学会排遣和消除。你慢慢会明白，大多数矛盾和痛苦的根源其实就是遏制不住，也挥之不去的欲念和执念；放不下与想不开这才是阻碍走向幸福与光明的最大绊脚石。

每个人都只能活一次，可当我们身体健康时，总觉得死亡遥远得无法想象，日子长得好像没有尽头。然而人生苦短，生死无常，谁也说不准明天和意外哪个会先来。我曾说过：天者诚难测，神者诚难明，理者不可推，唯孝心永存才能心灵平静。如果生命的长度无法控制，那么我们能做的就是拓宽它的宽度，尽可能地去丰富和享受活着的每一天。不为难自己，不与他人较劲，在生活和欲望之间寻找到一个最佳平衡点。陪爸爸住院的岁月成了教育我珍视生命，寻找真正幸福的一课。如果你放不下与想不开，就去医院偶尔走走，那里治身体的病，也抚慰焦虑躁动的心。因为强烈对比之下的心灵震动，总会让我有所感悟，猛然惊醒活在当下有多重要。而最直接有效的活在当下，不过就是好好吃饭、按时睡觉、努力工作、认真相爱，做世人都在做的最普通的事情。所谓的好日子，不过吃好睡好，所爱之人全部安好。

用世界的目光看中国

——读《家在云之南》

一个星期的时间，带着敬畏的心情读完了熊景明的《家在云之南》。掩卷思索，胸中像打开一扇窗又像爬山路上偶遇从未见过的植物，新奇、兴奋，久久回想，启发多多，把我带到思维的另一个世界。

熊景明，40后昆明人，1967年云南大学外语系俄罗斯语言文学专业毕业。1979年移居香港，1988年至2007年主持香港中文大学中国服务研究中心，1988年起多次参加大陆国际扶贫项目，主编《进入21世纪的中国农村》《中外名学者论21世纪初的中国》。所著《家在云之南》在平淡中感人至深，写出在抗战时期宏大背景下小人物命运的颠沛流离，道尽甘甜辛酸，既不凄绝也没有愤恨，而是冷静客观地勾画了苦难中的欢笑，绝望中的希望，还有家族和亲友的大小故事，新旧历史、错综交杂成中华民族20世纪的一幅缩影。岁月无情，人生有涯，面对滚滚奔流的历史长河，无论是叱咤一时的风云人物，还是默默无闻的芸芸众生，都难以逃脱命运的拨弄。在自省过程中，我发现自己被外在因素左右的太多，欲望太多又不够实际，这是障碍是落在心灵上的尘埃。同时我又发现自己是这样一个人，我一定要想明白自己在做的事情，一定要走自己选择的道路，才会真的快乐。我无法盲目的接受安排，这是支持我一直在思索的根源和动力。前几天看到海尔集团张瑞敏的演讲，赞叹这位共和国同龄人的思维敏捷和博学多才。他直到今天，都以每周阅读两本书，一年一百多本的速度在学习着。学生在当场提问的跨时代、跨技术、跨领域的问题，他都有过思考并能提出独到的见解。一日不读书，无人看得出；一周不读书，开始会爆粗；一月不读书，智商不如猪。难怪犹太人这么重视读书。“耕读传家久，诗书济世长”古人早已告诫我们，大家不妨读一读这本书，或许会发现一点儿惊喜。

世界是圆的、扁的、线状的，这本书会给你答案。当下将转眼成为历史，旧的秩序正在消失，那些今日风流人物，会成为明日的无名之辈，因为时代在巨变。让我想起法国大革命前的几封书信，赛文涅夫人在给女儿格里娘的几封信，后来成为研究 1675 年布列塔尼地方惨案和太阳王路易十四时期历史的宝贵资料。赛文涅夫人成为 17 世纪法国著名书信作家，实属无心插柳。她丈夫死后，她将后半生的激情主要花在了给女儿写信上面，正是这个原因，这些通信因为原汁原味地反映了路易十四时期的风土人情，傲慢与偏见而被视为法国文学的瑰宝。《家在云之南》这部家族史的记录，异曲同工，细腻地展现了近百年来政治风云，新旧冲突，人物命运，文化变迁，人性的毁灭和新生。它告诉你，一群人仍恪守传统美德，坚守着人性美好的信念，以至情至性彼此温暖，造福社会。

一本书，为你打开一扇窗；一本书，给你一个崭新的世界。

永远的怀念

把我带到这个世界上的人突然离开了我，走了、没有了。从此，我再也不相信这句话：“时间是痛苦最好的解药”。我觉得它接近谎言。

我爱母亲。

情感的伤口，不是滴滴鲜血不见伤口愈合，而是阵阵隐痛，每当独处时，想起她，视线就会慢慢地模糊。

2016年9月23日，在镇江市江滨医院抢救室，我紧紧握住母亲的手，一动不动地看着她。液水一滴一滴地减少，瓶壁上的气泡慢慢地熄灭，一种撕心裂肺的痛吞噬着我，好似一把把尖刀在一刀一刀慢慢地剐我的心。妈妈！你能不能用柔软的声音叫我一声；用一双布满老茧的手，抚摸一下我的面颊；用我出门远行时，充满关切的目光，注视我一次。……没有了，消失了。我本能地失声痛哭起来：妈妈呀！妈妈！一根无形的生命之线扯断了。

思念、伤痛，犹如野草，随你怎么刈割、铲除，终会顽强地滋生。我现在不想回老家，甚至不敢回老家，更不愿再走进母亲的房间。每一件遗物，都会让我想起母亲在世的场景，都会击溃我脆弱的心灵。

天下母亲皆辛劳，各人命运不一样。

母亲家中姐弟四人，她是长女，家里面除了重活，其他的事都要她承担。顾家看小、烧水煮饭、洗锅抹碗、养猪喂食，这些都由她一人包办。一到农忙，家中就把她当主要劳动力。成家后，除了哺育我们兄弟四个，还要照顾身弱的父亲，。除了照顾全家日常生活，还要种水田七八亩、旱地二三亩，所有的重活、脏活、累活，全靠她一人承担。

我的父亲因身体病弱，不能干重活，性格温厚不善言语，母亲带着我们兄弟四人风里来雨里去，捱过春夏秋冬。晨曦未露，母亲就早早起床，把从外婆那里学来的打“窝脚”（土语，用竹子或芦苇剖开，编织成条，40～50 厘米宽，2 米长，用来圈放稻谷的工具）技术，天天忙里偷闲，抓紧一切空余时间编织，是挣点儿微薄的零用钱贴补家用。“小儿不耐初长日”，我也去凑热闹，突然看到她手被芦苇刺破了，血直冒，我吓得哭了起来。母亲却笑笑，一把搂住我，把带血的手指贴在嘴边上抿了一会儿，又继续编织，很快一副“窝脚”就编好了。我摊开她的双手，只见她五个指头上布满老茧。等到太阳从东方升起，她把“窝脚”装上准备好的拖拉机，用绳捆好、扎牢，到 40 里外的丹阳去卖，因为那里能够多卖两毛钱一卷。

每到麦子收完，家家户户忙着耕田耙地，抢着插秧，争时间、抢季节。耕田是男人干的活，但父亲不能干重活，母亲则牵着牛，扛着犁，直奔田里。耕田、耙地、整田，全她一人包干。有时电闪雷鸣，一个闪电就落在她的面前，“啪”一声巨响，就像一发炮弹在她的脚下炸开。水牛吓得狂跳起来，妈妈也被吓得哭了起来，但为了赶季节，母亲还是壮了壮胆，抹去泪水和雨水，冒着狂风，顶着大雨，一滑一歪、一歪一滑，扶着犁、耕着田，直到忙完农活才回到家里，全身没有一寸干的地方。

第二天一大早，天还未亮，她已经把秧苗拔好。中午太阳热辣辣的时候，只喝了碗稀饭，又开始插秧。她揩拭着额上的汗珠，回头看着这一趟还有多长到边。待到远处炊烟袅袅、夕阳西坠时，她才插完最后一行秧，站在田埂上看着行行秧苗，才放心地回到家中。

母亲曾经答应我，要爱惜生命，见证子孙们的幸福生活。2016 年中秋节，看她还那么健康，里里外外忙个不停，我和她是那么开心。想到母亲的糖尿病、高血压很严重，我不敢怠慢，决定在参加常熟的学习后立即陪她去医院复查。可就在中秋节一周后，就在我准备带她到江滨医院去复查身体的前一天，母亲就因劳累过度，倒在田边，脑出血永远地离开了我，像天边灿烂的云朵被风吹走了。

眼泪只浸泡了肉体皮囊，情感伤口上的鲜血，世上没有一种棉纱，可以立刻吸干。春天来了，地上的积雪会慢慢消融，田里的冻土会变得松软，再老

的树也能够冒出新芽，可我的妈妈却“走丢了”，再也看不到影子了，永远也回不来了。当我在往事橱柜里翻找与妈妈一起的岁月，在味觉玻璃罐里寻找妈妈的味道时，一种柔软拨动了我的心弦，浸润了我的眼眶。在依稀的泪光中，我好像又见到了妈妈。

后记

修改好最后一页文稿，推窗远望，只见，春风满山寻角落，玉兰含苞待雨唤。见窗外阳光灿烂便心猿意马，迎春零星开了几朵，桃枝还是秃的，倒是园里的腊梅正盛，这些春的消息让人心底作动，随时准备着，走在路上一树繁花迎面而来。我不免感叹：只有春风唤雨才能大地一新。

是啊！没有中国水利文化艺术协会副主席、水利部离退休干部局局长、党委书记凌先有先生的关心鼓励和热情帮助，手中的文稿是不能付之出版的。没有基层单位同志的帮助，相关部门的大力支持；没有蒋文先生多次放弃节假日的陪伴；没有出版社编辑们的认真审读是根本无法完成这本书出版的。在此，表示衷心的感谢！

这本书一开始写作时，感觉总有说不完的话，写不竭的文，也很有成就感。总希望自己不断写出不同凡响的作品，写出自己的内心世界，并很自然地对下一步的创作产生出热切的期待。但是很遗憾，过了一段时间，迟迟未能拿出让自己很满意的作品。就像一位厨师，尽管不断变着花样做饭，但总有原来的味道。期待在等待中逐渐失望，可写的内容越来越少，写下的东西也不再动人，还有更糟糕的想法甚至想停止写作。要输就输给追求，要赢就赢在当下，一定要咬定青山不放松，坚守内心，朝更高的目标努力，当时这个信念让我坚持了下去。

不断的实践，不断的努力，让我看到了写作的另一面。一个好的作者，一个能够让人对他创造力不断更新抱有信心的作者，

在其作品中，应该总是不断地呈现出某种新的东西。也就是说，他总在自我超越。有追求的作者，不会满足于原地踏步，不肯同义屡陈，自我复制，也有很多作者出现了“一个人毕生实际上只写一部书”的现象。如果创作只是简单的重复，数量上的累积，那实在没有任何意义。因此我开始追求在写一篇新的作品时，力求体现出对这个主题的一次新的发掘，能够在反复描绘过的感受、反复表达过的见解之上，增添一点新的东西，哪怕是很微小的一点，这才满足。我体会到，很多人为了观察某个事物，花几年的时间，主要是看自己新的文本是否提供了新鲜的经验、新鲜的感知。我渴望在田野、大山、天空、水域、水利建设中寻找到一点新奇，一点独特，一点对于世界的新的认识，起到对水利事业发展的微不足道的推动作用。我觉得，一般的感慨和体会，只是单纯数量上的累积，不再带给自己创作的愉悦感，要不断追求新的言说方式。这就像一个旅人，在路口停下脚步，寻思着下一步该迈向何处。但意识到了克服难度、超越自我的必要性，并不意味着就能够解决，这是两个不同的东西。恰恰是这一点，才是一个真正严重的问题，这就是我的写作困难，也是我未来写作要努力解决的。

这本书在诸多师友的帮助下得以出版，让我看到了半山腰的风景。半山腰的风景让我流连忘返，但我更渴望仰望山顶。为此特别感谢凌先有主席亲自关心指导并为本书作序。

本书所涉文献、资料较多，问题一定不少，恳请读者批评指正。

再次感谢师友同事们的帮助！

期待读者的批评和指教！